要心如钢铁地追求幸福。

心如钢铁地追求幸福

囧之女神 著

人民文学出版社

图书在版编目（CIP）数据

心如钢铁地追求幸福/囧之女神著.—北京：人民文学出版社，2013
ISBN 978-7-02-010071-2

Ⅰ．①心… Ⅱ.①囧… Ⅲ.①随笔—作品集—中国—当代 Ⅳ．①I267.1

中国版本图书馆CIP数据核字（2013）第209800号

责任编辑	文　珍
装帧设计	李思安
责任校对	朱美凤
责任印制	张文芳

出版发行	人民文学出版社
社　　址	北京市朝内大街166号
邮政编码	100705
网　　址	http://www.rw-cn.com

印　　刷	北京新魏印刷厂
经　　销	全国新华书店等

字　　数	212千字
开　　本	880毫米×1230毫米　1/32
印　　张	8.875　插页17
印　　数	10001—14000
版　　次	2013年11月北京第1版
印　　次	2013年12月第2次印刷

书　　号	978-7-02-010071-2
定　　价	29.00元

如有印装质量问题，请与本社图书销售中心调换。电话：01065233595

目录

代序：前方高能·001　　囧叔

一 有些人跟毒药一样，看到就要躲

不负责任已经是重罪之一了啊·002

"呸，你以为你是谁！！"·006

不把你当人，谈什么爱？·009

死心吧，傻×比法海还不懂爱·014

烂男人都有张莲花嘴·017

苦瓜汁里泡出来的男人·020

理由很多，真相却只有一个·022

给你个杨澜要不要啊？·025

二 备胎和前任专场

优质男友都当不了优质备胎，

　　因为当备胎根本就不是优质的男人会去做的事·030

她是白月光也好朱砂痣也好，一个人也不能和光线或痣结婚·034

备胎最好最好的下场，也就是高级轮胎店·037

她/他就是个和你没有任何关系的陌生人·039

没人喜欢被控制，就像没人喜欢恋人的前女友，和蟑螂·043

北大失恋女硕士大战福永镇失恋厂妹·046

为虾米不是我，为神马不是我？·050

附："快进快出"第一期·053

三 爱与不爱间，众生千万难

在火炉旁边站一刻就要挨烤一刻，这道理简单得很·056

他想走，就让他走，留来留去成臭臭·059

当四娘爱上韩少·063

招标就一定会遇到奸商，这是所有招标姑娘必须面对的风险·066

不能连一只猪都不如·069

真看不起就不用在一起了呀·072

重度死宅的内心就是黑洞，任何梦想和激情都逃逸不出来的·075

四 不那么友好，也不那么万恶的世界

画地为牢和炼丹炉只在《西游记》里有 · 080

在五十岁，遇上地狱甲和地狱乙 · 085

你的房子是你的，老爸的钱是他的 · 090

愿你在少年时遇上善良的人，成年后能当一个快速逃离苦难的人 · 095

世界操我们的方式，就是它总是和我们想的不一样 · 103

附："快进快出"第二期 · 110

五 论父母、家庭、房子、工作与感情之可兼容性

乖孩子都是输给了自己的恐慌，压下了内心的召唤的人 · 114

爸妈挑白菜，女儿找真爱，若想成好事，加根葱来买 · 118

拼车拼卡拼优惠券拼团购，在拼结婚买房面前弱爆了 · 121

童养媳在本国是违法的 · 125

所有结婚狂，都只有四分钟的时间，和七千万的遗产 · 129

星光宝和捆钱橡皮筋，完胜大车祸和前女友 · 133

男人、房子、馅饼是一个本质 · 140

封建迷信害死人，科学养猪是王道 · 145

心如钢铁地追求幸福 · 148

六 人人都爱万峰腔

原来哥哥是干爹的年轻版 · 154

挨过耳光，喝过鸡汤，也治不了胃溃疡 · 157

喜欢思密达组合总比喜欢睡思密达组合好 · 162

被一个人渣嫌弃，是那么值得伤心的一件事么？ · 164

"姑娘，我告诉你这是个混蛋" · 167

要得一得性病才知道健康的好处 · 170

如果这都不算王八蛋，那你真是瞎了眼 · 172

附："快进快出"第三期 · 176

七 恋爱是个技术活

有过日子的心，却没有过日子的能力 · 182

钥匙还是在黑暗里，不管明灯有多亮 · 186

你是想要绝对值，还是比例 · 189

只有在十六岁，才有人会关心你在网游上娶了几个老婆 · 193

Pace不同百事哀 · 196

有节制的生活是值得赞许的 · 200

彼此合适，才能彼此收割 · 203

附："快进快出"第四期 · 207

八 这个世界上的男人和女人

硬邦邦的母亲·214

小顾们还真是多啊·217

一个太多了，另一个就吃不下了·219

那些急于逃脱控制的女孩们·221

约会就约会，聊人文关怀作甚？·223

全世界男人还包括你爹啊亲·225

那些被拒绝的男人啊，你可知随地吐痰的杀伤力？·227

男人性幻想对象的本体，其实是另一个男人·229

为什么烂男人还是有女人争着要？·231

二选一永远是难题·233

九 偏爱这么看

悟空还要悟时代·236

哭泣的母亲·241

叫垃圾婆的女孩·247

世界上唯一没有社会矛盾的地方不是
《新闻联播》，而是快速消费品的广告·254

论河源启一郎和项羽的共同点·257

粗放·260

穷是很难直视的·264

从人潮回望令我很快乐·267

论饥饿感在二奶市场供需双方心理素质中的必要性·269

后记：口味可以多变，毒药神马的不吃·272

代序：前方高能

我第一次给别人写序。这件事太令人振奋了，给人一种我已经比本书作者牛×的错觉。实际上当然不是这样的，书稿还没看毕，我就恢复了神志。本书作者还是比我牛×。这表现在很多方面。比方说，书里出现×这个字的时候，作者总是用那个我说不出口的原词，而我则用×代替，如果这本书由我来写，就会出现大量的×。

在各种专栏里，情感专栏大概是世界上傻×最集中的领域。有时候提问者是傻×，有时候提问者的伴侣是傻×，有时候他们的父母兄弟是傻×，有时候他们全部都是傻×。本书由读者来信和作者解答组成，在刊载读者来信的时候，像秋风扫落叶一般冷酷无情地展露了他们的原味傻×之处。读到这些来信，你会先有一个自己的判断，这个判断有两种可能：

A 哦我×，这真是个傻×！我要看看作者怎么答复这个傻×。

B 哦我×，这真令人同情！我要看看作者怎样给他心灵的慰藉。

在 A 的场合，你看完后半部分，会觉得畅快淋漓，感同身受，因为作者不但跟你一样痛恨傻×，而且敢于骂傻×，还敢把骂傻×的话结集出书！说实话，我看完之后，拍案骂道：我×，现在的出版尺度已经这么大了吗，我在自己的书里连"××"两个字都不敢写！当然，这不是说作者只会骂街,你看了就会知道。她的文字锋利而又亲和,且紧密贴合时代,像我这种老东西(作者语)已经跟不上她的节奏了。仔细看,里面竟然还有作者亲笔手绘插图!真是又狠又萌。她用吹毛断发的宝刀一般的文字和一针见血的观点斩杀世间的傻×,如裂败革,如分秋水,如断朽木,如破坚冰,真是太爽了。这些你很快就会看到了。

而在 B 的场合,怎么说呢?某种意义上看完你也会觉得很爽的,这我就不太好意思深说了,作者那种抗击打能力,我可没有。总之,这会是一次酣畅过瘾的阅读体验。翻过这一页,前方就会出现一大波傻×,用时下流行的词儿来说:"前方高能!"你会跟着作者一起来一次终生难忘的百人斩。在此之前,你可以扭扭脖子,做做准备活动。

一般来说,序的最后都会由作者感谢出版商、发行商、编辑老师的催稿和经纪人的压迫等等,就跟已经得了诺贝尔奖一样。但是代序该怎么办?我又不认识这些人。所以,在此,谨代表作者,感谢为本书作序的囧叔。

囧叔
2013 年 10 月 12 日于办公室上班时

一

有些人跟毒药一样，看到就要躲

不负责任已经
是重罪之一了啊

布丁奶茶说：

Daisy，思来想去，还是把这些话说给你听的好。

大学的时候，我和当时的一个朋友谈恋爱，感情不错，毕业的时候我甚至放弃了已经找好的工作，和他一起去 Q 地。本来我们都以为这就是永远了，结果这段感情维持了大约两年，后来莫名其妙地就分手了。分手的原因到现在对我们周围共同的朋友都是个谜，其实我也不知道，仿佛就是赌个气。

之后，他也跟我说过要复合的话，可每次他说这话，我脑海中总浮现出他那副得意的贱样儿，虽然知道他说的是真心话，但每次都不了了之。我知道他跟我分手后一直单身，直到去年才谈了一次没头没尾的恋爱。今年四月他认识了一个姑娘，一个月以后就领证了，据说是姑娘催促他领的。到现在，他和那个姑娘才仅仅认识三个月。

和他结婚的姑娘不爱他，甚至不在乎他。领证之后，他问那姑娘跟他有没有感情，姑娘说，肯定没有，咱们才这么短的时间。他又问那为什么要急着跟他结婚，姑娘说，因为他条件还比较好，面儿上过得去。他说如果我没有现在拥有的这一切你会跟我在一起么，姑娘说，那肯定不会。

这些话他说给我听的时候，我大为震惊。因为我一直是感情至上的人，一直觉得没有感情的婚姻就是炼狱，那种为了物质结婚的姑娘，更是对自己不负责任。当然，他也不爱那个姑娘，他只是觉得自己年龄摆在那儿了，得给家里一个交代。我知道，这也是不负责任。

可是，我还是有点儿小心疼。从他脸上我就看得出他过得不好，但凡家里有个知冷知热的姑娘，他也不至于跑出来跟我说这些话。

从我们分手到现在，他经常挂在嘴边的一句话就是：你是我心里第一顺位，如果这辈子娶不到你，我跟谁过都无所谓。

分手之后，我们经常不定期地见面，像朋友一样说说近况什么的。前几天我们又见了一面，结果他说对我还有感觉，说如果我愿意跟他，他就离婚什么的。听到这话我的第一反应就是一脑门子黑线。可是不知道怎么了，我这些天心里老是乱糟糟的，突然觉得，当初我的倔强是不是一个错误。我觉得我自己这个贱样挺招人嫌的，但是心神不宁地不知道要干什么。

但是，我觉得破坏别人家庭这种事儿我还是干不出来，我跟他分析了一下利弊，然后告诉他从我这边儿断是受伤范围最小的方法，我们就老死不相往来得了。说这些的时候，他就一直念叨，要是我再等等……还掉了几滴眼泪……

我不知道这些年我在他面前传达了一种怎样的信息，反正他接收到的就是，在我这儿没戏了，我恨他之类的。但是我从来没恨过他，这种感情挺复杂，不像爱情也不像友情，是一种更亲密的情感。对他特别地信任，什么都愿意告诉他。我觉得他对我也一样。

我把这些告诉我妈之后，我妈非常严肃地警告我不要掺和这些事儿，说这是他不负责任的表现，必须远离。现在纠结的点是，我们互相了解，我们是真爱，我们彼此还有感觉，但是，他结婚了。

我们还在一起的时候，我曾经想过一个画面，就是骄傲地跟我们的孩子讲，你爸你妈是特纯洁的校园爱情，跟现在这些物欲熏心啊相互利用啊都沾不上边儿。可如果我们现在在一起，即使他离婚了，我们得到的这一切仿佛都不那么光彩了。

那些像什么"你们只顾自己的感受,不顾别人,是自私鬼"这样的话,我都明白,跟已婚男人见面,不管以前是怎样亲密的关系,在现在看来都触及了道德的底线,我知道这样不对,可心里突然就放不下了。

要表达的东西太多,我觉得我没表述清楚,不知道你能不能体会我现在的心情。

祝,一切都好。

——————— 我是锅里正煮着卤蛋的分割线 ———————

布丁奶茶同学:

你好。

首先你不用担心我会说太多道德层面上的话。因为你不存在这方面的问题。你和你前男友又没做出什么越轨行为,我觉得要是你们这么聊聊天都算是道德问题的话,那真是白色恐怖了。"只顾自己的感受,不顾别人,是自私鬼"的人,跟你没关系,你前男友才是。跟一个姑娘结婚,不爱她不了解她,就因为"自己年龄摆在那儿了,得给家里一个交代"。欸,自从我开始答大家的信以后,才猛然发现世界上有这么多孝子贤孙,个个二十多岁了还怕妈妈打手心罚跪。孝顺孩子要真有这么多,我真不知道街坊大妈每天都在抱怨什么。这孝子给爹妈交了答卷,自己手心保住了,却把老婆限于一段行尸走肉的婚姻,这不是自私鬼王八蛋,我想不出什么是自私鬼王八蛋。

更可恶是,这王八蛋说得多好听啊,"如果这辈子娶不到你,我跟谁过都无所谓"。这句苦逼情种台词,苦情戏八点档里常见,经常把厂妹们骗得眼泪汪汪,幸好你不是这样的姑娘。恕我粗糙地翻译下这句,大意如下:"咱们俩这辈子是没戏了,但是我又不能为你守活寡,总得找个人给我煮饭洗衣跟我睡呀。你放心，我向你保证，我找个冤大头，我睡她我绝不爱她，这算对得起我们的感情了吧"。

当然了，他老婆也是个不负责任、稀里糊涂的姑娘，就这么把自己的婚姻托付给自己不爱不了解的男人。考虑到这多少算自找，我们可以减少一些对她的同情。

下面我们不从道德层面上说，只说现实说利益。我认为你的前男友在处理感情婚姻问题上，表现得非常幼稚，没有原则，不负责任。所以他的记录很糟：愿意为他放弃工作去外地的姑娘，他留不住；负气结个婚，以为各取所需，结果连需都没取到，找了个不知冷热的老婆；四月份才结婚，现在已经在打算离婚了，婚都还没离呢，已经在给前女友发承诺说保证了。天呐，这个人在感情婚姻里，就像大象闯进瓷器店里，走哪儿磕哪儿，没有一件事被他做好了。这个自己都能把自己的生活搞得一团糟的人，我不觉得你跟他在一起，他能让你越过越好。如果你发现你跟一个人在一起，你的生活只可能越来越糟，那不管你多爱这个人，脚步都得停下。

你在信里提到很多次"不负责任"，看来你意识到了这件事情的性质，就是没意识到这件事的严重性。不负责任不是个小缺点，也不是像戒烟那样三个月能改过来的事。不负责任是二十多年养成的人生观，本来就是感情里最大、最骇人听闻的重罪之一。基本上有这一条的话，其他再多优点都可以直接无视了。何况还是有一副"得意的贱样儿"的男人。光听这个形容都是一股微妙的欠揍感……

远离那些头顶"哔哔哔"闪着危险信号、只可能把你拖下水的人，在任何时候都是良策，不管是在爱情里，生活里，还是游泳池。

祝夏天愉快。

Daisy

"呸，你以为你是谁！！"

蛋苕酥说：

女神你好。我有点事情想咨询下你。

我和男朋友一起两年了，在我年轻的恋爱史上这是第一次，他大我七岁，在留学。我们只有暑假才能在一起。他是个控制欲很强的人，很看重自己的所谓权威。因为我现在高三，他规定了我一定要考哪个学校，虽然那个学校的分数对于我来说难以企及。他说我高三了，就不许我看闲书了。我们常常争吵，谁也不肯道歉，往往是他把我骂一顿，说让我滚，我崩溃地道歉挽留。自己也不知道当初是对是错，但吵架时真的感觉不到一点包容，总是想，他宁可分手也不能说句对不起吗？还有很多小事情，让我觉得他轻视我，不在乎我，好像没把我当成和他一样的人来看待。

我是个很敏感的人，很怕失去和背叛。容易沮丧，童年也有各种阴影。可能是我把他抓得太紧了。他有过一次勾搭别的姑娘被我发现的经历，从此我越来越神经质，总是做噩梦，梦见他和别的女人在一起，醒来后就像真实发生过那么难受。他呢，经常给我买东西，给我钱花，我虽然没有主动要过，可是都默默接受了，我现在想想这样很不好。看着自己越陷越深，我们关系越来越糟，真的很想改变现状。

我的第一次给了他，此后他把我变成了一个 M*，我想他把那些代入了生活。

我太依赖他，难以抽身，现在生活一团糟，学习也提不起劲，想到未来觉得灰茫茫。很痛苦。

今天我们又吵架了，我真的不知道，该怎么办。

写长了，感谢女神。盼回复。

—————— 我是晚上要和人饭局现在还没想好要吃什么的分割线 ——————

蛋苔酥同学：

你好。

按照你读高三的年纪，这位大你七岁的男朋友，也不过二十四五，居然就开始口含天宪，当起你们小小世界的 lord and master 了，规定你必须考哪个学校，你自己爹妈都还要和你商量几句呢，他就这么顺利地代劳，当起你的再生父母，替你爹妈省心。事实证明不请自来的一般都不是好货。毫不在意地勾搭别的女人，没把女友"当成和他一样的人来看待"，然后再给你点小钱了事，更是传统大男子主义屌丝的豪放。只不过他还在念书，这点小钱怕也是他爹妈的，拿他人的钱来满足自己那点可怜的小虚荣，真他妈一个神气活现的 loser 啊。

对于这种极其自爽地沉浸在自我世界里的家伙，我真心建议任何人（不管和不和他们谈恋爱），都不要给他们好脸，最好直接啐其脸上："呸！你以为你是谁！"相信我，这些人就欠这个。而且很多时候，啐一次还远不够有效，勤啐是王道。而且和他们之间只要保持纯洁的啐关系就可以了，当朋友谈恋爱肯定伤身的。

* M：与 S 的概念相对，是英文单词 masochism 的缩写，意为受虐狂。

他的问题我们不多说了,现在说说你的。你才十多岁,第一次谈恋爱,第一次性关系又是和他一起,自然会觉得沉没成本太高,很难放手。但沉没成本是拖死一头牛的巨大破车,你和他多在一起一天,这辆车上的负重只会越来越多,及时止损才是正路。十多岁时,男人是什么,爱情是什么,很难有个多好的认识,遇上渣的可能性极大,不必觉得太倒霉,谁年轻时没爱上个把渣渣啊。不过前面说的那些观念都要慢慢学,另外"怕失去和背叛,容易沮丧"的性格,和"童年各种阴影",也都是要慢慢改变的。一封信里要说清楚这些是不可能的。不过快速离开渣男,倒是个能立刻做到、不太难的事儿。你要做的只是拔脚,删除联系方式,再也不看他一眼。以后你会发现,这就像挤出一个困扰你很久的痘痘一样爽。

当然,拔脚之前,啐两口在这个得意洋洋的家伙的印堂处,就更好了。感冒时啐尤其爽,因为痰多。

祝春天快乐。

Daisy

随地吐痰不卫生，最好吐在他脸上
还能传染结核病，一箭双雕何其爽

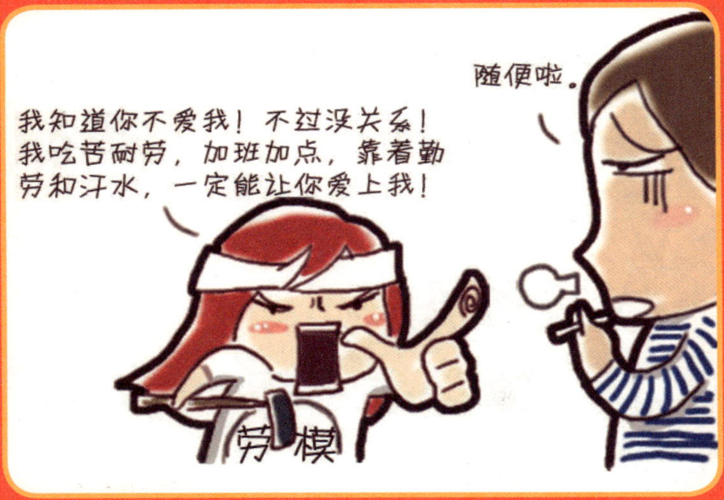
我知道你不爱我！不过没关系！我吃苦耐劳，加班加点，靠着勤劳和汗水，一定能让你爱上我！
随便啦。
劳模

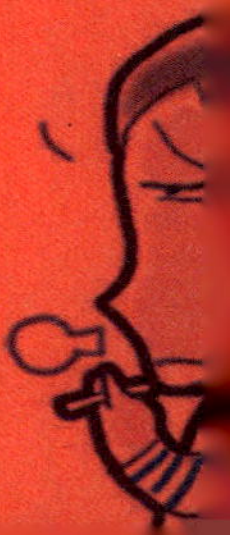

不把你当人，谈什么爱？

雪菜冬笋肉末春卷说：

女神，您好。首先祝您新年快乐，诸事如意。最近遇到感情的事情，想请教您一下。

是这样的，我是女孩子，一个人在外地读大学，今年大二，我男朋友是在外地读书的时候认识的，他二十七岁，比我大五岁。他工作的单位离我们学校很近，可以经常见面。我们是一个地方的人，我们那里是个小城市，在外地遇见也属于缘分。我和他在一起有一年了。我很喜欢他，感情还不错，期间和他发生了关系。

他以前的历史也有对我说过，他以前有一个谈了五年的女朋友，那个女孩为他打过四次小孩（他亲口对我说的，说是为了防止我以后听见什么不好的会多想）。仅从打过四次小孩就可以看出那个女孩非常爱他，那样大的伤害，竟然还愿意和他在一起。他们后来分手，是因为他一个兄弟的爷爷去世了他要去帮忙（小地方有这样的习俗），那个女孩觉得他那些兄弟都是混日子的人不想让他多待，他下午去的，晚上女孩去葬礼上找他拉他走，他不肯，女孩坚持，闹，他可能是觉得那么多人没面子，打了那女孩一巴掌，事后非常后悔，可还是拉不下面子去找她，女孩也可能觉得失望也没有找他，就这样分开了。（也是他亲口对我说的。）

然后他来这边工作，一年过后遇见了我，当时他说这些的时候我和他已经在一起，虽然心里不舒服，但想那都是过去的事，当时我不认识他，没理由干涉他的以前。

当时我还生病了，就是那种普通的妇科病，他不喜欢戴套，有时候我来月经他还要做。我自己去看病没看好，直到后来放寒假回来，觉得这个事情不能拖，告诉了我妈妈（他没有那么多钱，我也没有钱），我妈带我去看病，一个星期之后好了。女孩子去看这个非常难堪，过程很痛苦。

病好了之后，他来找过我一次。虽然是一个地方，但是我在市里面，他家在县里面，车子在山路上非常难走特别辛苦，要坐十二个小时车。他待了几天回去了，说就是看看我。我妈知道我在谈恋爱，我在学校打电话和她说过。我妈妈特别不喜欢他，说他其实不在乎我，我在读书他竟然不考虑后果，还生病了，还说他什么都没有给我买过。我妈妈还说爱于心，鉴于行。他这一年确实没买过什么，都是些小东西，也没有送过一次礼物。

但是他说很喜欢我，很想和我结婚，他没什么钱，他家庭还算好，父亲是一国企单位的领导，他长得也好看，以前谈的那个女孩是他们那里的校花，我也不是难看的那种——不是自夸——钢琴专业。他说他现在努力赚钱等我毕业后结婚。前几天我去找他了，还见了他父母和亲戚（因为是过年都在）。他把我介绍给他那边的朋友，可以看出他很喜欢我。但是他的亲戚朋友都知道他和那个女孩的事，虽然那个女孩现在已经结婚了。

以前他对我说他们的事情的时候，他说如果他们不吵架可能都已经结婚了。我特别难受，也知道不能为以前的事怪他，也许是我太小心眼，现在不知道该怎么办。

说得太多，望女神理解。盼女神回复，再次感谢。

（应当事人要求，里面所有涉及的地点、时间都已修改，请勿对号入座。）

~~~~~~~~~~~~~~~~ 我是在家苦苦等快递的分割线 ~~~~~~~~~~~~~~~~

雪菜冬笋肉末春卷：

你好。

看完这封信，我感到很愤怒。每天收到很多信，大部分都很平淡，偶尔有一两封看了很唏嘘，有一两封看了笑破肚皮，还有一些情节离谱的，看完第一反应是好奇，但你这封我看了后，最大的感觉就是非常，非常愤怒，还有什么的话，就是无力感和悲哀。看完我立马去发了好几条微博。其实我要说的主题，那几条微博里都说了，现在只是再详解一下。

你这位了不起的男朋友，毫无节制地让前女友堕胎了四回，不是一回，而是四回，但这对他来说，好像不是什么了不起的大事，仿佛四次堕胎和四次流感差不多，请几天假喝点鸡汤的事儿嘛。他心心念念的只是那个女人和他吵架，为了一点鸡毛蒜皮和他分了手，四次堕胎给一个女性造成的核弹般的痛苦和绝望，居然根本不在他心底可能造成分手的原因中。更可怕是，换到了第二个女朋友，他依然没有愧疚，没有反省，没有害怕，依然不戴套，依然要求在生理期做！这等无耻无德，我看得真的很想狠狠踹其下体，直接踹断了以绝后患。"世间重罪里，没有比骄傲更可恶的了"，你这位男友，就是那种最不要脸的，自私傲慢的人渣：只有他是人，只有他鸡鸡的快感是委屈不得的，只有他的生殖器配受到一等待遇，吃不了苦，别人的生殖器就活该被感染，做手术，从里面刮出一个血淋淋的受精卵。我实在看不出和这样的人渣谈恋爱有任何积极的意义，除非你的人生就是想选 hard 模式*，一定要在三十岁前也堕个十次八次胎，倒可以试试，放心吧，和他在一起，毫无难度。

除了气愤男性人渣之外，你和你母亲两位女性对这件事的反应，则让人难过，充满无力感。有一个悲哀的事实是：人类马上都要上火星了，可作为女性，我们的地位却没有什么明显进步，和几千年前差别不大，依然是被消费，被蔑视，被侮辱和被损害的。这种侮辱和损害，除了各种与时俱进的歧视和压迫外，还原汁原味地保留着粗暴的肉体伤害。在安全套发明几十年后，很多女性还是无法理直气壮地用它来保护自己，因为优先满足男性的性要求，被解释成了爱情中最重要的一件事，男权世界也不惮大剌剌地宣布"男人都这样，都是用下半身思考的"，意思就是：不满足我下半身，一切免谈。他满足了，危险的性行为带来的后果，却只有女性去承担。更糟糕的是，连女性自己，都没觉得这种不平等的伤害多严重，多恶心。他前女友为他堕胎多次却不离开他，不少人的想法应该和你一样，不认为这是件和智商，与女性地位有关的可悲的事，而是一件和爱情有关的，甚至带着浪漫感人气氛的事："可见她多爱他"，仿佛女性表达爱情只有一种方式：伤害自己，尤其是伤害自己的性器官。因为女性的性器官不属于自己，而属于男人。女性能做的，只是在把性器官出售给男人的时候，讨到一个好价钱：房子，车子，婚姻，给你买东西，"对你好"。

你母亲不就多少有这样的想法么？她诚然生气他害你生病，但他没给你买东西，也是她不爽的重要原因。那假想下，如果你男友让你染病堕胎后，给你买了一大堆礼物，是不是就可以原谅他，让他继续害你染病堕胎呢？不是你母亲不爱你，如果我母亲还在世，我也很

---

* hard 模式：初指网络游戏里的较高级别模式，后引申为日常生活里的困难模式。

可能遇上和你一样的事儿，以我对她的了解，她多半会说同样的话。作为女性，我们从小就接受了太多这种恶心的教育，甚至已经深入骨髓，成为心理深层集体无意识。我们恐惧男人抛弃我们，我们看不起自己的身体和尊严。这些想法从我们的祖母传给了我们母亲，然后母亲传给了我们，若够不幸，我们可能还会传给我们的女儿。

就像前面说的，人类都要上火星了，该换个思维想想了，不把你当一个有血有肉的人，谈什么爱情？什么了不起的爱情，不建立在最基础的平等和尊重上？你何时见过一个男人真的爱上充气娃娃？充气娃娃不会怀孕不会生病，男人永远不需要戴套，不讲究的，用完擦都不擦一下。你负责每次和他做爱，可看"非常难堪"、"痛苦"的妇科病你都乖乖自行解决不麻烦他一个手指头，当充气娃娃的劲头也太足了点，他也乐得甩手不管。这么不把你当人，怎么会有能力和自觉给你一个正常人的生活？不在乎你的痛，怎么会在乎你的快乐和幸福？别妄想靠忍耐痛苦和经受折磨（很多人把这个叫付出）就能让一个人渣基因重组，某天突然变身十全好男人。我想他之前那个女朋友，未尝没有怀着这样的期待，你若也这么想，估计结果也差不多，带着一身病痛黯然离开后，男的嘟着嘴对下一个女人说："她老跟我吵架，害得我们没结成婚。"还是那句话，放心吧，和他在一起，这下场毫无难度。

祝早日康复，甩渣顺利。

Daisy

死心吧，傻×比
法海还不懂爱

藏式牛肉包子说：

女神，看了你豆瓣有一年多了，最近遇到了难以抉择的事。

我男友喜欢我有一年了，当时我有男友所以他没有和我提过，一二年十月份跟我提的，我答应了，两个人感情很好，他一开始把我作为结婚对象谈的。谈了一个月的时候我告诉他，我跟他谈之前的一个月跟前任开过房（告诉他的原因是他爸会查他处的对象的资料和开房记录，与其他爸告诉他，不如我说来得好些）。他非常介意这点，不能接受谈之前一个月还跟别人那个过（之前他有个女友也是这样，他知道后立马分手了）。自从知道以后他态度就变了，到最近他跟我说他真的很纠结，以为时间长了心里就不介意了，但心里的那个坎一直过不去。分手他很难过，他也不想分，但是怕继续谈下去最后还是因为这个原因要分，浪费我时间和感情，现在他把继续和长痛不如短痛选择权交给我……我不知道怎么办，我对他是认真的，真的很喜欢他，女神你是不是也觉得没有再继续的必要了？还是我再勇敢下，看看时间长了，他对我的感情会不会高过他介意的点？

~~~~~~~~~~~~~ 我是想下午去爬山的分割线 ~~~~~~~~~~~~~

藏式牛肉包子同学：

你好。

我最烦这种傻×，你还不是他女朋友时他就在管你跟谁睡觉。他以为他是谁，有什么资格管一个和他没关系的女人的性生活？就因为他喜欢你？别得意自己的那点小情小爱了。"不能接受谈之前一个月还跟别人那个过"，这他妈还有保质期，一个月不行，两三个月就可以？怎么看都是一副"跟别人睡了脏了要吃素沐浴两个月才能和我睡"的狗眼看人低。

多大人了，他父上居然"会查他处的对象的资料和开房记录"！！真是个爸爸的乖宝宝。先不说第一，他父上有什么权利查别人的开房记录？第二，他父上有什么途径查别人的开房记录？这个途径是否违法？第三，这家人对子女的教育得多变态多糟糕？只说他爹这么紧张这事儿，是多不信任自己的儿子的品行，还是以前儿子带过花柳病回家？这下可好，他老爹死盯着他的生殖器，他死盯着你的，反正你们的生殖器都不属于自己，都是别人的。你想过这样的日子么？

还"把继续和长痛不如短痛选择权交给我"，想分手还没胆直接蹬，要等人家知难而退给自己留个好名节。估计你同意分手了他心里肯定松了一大口气。问题是，如果你不同意分呢？他就会点头说"好，咱们不分"就完了么？估计还有一大堆条件等着你："好，咱们可以不分，但是这是我付出了极大勇气的哦，所以你要答应我：以后要乖，不准再跟别的男人有任何关系了，还要对我好，对我爸妈好狗狗好……"多少男人就这样硬把一件再平常不过的事儿说成了短处和漏洞，得意洋洋地抓着当筹码，顺理成章地骑女友头上了。是啊！他受委屈了啊！她在不是他女友时和别人睡觉了欸！！

（好嘛，我在这里公平地说一句，用这招对付男友的女人也一样多。）

只要他是个傻×一天,他对你的感情就很难超过他的蠢。死心吧。傻×比法海还不懂爱。

祝春天快乐。

Daisy

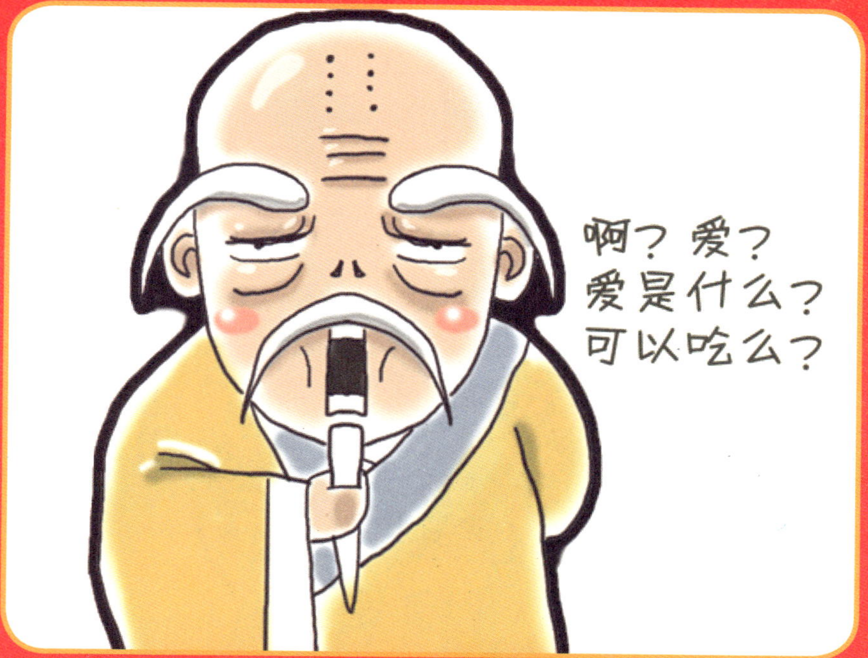
啊？爱？
爱是什么？
可以吃么？

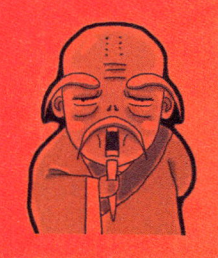

天哪！你是我见过最惨的男人了，失业失恋，三个前女友都恨死你，你父母也嫌弃你，连狗都不喜欢你，太惨了，我要给你一个温暖的家！

烂男人都有张莲花嘴

金桔柠檬说：

我现在的男朋友是我 EX* 的好朋友。跟 EX 分手完全是意外之举，当年高考失败准备出国，申请七年的本硕连读，EX 已经二十六了，他觉得没关系，可我还是决定分手，我不想拖着自己也拖着别人。

跟现男友在一起后，很长一段时间我们矛盾深重。他见证了我和 EX 的三年恋爱期，这导致很长一段时间他都有阴影，提到 EX 的名字，他就会瞪起眼睛：你在想什么？而其实，我觉得那些真过去了。

我男朋友人挺善良，对朋友特别诚恳，对我也挺好的，但就是不上进。上班时间打游戏看视频刷网页，周末跟朋友聚餐踢足球，就是没想过要努力工作。你说他吧，他反过来问：你总不能逼我现在二十四岁就做公司总监或者月薪上万吧？我无语。

谈恋爱两年时间了，几乎每周都奔波在 W 市去 N 市的路上，来回的火车票和打车的钱也都是我自己付的。我在 W 市念书，他在 N 市上班（Daisy 附注：跨省的两个市）。来回都要七个小时，风雨不间断。我偶尔抱怨，他都以上班族没有学生自由的理由搪塞回来了。

最大的矛盾还是来自家里。我家里人一半都在电视台工作，所以希望我大学毕业后也回台里上班，而我男朋友却希望我可以去 N 市。有天我妈跟我说：孩子，你得好好想明白，你现在丢

* EX：前男友或前女友。

了好工作去寻找你的爱情，未来爱情没了，你什么都没了，该怎么办？

现在已经六月了，六月底结束就要实习，回老家还是去 N 市，都得在最近做好选择。我很害怕，其实我对这感情没什么把握，未来能不能走到底还是谜题。

纠结到死了。

———————— 我是面对一大堆来信只想变成毛毛虫面包的分割线 ————————

金桔柠檬同学：

你好。

现在已经是六月二十三号，我马上要交房租，估计你也已经决定去向了？这封信是月初收到的，但是埋在一大堆信里面，没有来得及很快回。稍微有点办事不力的羞愧。但是，回那么多信真的很考人啊（当然也有很大乐趣）……见谅见谅。

据说巴菲特还是谁（我实在不知道有哪些有钱人，就只知道巴菲特），投资决策很重要的一条就是：绝不把钱投在一无所知的领域。原因无非如下：第一，没有信心的事情不值得冒险；第二，一无所知的领域，会被人牵着鼻子走，建立虚妄的信心，很可能冒险。

虽然大部分人的第一份工作都没有自己想的那么重要，但是其实也算是大事一桩。工作第一年，实在是紧绷、常有意外、磕磕绊绊的一段时光，那么多人非常重视公司里的前辈指引，就是因为这段日子真的挺难熬，所以才要跟一个好点的人一起度过。现在你对你们的感情都毫无信心，为什么要跑去跟这么一个废柴一起生活，看他继续过着废柴生活，继续让他花你的钱？你的车票和打的钱还没出够？

你形容他时用的词语"不上进"、"搪塞"，都是中性不带情绪的词，看来你对他的评价已经是客观的了。但是你狠不下心，我想一来因为你对他有感情，二来很可能就是他找的那些烂理由烂借口找得那么理直气壮，简直让你都要怀疑他是对的了。

就像庄雅婷说的，这类男人，全身最硬的器官其实是舌头。不少烂男人都有张好嘴，随时随地都能口吐莲花。他还是学生时，要你自己跑，出来回两地的火车票和打车钱，他在屋里打游戏等着，因为他会说"我是学生，没钱"；等他上班了有钱了，他还是要你自己跑，出来回两地的火车票和打车钱，他在屋里打游戏等着，因为他会说"我是上班族，不自由"。那叫他努力工作，争取有天能有钱又有闲啊，他会说"你总不能逼我现在二十四岁就做公司总监或者月薪上万吧？"真是天衣无缝的逻辑啊。

二十四岁就月薪上万的，我这等穷人都认识几个。当然二十四岁就不上进的废柴，我认识不下一百个，而且我有绝对的信心赌他们到了三十岁，月薪也未必能上万（不考虑通货膨胀问题），还是要靠女朋友帮忙还信用卡上因为打游戏买装备的欠款。

综上，我看不出这么个花女人钱花得义正词严，浪费老板钱浪费得开开心心，还不停计较女朋友的过去情史以便给自己找道德优势（有趣的是，烂男人都喜欢找道德优势，因为除了这个他们啥优势都没有了）的男的值得你托付未来至少一年的时间。

顺便说一句，最近收到关于废柴男友的邮件颇多，虽然一向号称男女平等，我还是对现在男人大剌剌地花女朋友钱的情况十分吃惊。我当然知道不是所有花了女人钱的男人都是混蛋，李安还被老婆养了八年呢。但在每个废柴都以为自己是李安的国情下，宁可错杀一千，也不要高估一个。这对他们来说只是吹吹牛皮，对我们可是终身大事。

而且，就算是李安，只要你觉得不平等，不自如，不舒服，照样可以不鸟他。

祝第一份工作顺利。

Daisy

苦瓜汁里泡出来的男人

冬菜蒸肉片说：

女神，冒昧给你写豆邮，因为我不知道怎么办好了。

关于一个男人，认识一年多，我个人认为好了半年，对方是摩羯座，我是白羊座。

对方没有说过我爱你什么的，他说这些不需要说出来。

我觉得对方是把我当做消遣，酒醉就想起我给我打电话。第一次冷暴力开始我心痛得要死，这是第几次冷暴力我也不知道了，我只知道我对他快没多大感觉了。

他昨晚打电话来说他没和我联系的这段时间每天都在想我，他说他喝到胃出血。

他有一个出国的前女友，而且那个女的出国之后两三年后才遇到我。甚至一度我极度讨厌加拿大，毕竟心里还是多少有点不舒服的。

对了，我和他是异地。

~~~~~~~~~~ 我是沉溺在凉拌皮蛋中不能自拔的分割线 ~~~~~~~~~~

冬菜蒸肉片同学：

你好。

根据你的描述，我总结了一下这个男的。

第一，异地。这个我一向非常不看好，扣分。（不同意我意见的同学不要抬杠，这只是我个人偏见，人家问的就是我的个人偏见。）

第二，酗酒。严重扣分，你就那么想嫁给一个胃出血病人，时不时端汤递水，然后五十年后还要伺候一个病情恶化到胃癌的病人？如果对"伺候"一说不甚了解，可以去附近医院肿瘤科看看那些患者家属们。

第三，冷暴力。严重严重扣分。说起来，就是没教养、真动手的糙爷们，都比冷暴力男好对付点。拳脚功夫讲究硬碰硬，你要是有幸学过两天散打，打得过他，最后还不知道谁趴被窝里哭呢。偏偏这种水晶心肝玻璃人，随时喜欢蹲墙角暗自伤神的冷暴力男，你真的一点都没办法对付，难道和他一人蹲一个墙角，比赛谁坚持得更久不说话，谁喝酒更多，谁胃出血更严重？

以上几点应该足够指明：这个苦逼男没什么值得留恋之处。

当然，我必须要承认，这种苦瓜汁里泡出来的男人，对某些傻姑娘有特别的吸引力。姑娘们母性爆棚，看到苦逼男就想冲上去抱住，再给他一个温暖的家，这事我都能理解。但如果一个男人的每次出现都必定和醉酒、胃出血、冷暴力挂在一起的话，那这不算是灵长类，这他妈是个瘟神啊，是灾星啊，是铁道部啊……打住打住，跨省了。总之跟苦逼男在一起，不要指望幸福，只能把自己也泡进苦瓜汁里，因为他只会分泌这个，哦对，还有眼泪、呕吐物和一部分胃出血。

祝夏天快乐。

                Daisy

理由很多，
真相却只有一个

荷香排骨说：

他是我大学同学，大学时追过我，我对他没感觉，就觉得做个朋友还不错。毕业三年也没怎么联系，偶尔出来吃个饭，大多还是和其他朋友在一起。他毕业前找了女朋友，毕业后就同居到现在。

他毕业以后还是时不时地联系我，说些表示暧昧的话，我并未理会。

直到半年前，我们由于工作原因一起参加了一个party，喝多以后ONS*，于是我们好了起来。问题在于我也不知道我当时的动机是什么，空窗太久？喝酒太多？

后来我深深地陷了进去，我发现我和他如此契合（别想太多，精神层面），譬如我们工作相似，又是同学，有很多共同话题……到后来我开始患得患失，我希望他离开女友和我在一起，但是我也知道三年感情不是说断就能断，更别提他们都互相见过家长了。

后来他女友知道了我们的事（而且还在豆瓣上偷偷关注我），虽然很难过，但是也不提分手，此男心有愧疚，也不敢开口提。我给他半年期限，直到今天，已经过了最后期限，他还是没有分开。照他的话说，是怕他家里失望，他妈妈很喜欢他女友。我很失望，表示要离开，他又说已离不开我。于是仍旧纠缠不休。其实我并非是个脑子不清楚的女人，我觉得我和他在一起

---

* ONS：英文"one night stand"的缩写，意为一夜情。

开心，但是这样的没决断又让我觉得没有安全感。

曾经我想过，如果他开口，多难我都陪他一起走过，但是现在我已失去信心，只怕自己心软回头。

给我点一针见血的建议吧。谢谢。

~~~~~~~~~~ 我是今晚做了腐乳鸡翅但是吃不完的分割线 ~~~~~~~~~~

荷香排骨同学：

真要一针见血的话，那我的针如下：

你遇到了一个糟糕的男人。

他"毕业前找了女朋友，毕业后就同居到现在"，"毕业以后还是时不时地联系我，说些表示暧昧的话"，这是典型的吃着碗里的看着锅里的，非常糟糕。但如果实在要说有的男人就是有口淫癖，喜欢调戏姑娘，这也勉强算了。

几年下来，他和这位女友看来已经到了谈婚论嫁的地步（都见了父母了，父母还很喜欢这位女友），但他同时还和别的女性交往，这就不再是口淫癖阶段了，而是真刀真枪的糟糕。

而这一切，他都是瞒着他女友做的，同时他并没有给他女友也可以跟别的男人交往的权利（至少你的信里表现出来的是这样）。那这连真性情都算不上，又猥琐又糟糕。

事情暴露，你要他摊牌。他不仅不去摊牌，还找百般借口。对女友"心有愧疚"，背着女友跟你在一起时怎么就没想到愧疚，要摊牌了就愧疚？"怕他家里失望"，多大人了，还中二症兮兮的，怕妈妈打手心？"他妈妈很喜欢他女友"，真恶心，说的好像他妈妈和他女友在搞拉拉似的，说得好像不是他本人在和他女友同居。反正千错万错都不是他的错，他可怜，他为难，怎么就不想想你们两个女人多可怜，多为难？他的理由很多，真相只有一个：他不会蹬了女朋友和你在一起的。而且找这么多没用的理由，只说明这个男人连最起码的担当都没有，非常非常糟糕。

　　那这个时候你说算了，别和他纠缠了分开吧，他又告诉你他离不开你了。他怎么离不开你，他二十四小时都在你旁边吗？他还不是说完这话就离开你，若无其事回家，继续哐哐哐睡他女朋友？让别人受了伤害，还要死缠烂打不让别人走，留下来继续受伤害，这简直糟糕透顶。

　　不过世界上有件特别可气的事情，就是这样的烂男人，对付姑娘总是特别有一套，你们两个女人，都知道对方存在了，居然没有一个想着刚烈一点直接走掉，甚至连大闹扇耳光都没想过，尤其是他那位女友，流露出了传统戏剧里正宫保级的典型苗头：先忍着，同时偷偷盯上你，一副准备和你打持久战地下战出其不意战的样子，看来真是被他调教得好。在你们两个女人的暗自揣摩和计划里，这个糟糕的男人就乐滋滋地坐享齐人之福了。一个糟糕男人配上一个忍得住的女人，你有什么好日子过？

　　这就是我的全部意见。可作为参考。

　　祝夏天快乐。

Daisy

给你个杨澜要不要啊？

炸素丸子说：

你好，女神。之前拜读过你写的好多文章，觉得你对生活感情方面的解答让人觉得豁然开朗，但没想到自己也会遇到感情的问题，希望女神给予一些帮助。

我与他的相识：

二〇一二年相识于婚恋网，至今认识相处四个月。因为是征婚，对彼此家庭背景和个人背景都有所了解。彼此都聊得来，在金融、动漫、运动及饮食方面共同点很多，也有共同语言，可以说彼此的三观都比较统一。我是属于思想开明的女孩，也算是"懂事儿"的那种（什么都会为他着想）。他忙工作，忙副业，忙健身，忙着照顾家里人，这些我都能理解。他认为男人就应该干一番事业（这是他吸引我的一点），但是我很不满他把我排在这些事情之后（我们一周最多见一次面，三四天打一次电话，每天的联系方式就是QQ或者微信）。我是不满足于这些的，所以尽可能创造两人的相处机会，但他总是不太上心，这种状态持续到三月。（又，他之前有跟我表白，有打算交往之后结婚，我也相信他不是脚踏两只船的人。）

我与他的问题：

三月份到现在，我俩的关系急转直下，他主动联系我的次数越来越少,见面次数也越来越少,我打电话后来都不接(我没有追魂夺命连环call 的习惯)。我开始忍住没抱怨,后来被折磨得实在不行了,就给他打了通电话,聊了聊现在的问题:为什么他开始疏远我?

他说我没有给他安全感。没有安全感的地方体现在,我现在工作正处在一个十字路口。我最近打算跳槽且不顺利,想试着自己创业但第一步还没迈出去。简历我发了很多封,也面试了很多次,还没有满意的工作。创业方面我自己正努力提升技能,我知道创业很艰难,自己也有心理准备。我现在的情况是未来的方向很不明朗,他说因此让他很不安。(可是我有存款,家里没负担,而且现在也没辞职。)他很理性地指出了我的问题,指出两个人在一起就要面对现实问题(他薪资不错,基本没有金钱压力),因此要把两人的感情放一放,待到问题明朗后再说。

我的困惑则是:备受理性和感性的折磨。

首先,我听了他的话之后很伤心,因为我觉得两个人只要有感情,相互吸引,有共同的价值观而且对未来有共同的目标,就没什么过不去的坎儿。我也是一个要求上进的姑娘,我现在的状态也是暂时的。我接受不了他对我的态度,对我的冷淡,对感情的漠然。我接受不了他对我那么狠心。

我现在对工作的打算是先跳槽,创业的事情先放一放。

他跟我讲的意思是,等我稳定了再找他,两人再接着往下走。

我现在纠结的是我稳定了以后要不要找他,他会不会想继续这段感情(这一点我看不透)?但是自尊心又让我不要去找他,是他先嫌弃的我。但是最可怕的是我还不想错过他,我不想就这样放弃,我想像电影里说的那样,遇到问题要想怎样解决,而不是换人。

希望女神有时间能给我指点迷津,不胜感激。

～～～～～～～～～～ 我是明天想做肉夹馍的分割线 ～～～～～～～～～～

炸素丸子同学：

  你好。

  看完信后，我觉得我大概明白了你这位有追求、有梦想的男朋友的诉求，总结如下：

  1. 现在这个阶段是他"事业的上升期"，谁都别妄想能阻挠／打扰／麻烦他，让他分心，让他有几个小时居然不想着他的伟大事业、伟大副业、伟大健身、伟大照顾家人业，以上诸事皆比天大，肯定也比你大，反正他可不想为了你影响这些事儿。

  2. 你提出的见面、聊天、喝茶、吃饭等不过是恋人之间要做的再正常不过的事儿，事实上，很多热恋中的正常人类巴不得这种事儿越多越好，因为他们很享受和对方见面、聊天、喝茶、吃饭，但你男朋友目前看来好像不大享受，至少不是期待得不得了。

  3. 不管享不享受，很多思维正常的人类也知道，要维持一段稳定的关系，适度的时间和精力都是必须要付出的成本。但你男朋友觉得他并不需要付出什么，就能空手套白狼地找到一个照样对他一心一意的包子女友，你曾是不错的包子候选人，因为你是个"懂事的女孩"。

  4. 除了不需要他付出时间和精力，这个包子最好不要有任何麻烦，她最好十项全能，有固若金汤的稳定工作和思维，还有非常明显的好前程和好收入，她自己足够一帆风顺，这样他就不用做什么啦。

  5. 如果这个包子不幸有了迷茫的心情，未知的未来，那就像他平时不需要付出任何时间和精力一样，这个时候他也没有义务为她提供咨询、讨论等等帮助，只要把她当一个不合格品蹬一边就是了——没什么可惜的，反正他之前也没付出什么嘛。她以后是好是歹很难说，歹了自然更没他事儿。好了？那就成了合格的女人啦，来来来，回炉继续恋爱，反正你们"在金融、动漫、运动及饮食方面共同点很多，也有共同语言"嘛。

　　姑娘，一个人吃苦受累，甚至受穷来开创自己的未来，是多惊心动魄的一件事儿，你确定这一切做了只是为了进化成配得上这个二逼的人？呸，他以为他是谁，你又以为你是谁啊。

　　你这位男朋友老让我想起一个人，看过《买凶拍人》没？里面有个三流A片导演，欠了黑社会老大一屁股债，老大逼着他卖身还债，丫沉吟半晌，抬起头诚恳地说：彪哥，你让我卖身，我没有意见，但如果可以，能不能让我只接女客不接男客啊？黑社会老大瞪他一眼：给你个港姐，你要不要啊？

　　你男朋友就是这样的人，当他表示你只要事业顺利了日进斗金了前程似锦了就可以再去找他时，你也该像黑社会老大一样瞪他一眼：给你个杨澜，你要不要啊？

　　当然我觉得他也许会像那个三流导演一样，羞涩地说：不介意啊。

　　祝春天快乐，工作顺利。

Daisy

二 备胎和前任专场

优质男友都当不了优质备胎，因为当备胎根本就不是优质的男人会去做的事

味噌猪排饭说：

亲爱的 Daisy，我真的把自己的人生带到了一个很傻×的境地，希望你可以一巴掌把我打醒。

我是一名大学生。上大学之后遇到了一个我真的很喜欢的男生，Z 先生。我们的经历什么的也很相似，很能理解对方，称得上情投意合吧，或者说相爱。但是我有男朋友，他也知道，即便如此他还是向我表白了。

我跟男朋友认识十多年，青梅竹马，关系一直非常好，只是我是那种比较把男朋友当弟弟的人，如果没遇到其他什么人，我想和男友结婚很正常，因为他真的对我非常非常真心真意非常好，跟他在一起永远不会被辜负、不会受伤的那种。男朋友现在跟我是异地恋。

我一直觉得不能对不起男朋友，没有答应 Z。之前的那段时间就一直在纠结，我明明觉得跟男朋友在一起我会比较舒服一点，但是 Z 更能理解我的灵魂，我爱好的东西（男朋友工科男，Z 跟我同专业）。所以到底选哪一个比较好一点？而且我真的没办法伤害一个相处了十多年恋爱了好几年的人。

Z 先生在被我拒绝的阶段很消沉很伤心，甚至有抑郁的感觉。前段时间我还是觉得不应该再跟 Z 先生这样交往，太像脚踏两只船了我受不了。所以很想等解决完自己的事情再去找 Z 先生。

但是大概两个多月的时间，Z先生就有了新的女朋友。

我真的傻掉了。

这就是真爱吗？爱一个人要死要活，然后分开两个月之后就可以爱上另一个？我的确是很年轻不懂事，但是我觉得真的爱一个人也不会像换电视频道一样这么快就换人吧？

好像《月光宝盒》里面，至尊宝失去了紫霞才知道什么是真爱。我好像从听到Z先生有了女朋友之后才知道自己有多么爱他，三天之内简直快把自己弄疯掉。

一面我很清醒自己现在跟男朋友分手去拆散人家情人眷属非常地傻×而且廉价，一方面我心里万马奔腾不管不顾只想好好去爱Z先生，不想再继续错过了。

Daisy，我该怎么办？

该选的时候不选，没得选了才知道后悔。我真的好痛苦。

———————— 我是明天要尝试做酿豆腐的分割线 ————————

味噌猪排饭同学：

你好。看完你的信，我很奇怪为什么你会觉得"两个月爱上别人"是非常糟的行为。你和你男朋友认识十年，不照样在异地之后没多久就喜欢上了别人。不带这么只准州官放火，不许百姓点灯的。你未嫁他未娶，你能对他怦然心动，他就不能这么对别人？爱情里不讲究先来后到，真看上眼了，那是怎么都阻止不了的事。你男朋友和你的十年情不也阻止不了你和Z君嘛。

你在解决你对Z君的动心和Z君对别人的动心上有很大的麻烦。当然你也想过方案，"很想等解决完自己的事情再去找Z先生"，什么叫解决完自己的事情呢？和现任男友分手么？你一直都没下决心这么做，未来还是一样很难下决心的。从你的信里看出，你对你男朋友评价不错，其实还是蛮满意的，只是Z，他更好一点，你更喜欢他一点。既生瑜何生亮？但亮偏偏就是来了，你觉得和他在一起生命都在放光。下面呢？下面就啥也没有了，就太监贴了——他跟你表白，你拒绝了，他没有成为你男朋友。一天都没当过。虽不是路人甲，但也没什么实质关系，顶天算个和你有点小暧昧、亲身未分明的蓝颜。要是他和你恋爱十年，分手后他就立刻找到新欢，你还有资格感叹下情薄如纸；可他就是向一个有好感的女生表白被拒，你连发展空间都没给他，他又能陷得多深？"很消沉很伤心，甚至有抑郁的感觉"，谁被拒绝又能舒服到哪里去？有时主动甩人的，想到自己又回复单身了，还难过得直掉眼泪呢。难过之后，人总要往下过，只准人为你伤心憔悴吃不下饭，就不准人家原地满血复活？他不是你的谁，你不是他的谁，有什么立场去吃醋，去管他后来爱上谁？

话又说回来，那到底什么才是你觉得更好的结局呢？你拒绝了他，他就一直难过，伤心，消沉，吃不下饭，一直等着你回心转意；直到某一天你终于和男朋友分手了，他立刻热泪盈眶地接驾——世间要有这么好的备胎，我都想要一个。普通成年男性在啥盼头和希望都没有的情况下，还能如此王宝钏的怕很少。所以Z君的行为虽没满足你的标准，却是普通人常见的行为罢了，事实上，只要你期待他会一直对你保持不变的热情，那不管他是两个月、三个月、半年，还是一年之后再交女友，你都会多少觉得是辜负的。

总结了下你现在的处境，就是：你其实挺喜欢Z君的，但是一不想和男朋友分手，二不好脚踏两只船，只好先把Z君拒绝了，也有考虑过慢慢摸索答案，到这步，算得上正直良善。但在摸索期间，发现Z君没有表现出完美备胎的行为，你就想：这人既然当不了优质备胎，能当好师傅!我想要那个高级备胎!

姑娘真识货!那个人专注备胎十多年,质地坚韧,打都打不跑!

现在欢迎新郎，和他的白月光步入礼堂！

优质男友么？你开始怀疑是不是非得拿下这一城。但同时，因为他在两个月内迅速找了别人，"被另一个女人比下去"、"花开当折姐不折，果然金樽空对月"的后悔不甘，又让你很想扳回这一城。两种情绪交错，整个人都斯巴达了。

优质备胎和优质男友根本不是一回事。我想大部分优质男友都当不了优质备胎，因为当备胎根本就不是优质、头脑清醒的男人会去做的事。拒绝的意思是"别找我，去找别人吧"，可从来不是"别找我，但也别找别人"啊，被拒的男人就像被放出笼的鸟，迅速被不拒绝他的姑娘给霸占住，是你在说"不"时一定会面对的风险。你连个正经男友的身份都不给人家，却自伤其身地觉得人家没有经受住考验，辜负了你的一片真心，这实在是有点那啥。还有你那个可怜的男友，你很肯定"跟他在一起永远不会被辜负、不会受伤"，来信里却不提若和他分手，他会不会觉得辜负和受伤。所以辜负和受伤是你才能用的技能，他 HP* 不够发不出来？基于以上你对两个男人的态度，怎么都让人觉得，你是不是把你自己想得太女神了点，把你男友和 Z 君想得太屌丝了点？

这样是不行的啊少女，"被我拒绝后还会一直等着我"的男人是备胎，"永远不会甩我，只能我在看上别人时甩他"的男人又何尝不是备胎？不要把一生弄成和备胎过招的一生嘛。用考核备胎的标准去找正经男友肯定是不行的。还是正视下你对男人的态度和要求，再来想 Z 君值不值得追求，男朋友该不该蹬吧。

祝夏天不胖。

Daisy

* 此处 HP 是英文单词 horsepower 的简写，意为马力，此处引申为功力。

她是白月光也好朱砂痣也好，一个人也不能和光线或痣结婚

卤羊肉汤面说：

为什么我对男友的前女友那么在意？想到他在日记里写过"×××，这个我想娶的女孩已经离开我了"，我就极度不适，简直想分手！！

刚跟他接触时他还和前任有些扯不清楚，还谈到过几次之前有多爱她。现在我和他恋爱一年了，他也准备千里迢迢百忙之中去我家乡见我家人了，我理应淡定了，但每每想起就怒从心起。

怎样才能改变自己的这种惶惶不可终日的心态？

~~~~~~~~~~~ 我是扫描了一整本菜谱累晕了的分割线 ~~~~~~~~~~~

卤羊肉汤面同学：

你好。你生气是因为你男朋友表现了想娶她而没怎么表现想娶你。所以你觉得被他前任比下去了。虽然你并没有见过那个女的，但是在你心里已经默认为她击败你一次、比你强这个事实。所以你很不高兴。

当然，如果你真见了她，发现她真的比你好，那你会更加不高兴。反过来，如果你发现她其实远远不如你，你照样会更生气，心想这么一般的人，你男朋友都看得比你高，到底是什么逻辑和品位！

你知道，活在世上，有一个很沉重的事实就是：我们无法选择父母。

其实,"我们无法选择男友的前女友",是和无法选择父母一样沉重的事实。无论这个前女友是好是歹,我们都无法真正满意——只要她不停出现在我们的生活中。

只要你不是你男朋友的童养媳,你男朋友也不是从小念的私塾,一辈子都在家宅里不出大门,连个表妹都没有,那等你和他恋爱时,必然要面对这么一件事:他心里除了你,还有别的人留下的痕迹。就像你心里除了他,还有别人的痕迹。

其实我觉得,如果只是痕迹,那就可以算了。谁的感情都有一段苦逼岁月,哪朵云彩不下雨。你男朋友在日记里说想娶前任,就恰恰是因为他不可能真的娶她,她可能是心头的白月光,可能是胸口的朱砂痣,但就是不是一个可以一起生活的人。毕竟一个人不能跟光线或痣结婚。

你男友要去见你家人,已经是要娶你的行动和进程了,没挂在嘴上而已。结婚这件事情,不仅仅是简单的感情问题,更多是:我爱你,且愿意和你一起生活。这是一种选择。无论那个前女友在你男友心中留下了多深的痕迹,只要你能确定:现在你男友想在一起的人是你,那就够了。那个女人可能是他的怀念,但你是他的现在。泰勒跟伯顿爱得再颠三倒四,他们还是不能在一起,还是要分开,各自向前走,各自和更适合他们现在的人结婚。

有趣的是,很多姑娘愿意舍弃现在去成为怀念,这是很怪的一件事。你虽然没傻到这个地步,不过对怀念也颇多嫉妒。其实那个怀念估计也在咬牙嫉妒你这个现在,不知道我这么说,你是不是会觉得好多了?要结婚的话,要忙的事情多得要命,先从放弃无谓的嫉妒,把精力集中起来开始吧。

另外我觉得你应该跟你男朋友多沟通下。既然你们决定在一起了,就要彼此坦诚,有任何不爽都要告诉他。你如果真的很介意前女友这件事,就告诉他你介意,叫他不要以为你多圣母(问题是,很多男生真的都把自己女朋友当圣母),以后能不提她就不要提她。你男朋友应该能理解的。当然,如果他听了之后飙泪说"我就是忘不了她嘛",那你就要考虑下该不该和这个人结婚。总之愁肠百结又讲不出口的姿势可能很古典很好看,但完全无益于现代婚姻,开口吧。

秋天吃饱。

Daisy

备胎最好最好的下场，
也就是高级轮胎店

烧肚当说：

　　我喜欢她她不喜欢我。有非常用心对她，她接受。总之备胎中备胎一枚。第一次对一个人说喜欢，觉得说了，一生都对这个人有责任，对她好的责任。遇到一个人生转折点，想为她留下，她沉默拒绝。但难死心，觉得自己是多比（"哈利·波特"系列中的小精灵），要主人一只袜子才能自由，这只袜子是她说"你滚吧"。糟了，我都不知我要咨询什么了。

～～～～～～　我是一喝咖啡就心跳加速气喘急躁的分割线　～～～～～～

烧肚当同学：

　　你好。

　　我记得有个姑娘写信给陈幻，说自己对一男的仁至义尽，男的在外地出差缺床伴了，自己都毫不犹豫打个波音的飞去陪他。这么千里送×了，男的还是不愿意和他女朋友分手，还是不愿意和自己在一起。问咋回事。陈幻说哎呀我说姑娘你别，你这么随叫随到，还随得这么热情，都不要求报销机票的，那男的道德再高尚，也会觉得你只是个送外卖的呀。

　　你现在的情况和这位写信的姑娘差不多。你那么热情洋溢地甘于当人家备胎，人家也只会把你当成一个合格的轮胎。一枚轮胎哪里有资格问主人今天开车到底是去哪儿玩？所以人家姑娘要约会约会，要遛弯遛弯，你只能吭哧吭哧被人家磨着滚。要命的是，许多备胎坚持认为：自己再苦熬一下再多磨三千公里，就有资格滚上婚床了。这种爱情劳模心态要不得。劳模最好的结果，还是继续当劳模修水管，顶天了跟国家主席握握手，但永远当不上国家主席。同样备胎最好最好的下场，也就是高级轮胎店。

那姑娘不会良心发现叫你滚，因为她要是有良心就不会让你当备胎了。当然，她更不会良心发现爱上你，因为她要是真爱你，哪里舍得让你当备胎。为她好也为你好，自己退了吧。

另外，我觉得你的恋爱观很悲壮，但缺乏逻辑。没有任何逻辑指明"第一次对一个人说喜欢"，就得"一生都对这个人有责任，对她好的责任"。你要是搞大人家肚子，你可能对人家有责任。你要是杀了人家全家，那你多半对人家一辈子有责任。因为在这两种情况里，人家的利益因你受损，所以你得负责。但你喜欢上谁，实在没什么理由非得跟责任挂钩。除非你承认你喜欢上谁谁就得倒霉受损。现在看来，这姑娘不仅没受损，很可能还得利不少……所以大可不必了。

如果你非要强调，这是你"第一次"喜欢上一个人，你就是要对人家好一辈子。那我觉得更不必。因为根据我经验，大部分人第一次喜欢上的，都是人渣、怪咖、骗子、自私鬼、傻×、混蛋之流。对这种人好就是对世界不公。照你的描述来看，你喜欢的这姑娘有这个苗头，所以还是算了吧。

祝秋天吃饱。

Daisy

她/他就是个和你没有任何关系的陌生人

香芋扣肉说：

女神你好，我想问一下，如何才能和前男友（们）以及他们的现女友（们）保持良好的友谊关系？

──────── 我是去修电脑居然遇见帅气修理小哥的分割线 ────────

干笋回锅肉说：

女神您好，长期看你的日志，这次是真的遇到问题了，马甲发个求助信。

我和男友是在他与 EX 分手两个月后才认识的，现在他 EX 又回来闹⋯⋯

男友彻底甩掉他 EX 用了五个月时间，不知道为什么这个女的就是不肯放手，最后是闹到家长都看不下去才分的。分手之后互不来往，前两天听说他和别的女生好了，又开始闹，天天到男友家门口守着，他室友不明真相就给开门了，进去之后就赶不走了。男友已经气得不行了，但也不能打女人⋯⋯昨天晚上又来闹，给赶出去之后还不走，今早发现在门口待了一晚上⋯⋯（我不住在男友家，他室友讲的。）

本人过去感情经历比较简单，没经历过这阵势。她非说我是小三，抢她男人，我晕啊。这女的在读研，从小到大成绩都特别好，能歌善舞，长得也漂亮，工作能力也很强。找个更好的很容易啊，我想不明白为什么非要死缠着一个不要她的男人呢……

男友的意思是，是他的问题，他会解决好，保护好我。但我貌似也不可能置身事外吧……请女神帮帮我，我应该怎么做呢？从来没跟别人抢过男人啊……

刚才男友发来的信息，描述昨晚的情况：

"昨天她来图书馆找我……我没理她骑车就走了……然后回去时候发现她已经在家了……她就闹到四点多都不回去……躺在地上不肯走……我就报警了……然后警察把她带出去了。待警察走了，五点她就又回来敲门，我没开……后来她就一直坐在门口直到今天下午三点我出门……之后我和综浩把她送回家……和她聊了很久……然后把她朋友也叫来看护她后我和小钟就来图书馆了……"

小钟是他室友，这里说的四、五点都是凌晨……

这些事情发生的时候我都不在，可是她已经扬言会来找我闹，自尊都不要的女人要怎么对付啊……女神……我该怎么办……

〰〰〰〰〰 现在才是答信的分割线呵呵你们没想到吧 〰〰〰〰〰

两位女同学：

你们好。之所以把这两封信放在一起，是可以对比下，互相参照。

试图和前男友以及他现任女友保持良好关系的香芋扣肉同学，干笋回锅肉同学的信就是你最好的答案：前男友，你不去多联系他，那就是和他最良好的关系了。至于他的现任女友，要和她保持良好关系的

* level 为英文，"水准"之意。　　level* 更低：你不去骚扰她男朋友，不骂她

小三，那你已经是她的恩人了。她会发自内心地热爱你。

至于干笋回锅肉同学，你也不用太丧气。从香芋扣肉同学身上我们可以看出，试图和前男友的现任女友保持良好关系的善良女孩还是大有人在的，你遇到的只是个别扭曲的傻×。我的好朋友克林顿和卢十四都说过：对傻×宽容就是对自己残忍。你要不想委委屈屈过日子，那面对这个泼妇就不要客气，只要她敢找上门来闹，立刻报警，找保安，叫她进局子蹲个半天她就乖了。实在躲不过了也不用怕，该打就打，该咬就咬，该吐口水就吐口水，该用大便抹一脸就用大便抹一脸。打得一拳开省得百拳来，这是万古真理。虽说不一定就把她打得再也不会来找你麻烦了，但至少可以让她知道：要来给你找麻烦的成本是很高的，出门前，她至少要犹豫个二十分钟，还要戴顶安全帽。

到此基本算是回答完毕。不过关于前男友／前女友怎么解决这种大问题，还是得啰嗦几句。

我不知道为什么那么多人非得要和前任保持良好关系。如果你们分手后，关系还是很自然很顺滑地良好，那真是善莫大焉。不过这种情况很少见，"恋人分手就像小偷分赃，每个人都觉得自己是遭受不公平待遇那个"。虽然大家都是理智的成年人，但分手分得心有芥蒂，这是再自然正常不过的情况，凡人都难免。

这种情况下，没必要去装个圣母，非要和对方扮出一副"虽然我们分手了，但是我们还是最好的朋友"的场面。我看不出这有什么意义。以前好像讨论过"以德报怨"的虚伪，其实以直报怨即可。同样地，"以直报情"也是很好的状态。分手后要是还喜欢和这个人做朋友，就做，要是怎么看这个人都不太顺眼了，那就最好不见。没必要装个其乐融融的全家福来。"假装相亲相爱什么的最恶心了"。

至于前男友／前女友现在的新欢，或是你现任男友／女友的旧爱，就更没必要和他／她扯上关系了。你根本不认识这个人，他／她和你一点关系都没有，对你来说他／她就是个路人甲。你干吗要挖空心思和路人甲处好关系？同样，你对你前任再不爽，骚扰一个路人甲有用么？再同样，如果一个路人甲突然在路上拦住你要打你，你是不是该回敬几耳光？就因为她是你男友的前女友，和你睡过同一个男人，你就该让着她？没这样的道理。

　　分手了，前任就是上辈子的恋人了，只要你还想和别人谈恋爱，大部分时候就还是各顾各比较好，能保持不咸不淡的普通朋友关系都算厉害了。天晓得怎么那么多人就喜欢跟上辈子的人上演情欲纠葛，生离死别，让他们见证自己生命中的每个狗血时刻。上周在豆瓣一个红帖，大概是说在婚礼上见过的恐怖状况。看完全帖，发现绝大部分都是前任闹的。一般都是新人在上头结婚，前男友／前女友坐在台下，打滚撒泼拼酒抢话筒撕婚纱啥的。我非常奇怪为啥这些人结婚非要找前任去参加。找前任参加婚礼，还不如找个哭丧的吉利呢。真是脑壳被门夹，活该被闹得结不了个痛快婚。谁要想在结婚时也被人掀桌砸场子，就继续和前任保持良好的纯友谊吧。

　　祝秋天吃饱。

Daisy

没人喜欢被控制，就像没人喜欢恋人的前女友，和蟑螂

李锦记双茶老抽做的红烧肉问：

女神，我当着男朋友的面把他以前的暗恋对象拖黑了，后来他当天就偷偷加回来了，这说明什么？

～～～～～～ 我是准备周末到图书馆借炒饭大全的分割线 ～～～～～～

李锦记双茶老抽做的红烧肉同学：

你好。

今早在出租车里听一新闻，说有父母求教儿童心理学专家：别家的"小盆友"都是养小猫小狗，他家四岁的女儿可好，喜欢养小蟑螂，夫妇俩很苦手*。听完我和司机一起发出嫌恶的大叫，然后都哈哈大笑起来。那个播音员接着念，医生说这发生在小孩身上并不奇怪云云，建议父母主要靠耐心教育，并辅以更多的亲子时间来解决，千万不要一味乱惊诧，更不要当众指责或是伤害小孩的宠物，这只会让小孩更加孤单和对立。

不知道为啥我就想起你这封信，大概是几天前收到的，觉得差不多是一回事。

说句刻薄点的，男朋友那些藕断丝连的前女友啦，高不可攀的暗恋对象啦，某些越

* "苦手"是根据日语演化而来的舶来词，表示某方面不擅长。一般用于形容某类游戏玩得不太好，与达人、得意（同样为日语转化舶来词）意思相对。

过界的红颜知己什么的，在姑娘们心里，真的就和蟑螂一样讨厌。但反过来，在大部分智商七十五以上的成年人心里，那些控制性的行为，比如检查短信和电话，必须汇报行踪，逼着拖黑前女友什么的，也跟蟑螂半斤八两。你有多讨厌他联系他暗恋对象，他就有多讨厌你逼着他拉黑。你什么时候能戒掉不让他拖黑，估计他才能忍住不背着你加回来。

　　有一些懒于思考男女关系的人，会把一切控制行为解释为"那是爱呀"！倒霉的是，很多人还表示接受这种解释。你男朋友也可能会接受，但他的本能始终是不喜欢，嘴上也许认栽，行为总是要反抗。你有多少张良计控制他，他就有多少过墙梯越过你。QQ拉黑了可以偷偷加回，就算这个QQ被你监管了还可以再开小号，把QQ卸载了还有微信米聊呢，腾讯和他的小伙伴们搞了那么多玩意儿来死命拉近男女关系，梯子唾手可得。别和整个互联网行业对抗啦。

　　你当然可以不喜欢他和别的女人联系，也有权利提出你的要求，但他也有权利选择接受或不接受。如果他不接受，你可以以此作为评判标准，考虑这个男人是不是你的最优选择，但逼着他做一些他并不情愿的事情，比如从他身边强行驱逐几个女人，并不会让他的质量上升，还可能让他更惊恐地抓紧手里的蟑螂。

　　没人喜欢被控制的感觉，这是本能。三四岁大的孩子已经会不耐烦地挣脱父母双手尝试下楼，何况一个二十多岁（非受虐狂）的成年男性。被强行要求，已经十分难受，你还是当着他的面拖黑她，程度不亚于小孩在大街上被父母当众命令把糖吐出来，你小时候喜欢这种感受咩？你不喜欢，他也不会喜欢。在那种时候，"糖对你牙齿不好"的理由就是再正确，你又听得进去一个字？他也是一样。

　　当然，为了不把话说死，我还是认真考虑了一下，世界上有没有就是喜欢被人随时控制的人，后来想到大概是那种永远被封印在了儿童期的长不大的男人，他缺了女人的引导和干涉就不知道该怎么活，一定要让你手把手地为他安排一切。如果你男朋友恰好是这样的人，那目前这一套还真行得通，不仅要当面拖黑，还要赏他一个巴掌吼两句，他一定含泪点头哈腰——如果你很高兴有这么一个儿子和小狗的话。

　　还是省点力气吧，男人比小狗好多了，你也比蟑螂好。

　　祝冬天床暖。

Daisy

北大失恋女硕士
大战福永镇失恋厂妹

川式荞麦面说：

女神你好！这是一封关于"高学历女性失恋并发症"的求救邮件。

我姐妹，二十六岁，成都女孩儿，从小家境优越，今年北大硕士毕业。求学时期脑子一热奔着男朋友去了北京，之前男人家里打点了些关系，她可以研究生毕业后就在某政府单位工作。去年夏，谈了五年多的感情被男人一句"在你身上找不到爱情的感觉"崩了。

摧毁人的往往不是感情，而是把从小一帆风顺的生活打乱，釜底抽薪地把她的魂儿都打没了。男朋友劈腿了，工作不知道还保得住不，北京也没有了投靠的地方。

我姐妹，曾经阳光、上进、努力、有思想有修养有才艺（说实话我也不懂那个傻×男人到底要哪种爱情）。她现在就像一个被丈夫抛弃的怨妇。每次 QQ 一响过来第一个问题一般会是两个极端："亲爱的，我真的再也找不到／不相信爱情了，我想一个人这么过"，又或者"亲爱的，我要迅速地相亲，迅速找个踏实过日子的人就嫁了"。作为同样有一点点思想的闺蜜，我却发现自己在安慰和劝导她上，已经完全江郎才尽。

高学历女性，她们都知道自己该干嘛，道理讲起来一套一套像在做论文，到了自己身上，却那么顽固那么执着又那么迷茫。任凭我把所有的利害关系分析完了，她也点头含泪认可，让我以为这个谈话一定是个新的开始了,结果当下一次QQ响起时,这个死循环又启动了。我认为,她借着失恋的事实,任由自己放纵在怨天尤人的深渊里,拒绝向前,拒绝聆听,拒绝改变。

她现在迷茫于三个问题(这几乎是哲学的范畴,我无法作答):

1. 她到底该选择"继续北漂闯出一番事业"还是"回成都在爸妈安排下安稳过日子"?(我私认为,前者她内心不够强大,后者她又觉得没有动力。)

2. 她想找个实在过日子的人,又怀抱着期待爱情的心情,一会儿一个样,完全不知道自己要什么。(这是我完全没有办法再解答的问题。)

3. 她要如何走出现状?女神不妨撂点狠话,越能让她清醒越好。

~~~~~~~~~~ 我是写完这篇就去发货的分割线 ~~~~~~~~~~

川式荞麦面同学:

你好。你的信让我想起一个事情。几年前,我一位师兄也失恋了,也是和女友在一起了好多年分开的,这位师兄整天以泪洗面,一喝醉了就讲:我们啥都安排好了的啊,婚宴请几桌,生几个孩子,以后房子分几间,要买什么样的浴缸,这些甜蜜的未来我们都想好了的啊,现在分开了可好,出国生美国籍的三男一女,没了,按摩浴缸,没了,院子里的苹果树,没了!!!

你大概也看明白了,这位师兄这么伤心,当然有很大一块是因为失恋了自然要伤心,不过也有分量不小的一块,是之前搭的那些空中楼阁,其实毛都没有一根,他就全当真了,仿佛按摩浴缸就在送货路上一般,现在外人看来他不过失个恋,他自己这边已然觉得是未来破产了。

我不是说,恋爱时不该去想那些美好的以后,事实上,这不是恋爱很大一个动力么，我想说的是：恋爱是一件要付出心力人力和财力的投资，那就和任何投资一样，成本累得越高，风险就越大，崩盘时的痛苦就越多。我师兄，就是把所有关于未来的想象都绑在前女友上了，一旦没了当然很苦逼。当然，我师兄只是在想象，不过是些情绪成本，你闺蜜就比较惨，真刀真枪地把生活、未来、工作机会等等一切都跟这个男人绑在一起，结果男人没了一副树倒猢狲散的样子，也不难理解了。

如果你闺蜜不是个北大硕士毕业的，而是深圳宝安区福永镇白石厦新塘工业园一枚厂妹，爱上了一个厂弟，厂弟许诺：跟我走吧，我们一起跳槽到隔壁的福海工业园的另一家厂子里，我那边有老乡，保证你当拉长。厂妹就美滋滋去了，想着爱情事业双丰收。结果去了没几天，厂弟要和她分手，拉长一职泡汤，她在新的地方连个朋友都没有。想回老家身上只有三百块钱了。这位厂妹之惨，完全不亚于你闺蜜的惨，但报纸网站从来不讨论"大龄厂妹的爱情路"，永远只在讨论"大龄高学历女性的爱情路"，讨论得那叫一个血泪俱下。为神马？因为北大硕士的成本太高了。她如果不恋爱，只靠自己，照样可以年入十多万，又有社会地位，未来一片大好，现在因为犯了和厂妹一样的错误，爱上了一个贱男人，她轰塌的高度看起来就比厂妹高了很多，于是自己和外人当然觉得天下第一惨。这就跟美女烧伤毁容比丑女总是要博得更多同情一样，其实道理说到底，就是不管你美丑，都不该去玩火，不管你是硕士还是厂妹，都不该和贱男谈恋爱。

怎么去爱，和对方怎么相处，在这个过程中怎么保持自己的立场，这些都是要花很多年慢慢学的事情。硕士和厂妹，在这个问题上可能受的都是同样糟糕的教育，于是同样没经验，都是恋爱课题中的一年级生，自然难免碰壁。倒了霉，吸取下经验，下一次恋爱再注意点就是了。不能因为这个失恋连带了你高昂的教育成本，就把一切归结于这个教育成

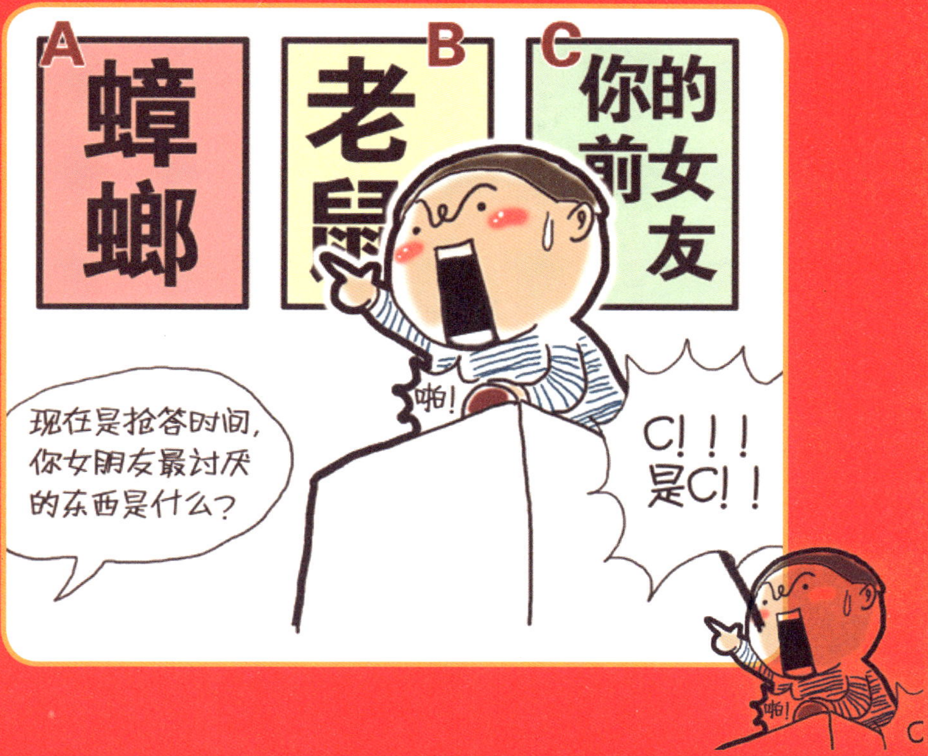
A
蟑螂
B
老
C
你的前女友
现在是抢答时间，你女朋友最讨厌的东西是什么？
啪！
C！！！
是C！！
啪！
C

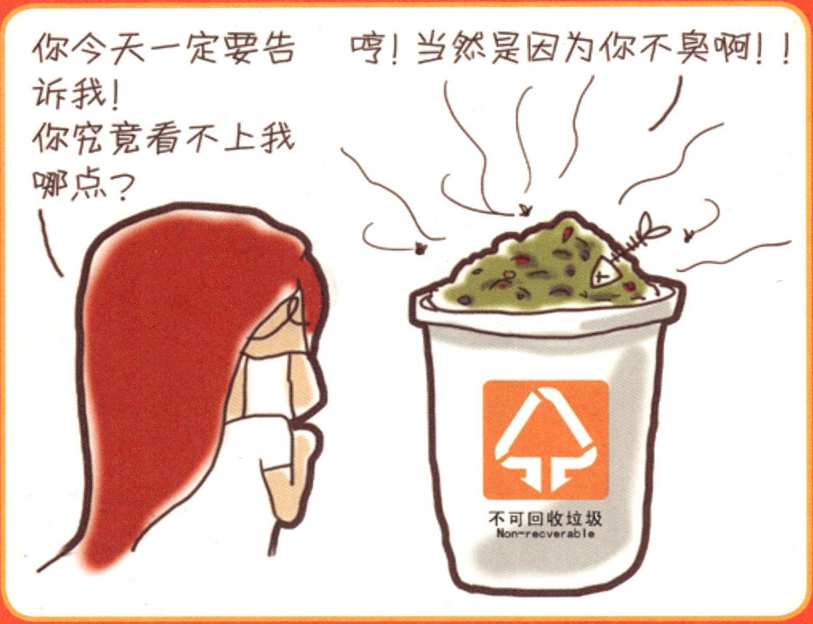
你今天一定要告诉我！
你究竟看不上我哪点？
哼！当然是因为你不臭啊！！
不可回收垃圾
Non-recverable

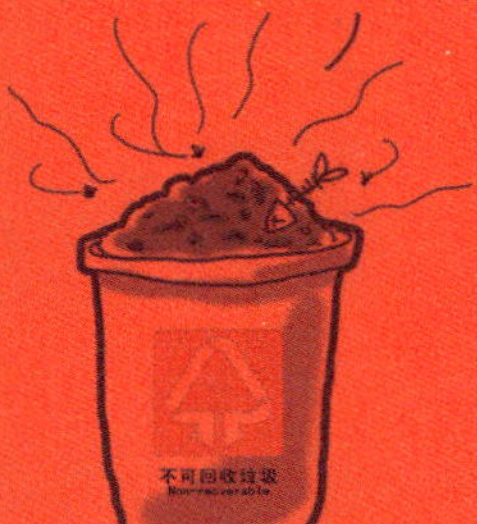

本，非要从中总结高学历女性怎么怎么。"男女关系失败，就只说男女关系方面的特质，和学历有啥关系。就好像厨子做菜不好吃，还辩解说因为自己对德国哲学无法认同一样。"（这话是由金句之王竹林桑贡献的，在此鸣谢。）

依我看，你闺蜜现在面临的大大小小的问题，其实就是一件事：面对生活和男人，都没有多少实战经验，没受过多少打击，没被磨出茧子，所以一遇到 hard 模式就颓了。既不敢面对沉没成本，又不敢面对莫测未来。这种软弱，平均分布在社会的每个角落，不用读硕士一样可以有。所以只要她还是这么软弱的多愁多病身，不管她选择回家还是闯荡，单身还是嫁人，麻烦一样会换个形式找上她，而且毫无意外地，你们作为朋友在旁边怎么说都没用——只要她还软弱一天。路线不是最大的问题，实力才是。这点，希望你闺蜜明白。

最最后提醒一下，以我对深圳宝安区福永镇厂妹的了解，她们一般在失恋后两三周里，就会若无其事地继续在路边卡拉 OK 搭讪厂弟。因为她们生活的环境里男女比例是一比二十，自己在黯然神伤时，别的厂妹早就下手把公司仅有的二十个厂弟给泡完了，所以是没有时间演林黛玉的。你闺蜜生活的圈子男女比例肯定不是一比二十，但是也没就到反过来二十比一的境地，在她颓丧时，时间在过去、机会在跑掉、好男人在被泡的道理还是一样的。所以拍拍屁股去恋爱，去经历，去磨出精神上的硬茧来对付一切伤害，才最重要。不要连厂妹都不如嘛。

祝秋天吃饱。

Daisy

为虾米不是我，为神马不是我？

葱香米锅巴说：

跟一个男人耗了有段时间了，可是一直出于各种原因没能在一起，但是又一直在联系。我很明确地表明了我的心思，他心里惦记着他前女友，说不能接受我，但是又会联系我，出去玩啊什么的。就是我明确表白，他明确拒绝，但是又聊着玩着，可能他觉得不是男女朋友还是朋友吧我想。

期间一直耗着，每次说到这问题，他都说还是要等前女友从国外回来的，这个也是事实，我也从他朋友那了解到了他对前女友的种种好。中间我也曾实在受不了这种又联系又拒绝的磨心关系，说过不要再联系了之类的话，但是又各种拉扯，总之就是纠结，期间也有些时候是他主动联系我。

最后一次是他生日那次我过去陪他，事后他说那个姑娘要从国外回来了，回来了他们就会在一起了。我当时就真他妈伟大地想着那我就不要再夹在两个相爱的人中间了吧，现在想来其实他说那个姑娘心里也想着他是自我催眠的期许吧，我当时还他妈就真信了，以为那个姑娘也是惦记着他的，只不过是由于现实的原因分开了，等她回国了他们应该就会在一起了。他也是这个意思。

谁知道，那个姑娘其实根本就不搭理他，的确回国了，但是拒绝他了，他伤心了，就从了另一个一直在为他付出的姑娘。

我当时看他博客写的有女朋友了，就很没出息地给他打了个电话，问为什么不是我。因为期间他说那姑娘要回来了,他们要在一起了,所以后来我再怎么想他,也没联系了。他接了电话说:我们有多长时间没联系了啊?我说几个月吧,他说嗯。然后就开始说为什么不是我,其实这他妈也没有为什么吧,就是喜欢别的姑娘胜过我吧。当时有些气他除了跟我那样,还有心里惦记的那个前女友,还有其他的女的,那把我当什么了。可是过后还是想他,现在他已经跟那个姑娘确定关系了,我还是想他。有时候在想如果当时我们没有不联系了他是不是也会考虑我的啊,知道想这些也没用。可是我就是还想着他,还是想跟他在一起。

——————我是明天要做啤酒酱鸭块现在却忍不住偷偷喝啤酒的分割线——————

葱香米锅巴同学好:

看了这封信,我居然第一个想到的是《生活大爆炸》里一个情节……犹太人 Howard 那个恐怖的老娘从昏迷中苏醒,托话医生,叫 Howard 的女朋友进去见她,这可怜的姑娘吓得一声尖叫:Why?为虾米是我?Howard 一声长叹:"为虾米是我"这个问题,数不清的犹太兄弟们扪心自问了几个世纪了,都没啥好答案……

现在你的问题和犹太人差不多,只不过改了一个字:为虾米不是我?为神马不是我?

当初他要等一个女人,现在不用等了;当初我也表白了付出了,功夫也下了。万事俱备,只欠成事了,怎么折腾了一圈,他成别人的了,为虾米不是我的?为神马不是我的?

答案很简单,因为你不是个好备胎。

从你的信来看,这男的就是一直在把你当备胎啊。这个稀里糊涂的男人,一直都在干些不地道的事情:YY* 一个姑   * YY,"意淫"拼音的简写。

娘回国一定会嫁给他，还 YY 得跟真的似的，就差发喜帖告知天下了，装得这么情比金坚，但 YY 期间也没闲着，还在"主动联系"，主动考察你和另一个姑娘（不排除还有别的姑娘）。我甚至怀疑他心里知道自己对那个出国的姑娘其实就是种 YY，不然也不会拿你们俩当备胎。你看，"一颗红心，两手准备"的国训还是很活学活用的。

现在果然，那个出国的姑娘不理他了，他就从候选群里选了一个"一直为他付出"，说白了就是当备胎当到劳模级别、死活都不走的姑娘。那是肯定的，备胎备胎，就是要像轮胎一样，耐磨抗折腾是唯一要务。谁会选你这个见好就收，理智离开的备胎呢？

总之，你现在的痛苦，主要就是因为你没拿到"最顽固备胎"、"最打都打不跑的备胎"奖。老实说，我觉得这实在没什么可遗憾的。这么粗神经，这么皮实，这么悲摧的奖项，还是给那个姑娘吧。跟着这么一台稀里糊涂的车，够受的。

另外，我觉得你现在还是想他，很大程度上不是因为这男的多好，而是因为他选了另一个姑娘，这样看起来就好像是那个姑娘把你比下去了，于是衬得这男的多好似的。不是他好，是你意难平。千万别掉进这样"意难平"的陷阱，无数糟糕透顶的男人，就是能做出一副"我很抢手"的假象，让无数有斗志的姑娘咬牙切齿地想"怎么那个妞和我差不多都能把他办了，我就办不了？"（为了表示男女平等，我加一句：无数糟糕透顶的女人，也是能做出一副"我很抢手"的假象，让无数有斗志的爷们咬牙切齿地想"怎么那个男人和我差不多都能把她办了，我就办不了？"），于是义无反顾掉进坑里，争着去给一部烂车当胎去。千万别犯这个傻。

祝夏天顺利，这辈子都不会当备胎了。

Daisy

"快进快出" 第一期

剁椒蒸红白豆腐说：

和女朋友已经互相纠缠了不下八年，最近三年分处异地。女朋友马上就要回来跟我团聚……两个人原本是非常和谐的，但是发现由于彼此这三年假性单身，现在两人对很多事情的想法开始出现比较大的分歧。请问这种分歧还能扳过来么？

答：

扳回来？基本上，这个，很难。

我觉得不用刻意去扳，你以前是A，她是B。AB很合。几年发展成长下来，你已经变成另一个人C了，她也变成了另一个人D。C和D合不合，跟AB合不合一点关系都没有。都说了是不一样的人了，你们可以尝试沟通，但不用尝试扳回去。因为你们以后还会变成另外两个人EF，人和感情就是因为这样永远在成长，永远摇摇欲坠，才有价值的。

辣烧肘子说：

和现在的男友以前有在一起过，后来我因为工作去另一个城市离开他了，中间两年没见，很少联系，联系就老说让我伤心的话，可能那个时候离开很伤他的心。我现在的工作要经常出差，上半年刚好在他那个省份，但是不在一个城市，中间联系上了见面了，我去看他，他妈妈刚好在，挺喜欢我的，现在我们就又在一起了。现在我纠结的是，该放弃现在的工作去他那边，还是做自己的事情？如果做自己的事情我会去其他城市发展，两个人肯定就成不了了。我也知道唯有工作不会背叛你之类的道理，但我很纠结。

答：

先纠正一个偏见：工作没那么神圣，虽然不会背叛你，但是可能会遇见小人老板小人同事、经济不景气等，总之工作和感情一样，都不能随便放弃，但也不是整个世界。

不过我真正想说的是：我很奇怪为什么老是让你辞职，男方就没想过一秒他也可以挪挪窝么？或者一起商量个折中方案啥的。为啥非得就要你扛全部压力呢？还有整封信没有提他喜不喜欢你，你喜不喜欢他，只说他妈妈很喜欢你。这有啥用呢？

开胃椒蒸猪脚皮说：

女神你好，我很喜欢一个女生，我们是高中同学，大学的时候在同一个城市读书，二〇一〇年毕业，二〇一〇年和二〇一一年一起考研究生，都没有考上。她比较喜欢买好东西，但并没有超过能够承受的范围。除了高房价，我自认为还有能力养活她。她是个很上进的女生，和她在一起我很快活，虽然至今还没有牵过她的手。曾经表白过，被拒绝了，然后现在还是一直惦记她，希望她过得好。她现在在深圳上班，最近一段时间在上海出差，我明天要去苏州吴江上班。唉，什么时候才能再见到她呢？

答：

估计她嫁给别人那天吧。"咱们婚礼上见"。

软溜虾球说：

苦追妹子八个月，觉得不太正常，冷淡得一塌糊涂。妹子二十六岁一次都没谈过朋友，按说条件也算不错不乏追求者，早知道是冰山，却没想到这么冷啊……冻伤了。是同学介绍认识的，就是相亲为目的的那种介绍，随后就是断断续续地苦追几个月，期间无数次罢手又重来，约她平均一个月才能成一次。出来老是低头玩手机，我花了很大功夫了解她的各种爱好，什么霹雳布袋戏啊什么魔兽世界啊，想方设法挑起的话题她都不怎么搭理……还有什么……哦情人节七夕节都送花了，她好像还蛮开心，带回家没丢垃圾桶，跟媒人说什么人家追她六年都失败了，她很难追的，叫我不要送东西。

答：

冰山女生一般两种：第一人家真的很不喜欢你，就是想把你吓跑吓退。那你就顺杆爬跑了嘛。人家不喜欢你有啥办法呢。就那么喜欢当爱情劳模么。

第二是自抬身价，觉得自己难追一点的话，男方会比较珍惜，以后自己再作威作福，男的也不会出轨。这类姑娘基本就是个厂妹的见识，追来也没意思，活脱脱养了个慈禧，就那么喜欢当李莲英么。

三 爱与不爱间,众生千万难

在火炉旁边站一刻就要挨烤一刻，这道理简单得很

关东煮 + 黄芥末说：

故事很俗套，男朋友精神出轨，被我发现，求我原谅并答应我不再联系，但情况好像并不是这样。我们异地半年多，虽然经常有争吵，但隔天就会和好，我也从来没担心过他会对我有二心。前几天一次争吵后，虽然和好如初，但总觉得两人之间有隔阂，在一夜未眠后，做出决定，放下手上的所有事情去看他。早上买了当天中午的票，坐了二十多个小时的车，没想到发现他和其他女生暧昧不清，我最憎恶的就是这种事情。本想狠狠心分手罢了，但他口口声声说不喜欢那个女生，只爱我，希望我不要和他分手。我原谅了他，但是等我一走，他们又有联系。

这件事情我都不知道该和谁倾诉，所有人都会告诉我，这种臭男人趁早甩了，可是我就没出息地舍不得，感觉自己完全控制不了自己的情绪，一想到和他就这样分开，我就觉得天都要塌下来了。女神你骂我也好，讽刺我也好，真心希望你能和我说几句话，我现在真的觉得自己陷入这种难以形容的痛苦中无法自拔，晚上整晚睡不着，白天精神恍惚，我实在是不想这样下去了。

～～～～～～ 我是因为暴雨无法出门剪头发的分割线 ～～～～～～

为什么!
为什么我是如此焦灼?!
如此心如火烧?

你是瞎子么!!

啊，平淡的男人好无趣。好想和不一样的男人谈一次轰轰烈烈的恋爱。

嗯？

死开！！！！！！

那你跟我在一起吧，我欠黑社会30万，还有梅毒和狂犬病哦~

关东煮 + 黄芥末同学：

你好。看完你的信我很为难，因为我的意见和"所有人"没什么太大区别。既然这个男人让你这么不爽，那不管他是不是真的罪无可恕，和他分手都是个符合逻辑的选择，你无法忍受，那你就不忍受。他和那个女生眉来眼去，那他们接着发展好了，双方皆大欢喜，有啥不好。但问题是：这个建议你明显是不接纳的，因为"一想到和他就这样分开，我就觉得天都要塌下来"。那我真没办法了，谁又有那么多事，非要拆你的天呢？

犹记某年看本地新闻，说一男青年爬上大楼顶层做痛哭跳楼状，警察和亲友还有热心大妈等一干人就在边上劝啊开导啊问到底是什么想不开啊，男青年泣道：阿花她爱上别人了。旁人就说：那你就跟她分手呗！再找个好的。男青年大怒道：我绝不和她分手！认识阿花的亲友就说：阿花不怎么样啊！还是分了吧！男青年更怒了，最后喊出了"你们谁劝我和阿花分手我就立刻死给你们看！"的最强音。

当时看这段笑得乱滚。但事后细想，这个人虽滑稽，但相对于无数只敢说些模糊的"我伤心我难过我不知怎么办"的软弱小青年，他至少敢大刺刺地喊出自己的需求：阿花你和别人好，我不接受；和阿花分手，我也不接受，我只接受阿花你乖乖回来，从此只爱我一个人，一切遂我的意。因为我无法和你分手，我们的关系已被定义为铁桶，铁桶内再小的刺都是要生生用肉来接住的，所以只能以死相逼要对方乖乖的，这桶内能少一根刺就少一根。

可是，这个"乖乖的"，你有多大把握呢？你说了他就听吗？就照做吗？他一个大活人，隔着二十小时的火车路程，脚又没拴在你身上，还已有前科："等我一走，他们又有联系"，这个把握多大，你自行分辨。刺已经扎出了头，你又坚决不离开这个铁桶，那除了"陷入这种难以形容的痛苦中无法自拔",你还能干啥呢?

在火炉旁边站一刻就要挨烤一刻,这道理简单得很。当然了,决定留在桶内,一边驯化自己以肉接刺的本事,一边驯化对方让他做事合你心意,也算出路之一,只不过食得咸鱼抵得渴,哪条路都有自己的苦,你选一条自己能承受的就是。至于分手的痛苦和害怕,欸,万事都有恐惧,一年到头总有那么一两回觉得天塌了的时候,可实在病得受不了了,还是要咬牙去做吓死人的手术,饿得受不了了,再矜持的遗老遗少也知道出门典当大衣。和一个不怎么样的男人分手,我看相对于这两件椎心泣血的事,又哪算一个多艰难的决定。

祝夏天不胖。

Daisy

他想走，就让他走，
　留来留去成臭臭

鲜虾番茄烤串说：

　　Daisy 你好。

　　我是个 gay*，攻，有个交往了快半年的男朋友，今天他说要分手，我抖动着手，给您写下这封豆邮。

　　我们在豆瓣上认识的，同岁，二十。他是上海人，我家在北京，他在帝都上学，我在天津。我觉得我们的感情一直都还不错，我对他好，他和身边的朋友都这么认为，每个月我都回北京，家都不回，就为了见他。他人也很好，体贴照顾又关心。我爱他到不行。

　　我们也吵架，因为各种都忘了是什么的事，时间短的，哄一哄，一个晚上就好了，长的也不过几天。最厉害的一次是在五月，我们吵架、哭、冷战，闹了一个星期吧，他说分手，我不答应，具体细节记不清了，但最后还是和好了。

　　从六月中旬开始吧，我们的联系变少了，见面也少了，因为他在一所顶尖的学校，而且想保送他们学校的研究生，所以要把期末考试考好，这我理解，而且那时候都在准备期末考，这样，每天就只有三四条短信往来。终于盼到考完试了，我回家了，正好他要上暑期学校，这样我们就在一个城市了，能每天都见面了！可是他却冷淡下来。

　　我给他短信，十条有八条都是"嗯"，连个　　*gay:英语,同性恋之意。

标点都不会多加,电话也通常不接,这么久就见了三次面,也只是吃吃饭,散散步。昨天他放假回家了,这种情况变得更厉害。他坐高铁,我担心他,发短信给他他不回,说他在睡觉,打电话接了就"嗯""嗯""嗯",过后干脆不接,理由是"我在坐车"。我不知道这些都是为什么,问他他也不说,哪怕吵一架呢!我生气了,决定也不理他,但今晚还是忍不住发过去一条短信,问他为什么这样。

他这么说:"这段时间发现对爱情没感觉了,打不起精神,以前吵架也把热情给吵没了。你对我很好,所以我还是会内疚,但我们大概真的不合适吧。我想我们还是分手吧。各自把日子过好,也比现在别扭地在一起要好。还是有缘无分。"

我让他别走,说等他回来。他告诉我半年已经说明很多问题了,说以后不联系了。

我不愿分手,我想挽回,可是不知道该怎么办。

等着您的回复。

~~~~~~~~~~ 我是刚才恶狠狠地对黄小遗说
"不准点猪肉的菜等猪肉降价了才能吃"的分割线 ~~~~~~~~~~

鲜虾番茄烤串同学:

你好。

我想所有的情感专栏作者,最喜欢收到的,都是那种"典型的"信件:男朋友是个极品,女朋友整天吃醋,他/她的前任还在纠缠不清,婆婆嫌我不生孩子等等,严格意义上说,这不属于情感中的问题,这属于人品上的问题,所以很好归类,很好回答,很好贴标签。就像医生,最喜欢收到症状明显的病人,比如一目了然的骨折、蛀牙、胃溃疡。最讨厌收到的就是"我也不知道哪里痛,但是就是不舒服"的病人。

所以情感专栏的作者,最怕收到的就是你这样的信件,你们都很好,你们都很爱对方,你们没有人品问题也没有恶公婆,但是你们就是要吵架,要冷战,要闹分手。其实这就是感情里最常见的情况啊,没有大的症结,但就是要结束。小月月或是五毒恶少这样的极品,多少人能遇到?但奄奄一息的爱情,每个人身边都有十出吧?就像"也不知道哪里痛,但是就是不舒服"的病人,他没有癌,甚至查也查不到什么大病,但是就是可能会死。一个道理。

"没有感觉了",这么平淡一句话,绝大部分时候,就是世上绝大多数分手的原因。不一定需要小三和极品,不爱了就是不爱了。因为对你和你男友都不了解,我也不能肯定你男友有没有对你说实话,我们先假定他说了实话,"没有感觉了",这已经是足以支撑他提出分手的理由了。爱情是个活物,它能萌发就可能会枯萎,这是所有谈恋爱的人都要面对的事实。你也不能例外。

现在是最重要的一个问题了,他可能不怎么爱你了,你还爱他,你对他的爱还没死,要不要挽回?

我个人的意见一向是:如果错在你,那你最好试图挽回,不能自己都错了,还再加一条懒,活活放过一个好人。那才是自作孽不可活。

如果错的基本是他,那就不用了,叫丫滚犊子吧。除非你是重度M(不过你都说了你是攻,重度M的可能性不太大……)

如果你们都没什么大错,爱情就是这么消逝了,那就让他走吧。不管他是一时冲动还是深思熟虑,都让他走好了。很多人都有一个很大的错觉,认为对方若是一时冲动,自己就应该劝其冷静,然后留住他,其实不然。仅仅因为一时冲动就要和你分手、就要把你们的感情断送的人,不值得托付,挽回了也没用。深思熟虑了要和你分手的,那就更不用了。

说到这里不妨八下我自己。几年前我才从第一个公司离职,公司发了我一笔遣散费，我前男友立刻叫我拿着这笔钱回四川陪他一个暑假，等钱花完了他也开学了我再回深圳继续找工作。我对此表示了抗拒和犹豫，说不想回去，他马上跟我翻脸，一晚无话。第二天早上我还在睡觉，突然接到他电话，伊在电话那边哭了，用四川话大喊："分手吧！我们分手吧！"我急问是怎么回事，他说他听 Green Day 的歌听伤感了，再想到我如此这般令他不爽，于是且泣且电话。我当时心里一阵好笑，觉得这人太冲动了，听首歌就说这样的话。哄了他半天，又不分手了。最后还是以我回四川千里送×作为妥协。

几年后，我和这王八蛋终于彻底闹翻。我很少后悔什么事，当然也不后悔和这个人恋爱，只有一点小后悔，就是当日这王八蛋无比矫情地要"听歌分手"时，我不该觉得他可能只是一时昏头，而应该想：狗日的熊孩子，这都要闹腾，以后日子怎么过！当时若早点分手，也不至于又多受两年气。

我连自己都八出来了，不过是证明前面说的那个道理。人要为自己的言行负责，"我们恋爱吧"既然用郑重态度说出，"我们分手吧"也不能随便说，说了他就要为自己的行为负责，我希望你男友是想好了要对这句话负责的。所以你也仔细想想，这段关系里，你们之间有无亏欠，若你有亏欠，尽人事听天命；若无，就让他去好了。你们才二十岁，相爱却不能相处的人，以后还有一大堆等着你呢。这是所有人在年轻时不得不经过的劫难（其实在任何年纪都有这种劫难，只不过年轻时几率大一点罢了）。前人张雨生在你们几岁时就唱过一首歌，《再见女郎》，"她想走就让她走，留来留去留成仇"。（有人说是"留成愁"，我觉得都差不多了，愁多了早晚是仇。）

此歌赠所有企图挽回恋人的人共勉。对方是女郎，还是 gay，一样适用。

祝夏天愉快。

Daisy

当四娘爱上韩少

大湖说：

女神好。又见你的情感贴，而我当下也面临一个在许多人看来很荒谬的情感问题，于是动手写下这封豆邮向你讨教。

她比我大十岁，离异有几年时间了，带有一个四五岁的女儿，气质外貌都挺好的，性格也是我喜欢的那种，相信爱情、善良、纯真，我开玩笑对她说美得简直就像我的梦中情人。我中她的毒很深。知道现在只是我一厢情愿而已，比起她我显得太幼稚，不够成熟，现在如果行动太快的话只会一败涂地，所以我打算花两年左右的时间让自己看起来更成熟、稳重、身体更健壮，到那时也许我还有些机会。

对于今后的相处模式的问题，我也大概想清楚了，之前本来就希望能做到财务自由，然后尽量不结婚，家里条件也还可以，在外面实在混得不行了还可以回家子承父业。

以你的洞见怎么看这件事？我会有可能吗？或者你可以给我两巴掌，然后告诉我这只是一个花痴无聊的念想？

～～～～～～　我是做出了极成功的黄瓜炒鸡胗

以至于黄小造把黄瓜都吃完了的分割线　～～～～～～

大湖同学：

　　你好。

　　首先，我非常乐于回这封信。因为我就比 Verla 君大好几岁，虽然我没有离婚也没有女儿，但是我的气质外貌也都是挺好的，看到这里产生了同仇敌忾的熟女的得意……打住，我永远都是萝莉，"I'm 14 forever till I die"*。不过偶尔还是要以熟女的身份提醒别人：很多时候对熟女来说，"更成熟，更稳重，更健壮"的中年男人，吸引力未必比得上没有力量却一往无前的少年。因为中年男人有的，熟女也未必缺。而少年的自然率真，则是很容易失去的宝贵素质，往往更闪光，也真的很容易失去，你看，你现在不也是迫不及待想丢掉它，换上"更成熟，更稳重，更健壮"的一张脸么？

　　我不是说，成熟、稳重、健壮有什么不好，只是在某些时段，有没有这些素质，看上去并不那么紧要，至少不用急着在两年内一定就要有（如果你这么尝试，两年后你会很悲愤地发现，你永远达不到你的目标），爱情贵在两个人不委屈不做作地相恋，为了对方想把自己变得更好，当然是伟大行为，但是弄得像做特工任务一样，先伏线两年默默运作，期待两年后闪亮登场一招毙命，抱歉，爱情不是新东方，不是闭关苦练一段时间后就脱胎换骨，出来后随便一个眼神都能击中意中人心房。那种情节只存在于广告中和内地恶俗影视作品中，作不得真。现实版的情节多半是：若你放她两年不追，自然有人追她，废话，一个像我一样气质外貌都挺好的熟女……打住。总之你真去闭关两年，两年后你发现她多添一个女儿的可能性比你追到她的可能性更大。

　　追赶她的层次，还不如直接追她。这个道理，在我心中最想被拍成

* 注：永远十四岁直到死亡。　电影的小说《上海绝恋》里就说得很明白了，

不过我想你多半没有看过这本流传不算广的、讲述韩寒和郭敬明之间感人至深的爱情的同人小说。在这个凄美的故事里，郭四娘还在懵懂的中学时代，就爱上了偶像韩少，然后苦苦追着他的脚步前进，一定要成为配得上他的男人，苦苦念书写文，结果等四娘也拿新概念奖了，韩少又不写了，跑去开赛车了。等四娘苦苦赚钱赚到能送韩少四台玛莎拉蒂了，韩少又办杂志了。等四娘紧赶慢赶也办了杂志，韩少和别人生孩子了。估计等四娘变性也能生孩子时，韩少又要出轨了或者搞基了。

当然，你也看出来了，故事的后半截是我编的。不过这不要紧，话糙理不糙，你现在那个"花两年左右的时间让自己看起来更成熟、稳重、身体更健壮"的可爱梦想，实际上跟四娘的努力是差不多的。总有人比你前，比你强，你总会遇到高不可攀的目标、更有力的竞争者让你自惭形秽，但是爱情不是简单得只用重量级就能来衡量的事情。很多人选择了世俗标准并不出色的恋人，这不妨碍他们爱得开心。你看，相对于那些要硬碰硬的其他较量来说，爱情已经很宽容了，为什么不上场呢？

在过去的那个周末，很多人在一次突如其来的事故里丧了命（PS：写本文前一周发生了动车事故），看到这类新闻，就算是没文化如我，也要感叹下人生苦短。生命是偶然，爱情也是偶然，一切美好的东西最好都别等，不要等机会没了才后悔没尝试过。在你犹豫和抱着不切实际的幻想时，时间正在过去，不如全心投入，放手一搏。上嘛宝贝，you only got 4 minutes to save the world。

祝夏天快乐。

Daisy

PS：千万不要告诉我，你是个十六岁的未成年人，爱上一个二十六岁的单亲妈妈……未成年人不建议采取这封信所推荐的方案。

招标就一定会遇到奸商，这是所有招标姑娘必须面对的风险

蓝莓酸奶说：

女神，你好，给支个招吧。我遇到了件很狗血的事情——其实还不止一件。

有一个男的，喜欢了我三年，我终于答应和他在一起了，其实也不全是感动，因为他条件从外面看来是很不错的，周围很多女孩也喜欢他，他也都拒绝了。

本来写了好多，干脆长话短说。后来我发现他好像有乙肝，而且他还没告诉我……他准备这周日告诉我……而且，最关键的，我发现他有ED*，有晨勃，但是晚上碰到我没反应。

哎，其实一开始我都准备和他结婚的。我年纪也不小了，而且觉得好累啊……不想再去适应别人。

我该怎么办啊……但是这两件事情实在……！！！

都不知道为什么这么坎坷。

---

* 注：ED是勃起功能障碍(erectile dysfunction)的简称。

～～～ 我是用普通梳子梳头就会静电乱爆现在只好用金属梳子的分割线 ～～～

蓝莓酸奶同学：

你好。

那个，我稍微有点凌乱。

总结了一下，是否可以这样说你的情况：年纪不小（但肯定比我小），不想谈费心的恋爱了，只想直奔主题结婚，现在有个不需要谈恋爱的男人送上门来，条件都OK，还喜欢了你三年，且拒绝了很多女生（又是这条！！！最近到底要收到多少倒在这条上的信啊……），所以你觉得这是个不错的货。

结果眼看要结婚了，却勃然大怒地发现，这货是次品！！乙肝！！！ED！！！简直连出厂资格都没有还好意思出来混啊！！！所以你很生气，想退货，又犹豫，再弄一个新的吧，心力都没有了，要不要凑合着用下呢？就算是ED，以后过无性婚姻，世界上还有一个叫按摩棒的东西……哎呀低俗了，打住打住。

既然这封信里，一个字也没提到你们有感情，那咱们就不说感情了，就算在感情里，ED也是一个无比难处理的问题，哪怕是灰姑娘和王子的故事里，如果有个ED，还会是"最后他们幸福地生活在一起"么？"周围很多女孩也喜欢他"，绝对是不知道他ED的……

何况你们还没啥感情，只有条件和是否满足条件。既然他不满足你的条件，那还是直接蹬了好了。祝下次有好运遇到又不用你喜欢他还照样追你三年拒绝许多女生还没有乙肝和ED身体倍儿棒吃嘛嘛香一夜五次金枪不倒的好男人。

撇清下，我绝对不是同情你男朋友，为他说情。都谈婚论嫁了，还不告诉对方自己有乙肝，又不是怀春少女告白，还羞答答地"想这周日告诉你",相信我,只要你不察觉,他到下个周日也不会告诉你。只要确认关系了,任何可能对对方造成损失的事件和行为,都要在第一时间告知,这是男女关系里最基本的道德。虽然我并不觉得乙肝是什么大问题,刘德华都有乙肝日子还不是照样过。如果你男友早告知,那你要付出的只是三针乙肝疫苗和一些痛楚(说真的,乙肝疫苗真他妈的痛啊),但如果他一直不说,你有一些几率也会成为感染者(这里科普下,乙肝并非很多人想象的那么容易传染,但家人和亲密关系之间还是有传染率的)。把你置于这种风险之下,光凭这点我觉得你男朋友人品不咋样,再追你三年也白搭。

当然了,前面也说了,既然你们之间只有条件和是否满足条件,那就跟招标差不多,既然是招标,遇到瞒报条件的奸商也是难免的。你既然对他不讲感情,他对你也不讲道德,先骗到再说。存在这样的男人,是所有招标姑娘都要面临的风险,这样说来,你不算最惨了,多少姑娘都怀上孩子了才发现对方是个假大款呢。如果你还是想采取招标态度来处理你的感情和婚姻,那千万炼就一双质监局(还得是美国的,不能是中国的)的火眼金睛哈。

祝好运连连,眼光精进。

Daisy

不能连一只猪都不如

肉丸蒸冬瓜说：

首先介绍下我的家庭吧，中小城市，家境中等，总而言之就是那种一抓一大把的小康家庭。大学去了湖北，交了个女朋友，毕业前分手，然后回家，找了个稳定的工作。

然后，然后麻烦就来了，在我工作稳定之后，我爹妈七大姑八大婆都在说，找个女朋友结婚吧找个女朋友结婚吧！还有各种说要给我介绍的！！这些都不是问题,问题在于,你们能不能考虑一下我的感受啊！！！

我不是一个机器，到了点儿就运行某个程序，在该上大学的时候上大学，在该结婚的时候结婚，这太机械化了。大学四年，你们一个两个的都告诉我别早恋（当然我当耳边风）、别找外地女朋友巴拉巴拉一大堆。

最后，四年过去了，你们立马变了一副嘴脸，从严防死守忽然到了改革开放了。而且，也根本忽略了我在想什么。

我不愿意过早地结婚，甚至不愿意要孩子，总之不愿意一切的束缚。

黄秋生最近有个广告让我感触很深刻：如果我是主演黄秋生，我会说我喜欢这部戏的剧情,如果我只是黄秋生,我会说我喜欢这部戏的片头。

我很渴望，我不再是谁的儿子谁的孙子，让我只是我。

这样子很反社会吧？不知道错的是他们还是我？现在很苦恼啊。我真怀疑我会在某次家庭聚会上爆发，然后把所有人狠狠骂一顿。

———————— 我是被活鸡价格吓哭了的分割线 ————————

肉丸蒸冬瓜同学：

你好。

要表扬一下的是，你这封信简直是来信楷模，简短，有力，重点突出。再次再次提醒一下，同学们写信来请尽量多写重要事实，重要的点要大胆说出，不要模糊。尤其不要长篇累牍地描述自己纠结的心情，尤其尤其，不要把你们的 QQ 聊天记录原版复制上来，你说你一封信要拖七次鼠标才能看完，回毛啊回……

言归正传，既然你的信这么楷模，我也尽量简短回答。沈宏非说，所有专栏里的情感问题都是社会问题，这话我赞同。你和你父辈的矛盾，源于一个很中国的社会问题，就是：我们是否要服从别人对我们生活的设置？

设置就是别人为你的生活定下的规则。比如女孩必须文静，男孩应该粗放，爸爸活该养家，妈妈必须母性爆棚。中等收入家庭的孩子一定要上大学，到了二十五岁就一定要如何如何，到了三十岁又该如何如何。一直到死了，葬礼都该如何如何。一切事无巨细，充斥你生活的每个角落，却从来不告诉你这些如何如何到底有没有正当的理由。反正叫你直观服从就是了。一旦不服从，就惶惶不可终日，因为全世界都会来过问你为什么不服从。直接问都还算是好的，别人的闲话、眼光和疏离，才是更有效的武器。中国是个努力培养顺民的国家，服从法律大概还不是我们的全民意识，服从生活的设置，却早就是我们血管里的 DNA。

我们的父辈就没有幸免。他们自己被别人设置了一辈子后，再习惯性地设置自己的下一辈："大学四年，你们一个两个的都告诉我别早恋"，因为不准学生恋爱，是社会的一项设置。"四年过去了，你们立马变了一副嘴脸,从严防死守忽然到了改革开放了"。因为二十五岁以前就该结婚,是社会的另一项设置。父辈们严格遵循着过了一辈子了,很多人已经彻底斯德哥尔摩综合症,把这种机器人一样的设置当做一种幸福,并努力让子女相信:这真的是一种幸福,我们是真的为你好。这种说辞,我想你应该听过很多,我们都听过很多。

侥天之幸,你没有相信这种说法。你说的"我很渴望,我不再是谁的儿子谁的孙子,我只是我",就是自我意识。没有人是为了传宗接代才活到世上的,没人是为了工作才活到世上的,没人是为了被人设置才活在世上的,一个人的价值远远不止于此。在宇宙间,一个不可代替的人,总能找到比那些设置更有趣,更美好,更有意义的事情——不管那些设置听起来是多么合理,多么吓人。

我们的父母缺乏自我意识(这不能全怪他们),乖乖地被设置拽住,没能从中幸免,我们自己,我们的下一代怎么样才能幸免?这个问题我可以写一万字,但在我看来,写多少都比不上前人王小波做出的完美回答。在他那篇脍炙人口的《一只特立独行的猪》(相信人人都看过,尤其是现在还入选了中学课本的情况下)里,他描写了一头对生活的设置彻底无视的勇敢的猪。结尾时他说:

"我已经四十岁了,除了这只猪,还没见过谁敢于如此无视对生活的设置。相反,我倒见过很多想要设置别人生活的人,还有对被设置的生活安之若素的人。因为这个原故,我一直怀念这只特立独行的猪。"

无视它。这就是最好的做法。如果我们被这些设置吓破了胆,最后只有满足地把设置的牢笼扛在身上,甚至还要传下去,那真连这头猪都不如。

共勉。

Daisy

真看不起就不用在一起了呀

萝卜炖带鱼说：

女神呀，我从上学的时候就关注你的专栏了，觉得你的文风相当合我的胃口。有个事情困扰了我好几天的睡眠，我想来问问你。

半年前交了一个女友，比我大一岁。我知道她现在很爱我，一心一意。但是她以前喜欢过一个男的，第一次在酒醉后给了那个男的，明知道那男的跟她只是玩玩而已，还答应和他同居，甚至在那男的抛弃她后，她还千里送×去找那男的，偶尔还出去开房直到认识我。这些我都耿耿于怀，在我的观念里很看不起这样的女的，说难听点就是有点贱。而且我知道他们以后肯定还有见面的机会的（因为是同学）。

想听听女神的开导和建议。

我趁她出差，为此事出去买醉，现在刚回家。第一件事打来豆瓣看有没你的回复，没有，很失落。望回复，谢谢！

～我是在图书馆看了太多食谱结果贪多嚼不烂现在完全不想做饭的分割线～

萝卜炖带鱼同学：

你好。

这事儿挺有意思，如果反过来，是一个男的，苦苦恋着一个女的，

讲，接着讲。
我当然是看不上你的，像你这么笨，这么难看，这么肥，这么糙的女人，谁要啊？不过你放心，我忍辱负重还是可以和你在一起的……
磨刀霍霍

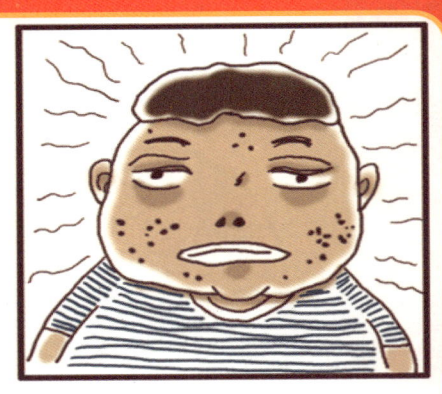

三年前　　　　　在家宅了三年后

女的酒醉和他随便上了床,只是玩玩而已,男的却迫不及待地要和她同居,最后女的把他甩了,男的还千里送×去找女的,偶尔还出去开房。这种情况下,一般人还是觉得贱的是那个女人,而男的则成了苦情和痴情的代表。反正在我们这个男权社会,女性只要在性上面主动,就很容易被人认为贱。

女性在两性关系里可以主动,可以很享受这个过程,我们的社会却常常不愿意承认,所以男女若分手分得不愉快,我们常常认为男的是占了便宜一抹嘴就走的一方,而女性则是弱势的,哭哭啼啼的,"被抛弃"的一方。你非你女友,怎么就认定她在上一段关系里就那么不快乐?

退一万步,就算她在上一段关系里真的很受伤害,那你不心疼她受苦,却忙着给她打个贱人标签,而且非常有信心地认定她是个死性不改的贱人,将来背叛你的几率非常大,那我很奇怪你为啥非得跟她在一起……已经定性不好,胜算极小的事儿,干吗还要去做呢?除了给自己多挣几次买醉机会外好像也没啥出路了吧?

看到这里,也许有个把观众会说:女神,人家就问你一个恋爱问题,就碰到你的女权主义G点了,你就不能就事论事,非得抖你那点问题与主义的机灵,改造人家的人生观?

好吧,就事论事地说的话,我也是觉得:真看不起就不用在一起了。

有些爱情建立在依赖上,有些爱情建立在控制上,有些爱情建立在恐惧上,这些爱情怪是怪,也没有建立在鄙视上的怪。你真看不起她,又强行非要在一起的话,除了你们自己感觉不好外,还会给你造成一种非常古怪的优越感:觉得自己和她在一起,是某种"为爱做的傻事"、"自愿的牺牲",然后被自己受伤却依然咬牙和她在一起的样子感动着。据我所知,少有东西比优越感更伤害亲密关系的,偏偏优越感还是人类最受用的一种感觉,不得不防啊。

另外，因为情伤而去半夜买醉这种事情，看上去很动人，但是非常伤肝还容易长痘头发油腻，大方直接地向对方说出自己的感受，解决问题并接受结果，明显更男人气，更 gentleman 一些，不觉得？

祝冬天床暖。

Daisy

重度死宅的内心就是黑洞，
任何梦想和激情都逃逸不出来的

鱿鱼烧萝卜说：

代西桑，你好。

我没有太多情感方面的纠葛。我没谈过恋爱，却有一段长达八年的暗恋史。暗恋对象 L 君是个不折不扣的宅男，各种动漫，各种掌机、家用机、手办、抱枕……我对日漫和 DS 的兴趣很大一部分是因他而起。我们是小学同学，初中同班，曾经我们有一段时间感觉上有了超乎普通朋友的交流状态，但是我们只有短信和 QQ 上才嗨得起来，面对面很冷。

后来高中毕业了，我进了本地学校，他去北方。我一开始觉得他对我也有意思，总是开玩笑说"以后嫁不出去来当我家老婆"之类的调笑话。但是渐渐我发现自己对他的了解完全止步于兴趣爱好方面，这男的生活习性完全不能用正常男性的思维来考量——死宅啊这是。我是个在谈情方面脸皮薄又死要面子的蹭得累*……和您一样，我也觉得直接推倒是对待蹭的最有效方式，但是我一点都不期待弱气宅能开挂推倒我。

我们生日隔得很近，他迟一点。我很认真地准备了他喜欢的正版手办，他收到东西之后很吃惊，赶紧打了一封信要他朋友买花一起给我送来，我满心欢喜以为是表白信，结果居然是无心发出的好人卡。

后来我怒火燃烧，再也没理他，QQ 拖黑

* "蹭得累"也称"蹭的累"，源自日本网络语言，为"傲娇"这一日语舶来词的近似音译。

一切屏蔽。他还欠我三百块钱，发短信说要还我，我简单回复说不还也罢，他问我是不是生气了。

女神，我现在觉得我贱性发作了，还是挺稀罕他的，你说我这是暗恋太久成习惯了，还是对这个无知宅男的一时示好产生了错觉？

～～～～～～～ 我是已经被图书馆的网络折磨疯掉的分割线 ～～～～～～～

鱿鱼烧萝卜同学：

你好。

这封信让我有点紧张，因为我也是无敌死宅一枚，我的朋友里有无敌死宅数枚，我隔壁就住着一个堪称南山区宅王的传奇废柴死宅。这让我对那位男生产生了一点同一战壕的友情，不好意思太下毒手吐槽他。但无论这有多羞愧，我都要承认：宅很不好，宅是本世纪最大的病毒，宅是破坏一切正常交流的霉菌。死宅是当今世界最不值得追求和迷恋的男人，排名仅次于强奸犯和恋母狂。没有女生（除非自己也是无敌死宅）只是因为一个男生够宅而喜欢上他，就像没有女生因为男生脚气够重而爱上他一样。

我想你喜欢的这个男生，多半有不少别的优点，比如是个帅哥，比如有幽默感，或是唏嘘的眼神啥的。可惜的是，死宅的任何优点，在三次元里，都是使不上劲的。死宅们在自己活跃的领域里随时都能口吐莲花，上蹿下跳，等见了真人绝对都是打蔫的。"我们只有短信和QQ上才嗨得起来，面对面很冷"，太正常了。何止是交流谈话，再继续和他交往下去，你会发现一个深度死宅连面对面的性爱都是很冷，都是打蔫的，因为他们只有面对女优和H动画*才high得起来。如果你不想以后只能和他电话sex，或是在

＊H动画，色情动画之意，"H"为日文变态（hantai）的首字母。

他看 A 片时帮他打飞机（以下简称看 A 助打）就算是一次性生活了，就最好还是住手吧。打住，这段有点低俗了。

至于你现在对他还挺稀罕的，我想多半是因为你不了解他，"对他的了解完全止步于兴趣爱好方面"，没有和他真的一起生活过，没领教过死宅真正的恐怖。等你有幸走入他的生活，看到他阵容恐怖气味更恐怖的房间，或者给他看 A 助打几次后，你绝对想离他越远越好。欸，这段又低俗了。

总之，我觉得：这个你自己都觉得"不能用正常男性的思维来考量"的男人没啥好留恋的，哪怕他是个帅哥也没用。姑娘啊，就算是吴彦祖，宅三四年下来，也是黑眼圈＋油头发＋痘痘脸＋小肚腩＋走错时代的穿着和发型诸多种种一起上身的。更可恨的是，他自己都那么可怕了，心里却只看得上苍井空，老嫌你胸不够大腰不够细呢。你们还在念书，拼个年轻，这些症状可能还不大明显，等过了二十五岁，看哪个宅男不是这样。指望他越宅越焕发的话，那你就错了。

最后最后，我要指出你一个更大的错误，这个错误大到我一看到就立刻爹毛了：什么叫三百块"不还也罢"？！！三百块也是钱哪！！！你这不明摆着不把豆包当干粮么！！！三百块会哭泣的啊！！！实在那么不稀罕，给我啊！！！买我一百五十个专栏去！！！

苟要账成功，勿相忘。

祝秋天吃饱。

Daisy

四 不那么友好,也不那么万恶的世界

画地为牢和炼丹炉
只在《西游记》里有

大吉岭红茶说：

我二十七岁，大学毕业六年，但基本没上过班。有数据说，长久失业的人会越来越难回到社会。我不知道别人会怎样，但自己经历了从自闭到社恐到抑郁一系列过程，现在是连出门吃个饭都好难做到了。

可是我还是想努力搏一搏。我想学一样自己喜欢的技能，可是平时看书看不进去，去培训班没多久又会社恐，所以想自己租个小房子，孤独学习半年到一年，我想用这一年给自己赢个机会。可是心仪的觉得有安全感的房子房租便宜不了，还加上一些要买的东西一年可能得四万块钱。一个人关在比较有安全感的小房子里，觉得学习最有效率。

可是顾虑多多。万一逼迫自己出去工作三个月就好了，不就白租了？想买跑步机，去楼下跑不就得了？想学习，换个方法逼自己学习不就行了？我担心这些都有廉价的替代方式，不想乱花钱。可是又觉得无论如何都想试一试。

我该怎么办呢？我能赌一下吗？

盼望得到回复，哪怕只言片语也好。

谢谢。

―――〜〜〜―――― 我是一边扫雷一边嗑掉一斤瓜子的分割线 ――〜〜〜――――

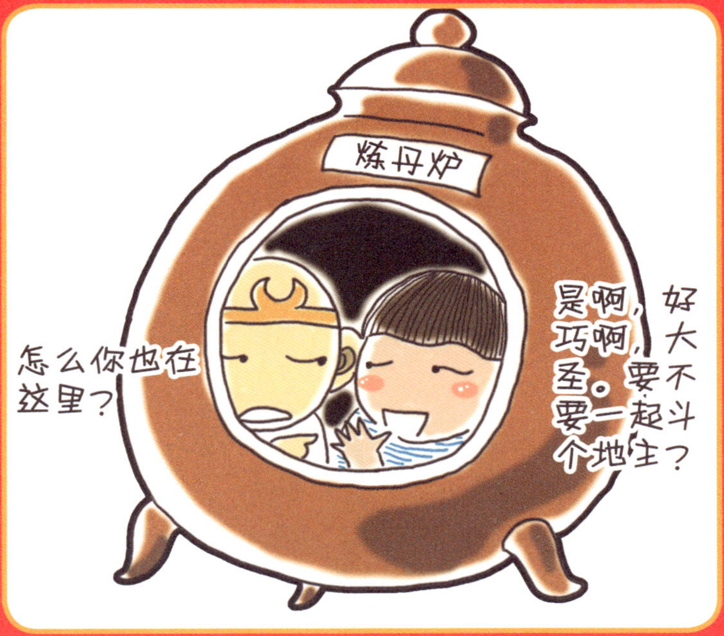
炼丹炉
怎么你也在这里？
是啊，好巧啊，大圣。要不要一起斗个地主？

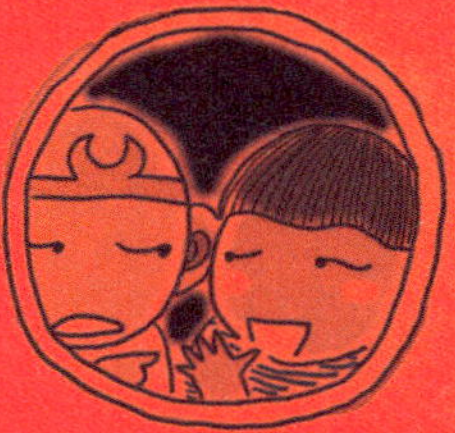

喂，哪位？
哥哥！是我！啥都别说了，赶快带20个人来火车站，快！
兄贵
…………
还有，叫上警察，再带20把西瓜刀，5瓶辣椒喷雾，快快快！
兄贵
……这货不是我妹。
啪！

大吉岭红茶：

你好。

关于不上班这件事，我还有点发言权。因为前几年因为健康问题我也有很长一段时间没有上班，虽然不至于像六年那么长，但是也不短。所以长期窝在家的人的心情，我大概还是明白的。

年轻人不上班这件事，在传统世界里就算不是犯罪，也不会归类在光荣行为里，哪怕一个人有理直气壮不上班的理由，自己并不怯场，可要面对外人各种碎嘴的拷问，总是很不愉快。二来长期在家，别人的世界成了你越来越不熟悉的领域，你和与你生活方式不同的人，可交流的必然越来越少，你对他们越来越不感兴趣，他们对你也是如此。另外，可能最重要的一点是：今天的世界有个叫网络的东西，网络提供的娱乐和交流方式为我们的情感需求提供了出口，可以让我们不像过去那样依赖面对面的沟通。久而久之，不依赖变成了不需要，再加上前面说的两点，不需要最后变成了恐惧。你说你在家六年，"连出门吃个饭都好难做到了"，这事儿外人听来可能很不可思议，但我知道那是事实，因为那段日子里我也曾为要不要去超市买个灯泡犹豫了三周，最后把厕所的灯泡拆下来放到房间用——而那个灯泡并不是我的，是我室友买的。宅成地鼠的人只想着外面世界的恐怖，已经顾不上所属权一类的常识了。

需要补一下的是，我虽然有很长一段时间没上班，但不是没有工作。在这篇文章里，我们需要强调一个常识：工作和上班是两回事，后者是前者的子集。总之无所事事一段时间后，我开始做一份自由职业，做设计创意类的东西。虽然有收入，但是还是很穷，熬了段时间后还是出来上班了。我不知道你说的六年基本没上班是完全不工作，还是有工作，只是不是要去上班。如果是前者，我不知道你的收入来源是什么，还是生来富贵，父母不介意多养几年？如果身家过亿，以下的话当我没说。如果将来还是要靠自己养自己的，或是身家过亿但还是想自己靠自己，那可以看看下面的话。

我觉得世界的进步，经常反映在这个现象上：就是一个人不得不去撞的南墙变少了（当然，有些不是变少，只是变了形式，成了新的南墙）。比如在过去，一个女性要是不想结婚或生育，那只有死路一条——除了去当尼姑，但后来这堵南墙逐渐消失了，今天不结婚不生育又活得很好的女性多得是。今天一个孩子如果不喜欢去学校，那他要么被逼着打着去，要么就不念书当个小混混，但未来越来越灵活的教育模式可以让不少孩子不再非得去撞"只能到学校接受教育"的南墙。同样地，"必须到外面上班才能赚钱"这南墙也在逐渐变薄变矮。你有了更多选择，不是非得要去上班才可以被叫做工作的。你最好先确定：自己，现在，是否一定，要选择一份必须要到外面去上的全职工作。六年不上班，对于找一份全职工作是很大的壁垒，在壮烈地一头撞上去之前，先确定能不能绕过去。比如能否先试着做兼职工作？或是先做一份不需要打卡，但又有机会接触外界的自由业？这些都是可行的，有缓冲带的选择，可以成功避免一开始巨大的不适应和挫败感。当然，如果你说我这个人的脾气就是比较拧巴，必须要逼上梁山了才能小宇宙大爆发，温吞法子我都没兴趣，那就按暴烈办法做也可以。只是食得咸鱼抵得渴，两种办法都有其优势和风险，必有一款适合你。我只是提醒下：你并不是只有一个选择。

但不管你选择了哪条路，我觉得那个"自己租个小房子，孤独学习半年到一年"的想法都不足取。许多拖延症患者，自控能力弱的人，管理时间能力欠缺的人们，常觉得自己做不成某事，不过是因为时间不够多和集中，或是外界打搅太多，所以常常想出这种炼丹炉模式：想拿出很长一段时间，少则几个月，长则一两年，找一个与世隔绝的环境（比如辞职后自己租个房子），像炼丹一样，只要燃起一把勤奋的火焰，每天专心只做一件事，一定时间后自己在这个方面就能像回炉改造过一般，变得优秀夺目起来。那我以我的亲身经历和很多别人的经历劝你和其他抱着这个幻想的人一句：别妄想了，做不到的。

这种一厢情愿的修炼模式缺乏推动力和监督机制，除非你的目标感、自控力、行动力都超强，否则这种计划完全没有可行性，一般几周甚至几天不到就散了。很多人连三小时内只看书不上网都做不到，却还妄想通过一年的专注就能脱胎换骨，怎么可能呢？你不妨现在就试试自己在三个小时内的精神集中程度和做事效率，然后就会明白这个想法是多不切实际了。

就说我自己，每个周五晚上我都想：好咧，周末两个整天，以我的速度，写四至六篇没问题吧？但我现在的最好纪录是两天三篇。其实没什么事情可以真的打搅我，我可以不下楼光叫外卖，关上门不见任何人。但我做不到。我会上网闲逛，自己做点好东西吃，觉得天气太好了不能辜负于是爬山去。因为四至六篇只是我的理想高度，不是编辑拿着鞭子催，没人监督我，所以只写一篇都可以自己给自己交差，表示周末没白过；所以如果你很多年都不上班，没有过过那种随时被老板逼迫着，目标非常明确的日子，那我想你的自控力之类的不会比我好，只靠"我要加油给自己一个机会"这么一个想法，是很难达成目标的。

还有一个很类似的例子是我以前的室友。他大专没念完，就因为作弊被踢出校门，一两年内还不准参加考试。但是他不服这个软，一定要考上名校研究生扬眉吐气，还要转行考别的专业。这一切对一个毕业证都没拿到的人来说实在太远了，所以他也打算用这招，在深大附近租了个房子，打算自学两年加旁听两年，然后就能考上翻身。但在我和他合租期间，他的生活基本就是没日没夜打游戏，睡懒觉，一周去深大旁听一两次算不错了，为了消遣，还买了根几千块钱的台球杆（这个和你那个跑步机倒有点像）……他家好像算是本地小财主，虽不是巨富，父母还是有能力且很愿意拿几年闲饭来支持儿子考研的伟大理想的。这个优哉游哉的进阶计划大约实施了不到半年就被腰斩了，他搬回了家，不知道是不是自己都有点不好意思。因为常年在家不和人接触（连我们都几乎不和他说话），我发现他和正常人交流的常识都失去了，讲话很没礼貌，和他沟通很困难。

你明白了吧？常年窝在家的人，最缺乏的不是大块大块的时间加独立环境，你已经有了过去六年的大块时间加独立环境，都没有利用好它们来完成什么，再给你更多的时间，更独立的空间，也不会有太大用。无论你最后的决定是努力回归常规的上班生活，还是做一份不在职场中的自由职业，最缺乏的仍然是和外界恢复交流的尝试和勇气，以及管理时间和资源的能力。关起门来的炼丹炉计划，其实就是把你过去六年的情况再强化了一步：更封闭，更画地为牢，连唯一可能成为监督机制的父母唠叨都消失了。你担心"租房、跑步机等都有廉价的替代方式"，其实别的方式才是可行的方式，炼丹炉方式才走不通。一年四万不是多大的钱，但失败后让你产生更大的绝望，未来越发迷茫，才是真的昂贵。

还是先从出门吃饭，和父母面对面谈一谈这个问题开始吧。这两件事的难度已经不小了，但效果绝对比炼丹炉靠谱。以后怎么走，一步一步来。人不能和未来活在一起，先别想一年之后学到技能的英姿了，今天能张开口、迈开脚，才是实实在在的胜利。

另：跑步机这个东西，任何时代任何价钱，都是没有必要的。

祝夏天凉爽。

Daisy

在五十岁，遇上地狱甲和地狱乙

韭菜鸡蛋炒饭说：

我爸妈可能要离婚。他们谁都没讲过，我就是这么感觉到了。我今年二十六岁。

二十一岁那年回家，我妈在机场等我，一见到我就哭了。我以为是太想我，后来车子开到了医院才知道是我爸出事了。一个星期以后，我爸做手术摘除了右眼。

我在医院陪床差不多一个月，才从来访亲朋的慰问里推测出来龙去脉。我妈的姐姐有财务纠纷，我妈作为中间人偏帮姐姐，对方不服气上门寻仇，我爸被牵连。我爸事隔很久以后跟我说，从一开始他就极力反对，可是我妈一意孤行。后来对方被抓住，上庭之前求得了我爸原谅，并在我爸的说情下获得了从轻处罚，其重要原因也是我妈有错在先。后来一年多的恢复期，全家心理上和生理上都过得很艰难。

恢复期的后半年，我回去继续念书，因为相隔两地，所以是靠电话联系。那时候我很担心他们俩的关系，可每次给他们打电话我妈都说我爸已经渐渐恢复了，我爸自己也说很好，从来没有坏消息。我以为他们俩的关系并没有因为这件事受到太大的影响。

变化是一年前开始的。上半年我妈开始经常在电话里哭，我爸总是在旁解释说没事，是我妈更年期。下半年我回家住了两个星期，才发现我爸变了，他们的关系也变了，变得极差。我爸变得更敏感暴躁而阴晴不定，我妈则更瑟缩隐忍。我爸基本三天发一次火，说出来的话都极为难听刺耳，尤其是对我妈，让我甚至觉得那不是他的妻子，而是他的仇人。而在我要走的前一个星期，我爸第四次为一件小事开始摔碗指着我妈鼻子骂的时候，我搅和进去了，故意的。我说他以强凌弱，他说我不孝。而在那次我和我爸对峙之前，我和他谈过很多次。那次搅和是我的最后一招，想敲醒他，让他看看现在他自己怎么对待我妈的。他以前一直很疼惜她。

我走之后，我妈总在电话里跟我讲我爸的好话，可同时她开始严重地依赖我，我知道，她害怕。我爸没法强迫自己原谅她，我没法强迫我爸重新爱上她，我爸没法让我对我妈的遭遇视而不见。现在我们三个人很辛苦地维持着平衡。

我想过让他们去看心理医生，或跟他们俩说干脆你们分开，前者在我们这个小城市里并不现实，而后者我不敢保证会导致怎样的后果，会不会成为他们关系的最后一根稻草。

～～～～～～～～ 我是等下要出去散步两小时的分割线 ～～～～～～～～

韭菜鸡蛋炒饭：

你好。你的这封信因为被豆瓣系统错判成垃圾豆邮，隔了好几个月我才看到，不知道你父母现在如何，你的情况如何。看到你努力保全你父母的婚姻，并深深为之苦恼，我想起了九十年代时的一些事儿。那时中国离婚率节节增长，我们那个小县城几乎每对夫妇都在闹离婚。我不少亲戚邻居，还有不少同学的父母，都加入了离婚大军。小县城人民对离婚夫妇的态度暂且不论，但对这些离婚家庭的子女则非常统一，所有人都在告诉这些孩子们：你没家了，你父母不要你了。弄得这些孩子非常恐惧和自卑，一些孩子只能麻木接受，另一些孩子则不得不去做超出未成年人责任的事情：努力维护父母的关系。声泪俱下的有，寻死觅活的有，帮其中一方抓另一方的奸的也有。这些孩子的努力，有些奏效了，有些则没奏效。总之，离婚这件事，孩子往往比父母还更在意，更容易受影响。相对于某一方配偶，孩子常常是更不愿意接受离婚结果的那个人。

你已经二十六岁了，对婚姻和家庭的看法肯定和六岁、十六岁时很不一样。年纪越小，父母在我们个人生活里占的份额就越大，地位也越高，父母离异往往意味着天塌了；但年纪越大，我们会越来越明白父母其实就是普通人，他们的婚姻也就是世上一宗平常的婚姻。他们有他们的麻烦，他们的贪痴嗔，他们的无力感。总之，我们开始慢慢接受以下事实：不能因为他们生了你，就觉得他们是天作之合。所以父母出了什么事儿时，为求冷静公道，不妨试试剥离他们的父母身份，先把他们看做是普通的朋友，即可心平气和做点分析。

所以如果你写信来，问的不是你父母的麻烦，而是你身边一对朋友夫妇的麻烦，那问题就会变成这样：一对三十岁左右的夫妇，有孩子，因女方判断失误且一意孤行，惹上大麻烦，男方因此被人寻仇，失去右眼。事后虽然短暂平静，但男方始终意难平，天天在家摔盆砸碗，可能有离婚意图，女方自知理亏只能忍气吞声，但已慢慢濒于极限。问这婚该不该离？

估计很多人的答案都是离了吧。因为弄丢或弄病孩子离婚的夫妻不计其数，何况还是丢了身体发肤、不能复生的一只眼睛，放谁身上都难以忍受。男方是受害人，谁都会优先支持他的诉求，他愿意离就离，硬逼着受害人和多少算肇事人的女方一起再过几十年，每天早上对着镜子都要被提醒一次，多难受啊。而且真硬黏在一起，女方就真的好过了么？

已经理亏，只能一直退让和忍耐；可越忍耐和退让越让男方觉得自己的委屈和火气是合理的，他的气永远撒不够——也不可能撒够的。女方要么就一直忍着，忍到最后连旁人都看不下去，或是还有点自尊，反击或离开。无论哪条路，婚姻都已经千疮百孔了，已成怨偶，何苦非得凑在一起过。有孩子？那不是问题，难道让孩子每天看到父母彼此虐身虐心，就真的对他很好么？

按理到这里，这就不是个问题了。可是，你父母不是什么事还能从头再来的三十岁。你二十六的话，他们应该都五十多了吧。真离了的话，你父母还能顺利地再找到另一位满意的配偶吗？你父亲失去一只眼睛，你母亲多少造成了他失去一只眼睛，这两个标签，在小县城恐怕都不是重新嫁娶的好资本。你父母维持婚姻怕快有三十年了吧，婚姻的长期利益之一就是晚年养老的保险，在三十年之后抛弃掉前面的所有积累，还背负上沉重的心理和生理伤痛，就为忍不下一口气？据我所知大部分人都不打算这么豪迈。没什么不好意思的，婚姻本来就是一种合并合同，两人分担利益和风险，遇上世间各种各样的风暴，千回百转后，爱情可能漏得差不多了，有的连亲情都没剩多少了，却还有巨大的利益或风险，让人不愿意拆了它。你父母现在面临的就是这种问题，再在一起，未必有多大利益，但分开了，可能风险更大。尤其是你父亲，他年纪大了还有残疾，更需要有人照顾，也更难再结一次满意的婚。孤单且病痛的老人，真的就比怨偶好很多么？

所以，摸着良心说，我真给不出什么路线建议，说得严重点，这就是地狱甲和地狱乙的区别。我想你和你父母，其实应该多少都明白。只是选哪一个都好像踩火炭，实在迈不开腿。唯一比较好的消息是，因为这两条路实在没什么太大区别，所以选哪个都不是大错。不妨把这些道理和利害坦诚地跟你父母，尤其是你那位激动委屈的父亲讲讲，让他们自己做决定的好。决定时间长短无所谓，不必催。作为子女，我想你最大的意愿还是他们幸福，如果他们做了自觉对幸福最有利的决定，那最好还是接受的好，毕竟他们的婚姻是他们的，你无法代他们享福或受过。

至于看心理医生或寻求其他治疗和帮助，我是强烈赞成的（邪教和练某功除外）。我还建议出去旅游、散心，做一切能释放情绪的事情，而不是在家里憋着大眼瞪小眼。另外我不知道现在在小县城看心理医生有多难，但你们附近总有大一点的城市和省会吧？去那里的长途车总有吧？不是逾越天堑一样难的事。相对于没头苍蝇一样地乱痛苦着，这总是更靠谱的一个尝试。不瞒你说，我妈当年要是再坚定一点，真带我去成都看了心理医生，我的青春期也不会过得那么苦，会健康不少。怎奈何她那时候怕被小县城人民笑，很快就放弃了。这么多年过去了，小县城人民总该有点进步了嘛。

祝夏天不胖。

Daisy

你的房子是你的，老爸的钱是他的

牛肉生煎包说：

Daisy 你好！你是明白人，能借我你的明眼用用吗？

事情是这样的。我妈妈在我十八岁的时候因为癌症去世了，妈妈之前生病了将近四年，病时好时坏，情况好点的时候妈妈把家里的房子改成了我的名字，爸爸那时同意了。

妈妈死后，爸爸结婚了，对方是一个小我爸爸十岁带一个女儿的女人。我爸爸是一个不通人情世故性格沉默懦弱的男人，以前家里一直是妈妈说了算。后来爸爸再婚，又给自己找了一个她全说了算的女人。爸爸是个高级工程师，我上高中那会儿他就月薪过万了，在我们那个小小的城市算是很好的收入。

他们自己后来又买了一套房子用来住，但是阿姨和爸爸让我把原来家里那套房子改成爸爸的名字，我不同意。我不改房子的名字，在那时候一方面是不想让爸爸把过去的家产给新的妻子，一方面是不希望他们把过去的家卖掉。当然也有一方面是自己的自私，那时候我十八岁，对未来没有安全感。

我和阿姨相互间本没有好恶，但是因为房子的事情，我们开始有了矛盾。他们对我不好，阿姨站在继母的立场因为房子的问题讨厌我、挤对我；爸爸则是因为性格懦弱，一再牺牲我的利益去换取家庭的平和。

我现在意识到继母的立场是能为爸爸带来好处的，爸爸顺着她的意思走对自身从情感上和经济上都更便利。

这几年对我的伤害很大，甚至大过妈妈的离开，常常痛哭。我眼睁睁地看着爸爸在自己面前展现了人性的软弱、自私和贪婪。

后来我上了大学，大学的时候是爸爸供我的，一个月生活费八百块由阿姨打给我。大学的时候我出国交换了一年，学校全额奖学金，也没有给爸爸家增加什么负担。这次交换之后，我决定出国读研究生，这时候阿姨开始百般阻挠。但是我坚持要出国，因为我还是不愿意改房子的名字，他们拒绝负担我读研的费用，只在走的时候给了我一万块钱。这以后没再给过我钱。

我出国需要存十一万的保证金，其中三万是妈妈的抚恤金，别的是我自己向舅舅和同学借的。我念书的地方不要学费，但是生活费特别高。我带的钱只有四万是自己的，别的都要还。于是这两年来我一边上学一边在中餐馆打工。辛苦，而且窘迫。

现在我临近毕业，未来虽然不明朗但是也越来越有信心了。而且经历的多了，心也宽了。午夜梦回想起来小时候和爸爸在一起，他帮我削铅笔，一根一根非常仔细。心里觉得就这样吧，爸爸还是爱我的，只是爸爸人软弱，但他已经给我他能给的最好的父爱了。我想，钱的事就不要再有怨气了，本来也不是我的。我和爸爸的关系慢慢缓和。

刚才，我看爸爸继女的 QQ 空间。哎，看到他们过年的时候去香港的照片，买了 LV 的包和爱马仕的服饰。我忽然想起来了以前因为看见他们厨房里有我从来不舍得吃的东西而伤心的往事，想起来了以前因为继母的女儿去学小提琴还给她买钢琴而难过，不由得流着眼泪干嚎了几声。爸爸不是没有钱帮不了我，在妈妈去世后，他就不再是一个照顾我保护我的人，反而总是站在距离最近的地方伤害我。又或者从房子开始，我们相互不信任,并把对方越推越远了。

我想知道的是,究竟应该做一个什么样的人?独立?有骨气?还是实际点?强硬点?

从一种角度来说我收获的是自己的独立。爸爸的钱本来也是他的,他如何支配我管不了。爸爸总是爸爸,情分仍在,恩情仍在。

但是另一方面,扪心自问,我是不是个傻×?

～～～～～～我是发烧两轮现在退烧肚子饿了的分割线～～～～～～

牛肉生煎包:

你好。看完你这封信我心里很难过。我也有个癌症死去的妈,死之前她也留下遗嘱:房子不准卖,全部留给我。她怕我以后要是过得不好了,还有点救命粮。但我妈死后,我就跟我爸说,那是你们俩几十年省吃俭用买的房子,和我没关系,你还活着就是你的,不必转给我,你要真把它耗光了我也没什么意见,当然你不在了这房子若还在,那时再给我是另一回事。我不要你的房子和钱,你不要干涉我的私生活,平时咱们互相关心互相爱护,就这样。我爸就同意了。

说这话时我已经二十好几,虽然还是很穷,未来怎么样还一片茫然,但有份饿不死自己的工作,敢大着胆子试图拿钱换自由。但你不一样,那个时候你刚成年,还在上高中,未来比我现在还茫然,还失去了妈妈,以后的日子怎么看都很凶险,所以你妈妈才想着要给啥都没有的女儿一点保障,坚持要把房子给你。

我想你那位强势的妈妈,一定非常了解你爸爸是个什么样的人,她已经大概猜到你爸若再结婚,一定会找一个和她一样"说了算的女人",而且他必不会在这个婚姻中维护女儿的利益,所以她要趁着自己还有一口气，还能说了算的时候，给你留下她能给的最大一笔现世安稳，因为身后的事，她就无能为力了。当妈的苦心如此，旁人看来都觉得难过和感动，你也不要再说些什么"要房子是自己的自私，那时候十八岁，对未来没有安全感"之类的话了，情理上母女继承天经地义，法律上这房子虽然是你父母合买，但你爸爸已经同意，你当时十八岁已有权继承，什么叫不是你的，那，就，是，你，的。既然是你的，你给不给别人是你自己的事儿，和别人都没关系，哪怕这个人是你爹。你也说了，你爹收入不少，不缺这点棺材本，没必要非得跟你死扛，他因为软弱自私去附和你后母，是他有问题，不是你的继承权有问题。

你妈妈虽然尽了全力，但事实证明，性格懦弱的男人就算是你以死托孤，还是会违背你的遗嘱，照顾不好你的孩子的。你觉得这个房子害得你们父女关系失和，我倒不觉得房子是罪魁祸首。坦白说，我甚至觉得它是你的救星，幸亏你妈妈给你留下了这套房子，不然你的处境会比现在更糟。你爸爸软弱自私、不负责任的性格才是罪魁祸首，它决定了在你妈死后，你虽然有爹，但处境已和孤儿差不多。一个任何资产都没有的孤儿，看看《简·爱》之类的中古时期著作就知道了，虽然共处一个屋檐下，每口饭都跟被施舍的一般。你妈妈给你留下的那点筹码，在某些情况下还能有益于你和后母的博弈，让你后母在对房子的妄想中暂时给你几年好脸。当然，在你这个案例里，你并无博弈之心，你后母的博弈手段也非常拙劣，最后导致了一个双输的局面：他们并没有得到房子，你上学也上得很辛苦很窘迫，而且全家失和。

看到这里可能有永远正确的同学说：你说人家博弈手段差，那你教人家一个呗？比如"后妈，你们供我出国，我毕业三年内把房子给你"之类的？抱歉哦，我可不会教这样的事情。生活不是宫斗小说，十四五岁的姑娘和成年继母之间就可以互出奇招，生活是遇到困境就必有血泪。

不管你到多少岁，谁拿着亲妈的遗产去和亲爹谈条件讨点钱，都是伤心欲绝的一件事，伤心到你根本不想碰这个过程。也许有目标明确意志坚定的孩子能做到这一点，但我十八岁时做不了，你十八岁时也做不了。这个局面谁在年轻时处理都会抓狂，你已经处理得不错，至少你保证自己把书念了，而且还是靠着自己打工搞定。以当时的年龄来说，你已经很独立很有骨气了，也许还有很多技能要学习，也许还会遇到这种你无论如何都无法处理得很完美的局面，但独立勤奋，能让你更容易地活下来。他们没给你什么，但你让自己收获了更好的，已经可以请自己喝一杯了。哪有胜利可言，坚持就是一切，你自己更好地活下去最重要。

　　至于你爸是不是非得担负你上学的钱，很遗憾，从法律上说，十八岁以后，他的确没有义务再承担你的这些费用，最起码法院不会强制执行（不过，法律专业的同学会说，虽然你继承了这套房子，但依然可以要求分你母亲的其他遗产，可分得一部分现金，但就像前面说的，很少有人会这么做），所以他一抹脸说他就是不出，道理也说得通。就像你十八岁以后继承的房子和他没关系一样，十八岁以后，他的钱也和你没关系了，他不给你上学费用却给老婆继女买LV，那是他的自由，不违法，只是混蛋而已；考虑到他的混蛋也不是一天两天了，这不算意料之外，虽然真的很戳心戳肺。遇到混蛋老爸是一件十分不爽却无法选择的事儿，怀念一根一根削铅笔的温暖而选择原谅，或放不下当初对你的苦苦相逼而选择记恨，或在以上两者之间摇摆，都是非常自然正常的，没有哪条对哪条不对，人的情感本来就是非常复杂、容易混淆，且很难自控的东西。不过理智层面上的结论倒是不难下：若有需要，按照合理尺度赡养你父亲，就像他养大你一样；赡养之外，在和他以及他背后的后母打交道时，把自己的钱包盯紧点为好。

　　祝春天快乐。

Daisy

愿你在少年时遇上善良的人，成年后能当一个快速逃离苦难的人

山药排骨汤说：

女神，你好。

犹豫很久，还是鼓起勇气写下这封信给你，也许当你看完整封信，会觉得我是个坏女孩，但是有些话憋在心里太久，真的很难受。

首先要承认的是，我爱的这个男人，大我十多岁，有家室，也是我的高中老师，对他的感情已经维持了十多年，不知道能不能说得上是一见钟情。他是个很能和学生打成一片的人，那时候我们一堆人总是和他发信息聊天。也许是有共同语言吧，他在工作上的不顺心，我总能够说到他心里去。一来二去，也就是我快毕业的时候，关系里渐渐有了些许"暧昧"的气息吧。我记不清当时的短信内容了，只记得，后来我一直有照一些自己的照片给他，照片的内容你也许猜得到，照片的事是他先提出来的。当时，我虽然知道这也许不好，但是还是同意了。就这样到了我毕业出国，中间淡了一点，但还是一直有联系，前不久我们开房了。这是我的第一次。

所有人眼里，他是一个很好的人，工作努力，对妻儿很好。他带过的学生都很敬重他，因为学生时代，他给了这些学生很多的帮助。对妻儿也是一样，他的妻子的工作要值夜班，所以，很多时候是他在做家务做饭。他的学问很好，很多方面都擅长，只是在学校不得志，因为评职称的时候他从来不送礼。

我真的很喜欢他，所以从学生时代开始，就攒钱送他各种书，然后也冒充过其他班的学生跟他现在班里不听管教的学生聊天，让他们了解他的好。说来也怪，有几个曾和他对着干的学生，渐渐开始听他的话了。出国以后，我也会用自己的奖学金，给他的妻子、女儿送些小礼物。

我从来没有花过他一分钱，我们也很少见面，几乎就是在网上聊。一年也就见过几次，每次不会超过几个小时。大多数就是找个安静的地方坐坐，也不吃喝。像这次开房包括买药的钱都是我自己拿的，一方面是他挣得很少，他的妻子也挣得不多；一方面，他平时身上就很少钱，我担心他没法和妻子交代。

也许是兴趣方面相同，他很多事都会说给我听，像工作的不顺心、自己的委屈、曾经的初恋、家里老人生病，还有很多方面的讨论。曾经他说，我们讨论的那些事物，很多人并不理解他，有些文学或是文化方面的东西，他的妻子也不懂。记得一次晚上我们聊天，他说，说得好多，平时和妻子都没有说这么多的话。

但是，他明明白白地和我说过，他爱他的妻子，就像这次开房，也是我提议的，我说，我想在死掉前，成为一次你的人。我觉得，第一次给爱的人，是很幸福的事吧。他后来说自己经过了强烈的思想斗争，有很大压力，最后还是去了。他说，他对妻子愧疚，对我也是，他说，我对他也是极好的。因为我会在他生病的时候给他买药，他妻子说不让他买书的时候送书给他，他想不开、工作不顺的时候拦过他自杀，每个他睡不着的晚上都陪他说话，天气变化也会提醒他。他有慢性病，我自己找医生，找帖子，帮他制订了运动方案，甚至自己试验过那些动作。

在我心里，同样对他的妻子有愧，所以，当初他想去找自己初恋的时候，我骂过他，拦过他，让他想想自己的枕边人。也曾在他们一家经济困难时帮他妻子找过工作。也告诉他在他妻子夜班的时候该去接她。

对他的孩子也是一样，看到好吃的，也会寄给他的孩子。

　　看到这里，不知道你会不会唾弃我。我还想坦白的是，我是一名长期的抑郁症患者，服用药物已经很多年了。我生长的家庭不同，父母在我小时候对我要求很严，那时候成绩下了九十五分就会被打得满屋子跑，也不可以出去玩。不懂事的时期，因为放学和同学去玩，被看到，回家就罚跪。也曾因为上课外辅导班被发现没认真听而被丢到公交车上。自己身体不好，所以能玩的朋友也很少，长这么大，一直很孤独。中考的时候，因为压力大没有考好，就吞服安眠药自杀了，在之前，也会拿菜刀割伤自己。直到遇见了他，他是第一个跟我说，不要怕，有我在的人。也许自己就是因为这句话而认定了吧。

　　原来他说过，只要我爱上他，他就会离开，但是我太怕他离开，所以，在他这么说以后，自杀过一次。身上也全是自己割出来的伤疤，手腕上曾经割腕的痕迹也很深。也许疼痛才能减轻心里的压抑吧。今年暑假，我曾吞服过两次超量的抗抑郁药，记得我边吃药边给他打电话发信息说，只要他接了，我就停下，但是打到最后他关机了。后来我清醒了，看他发来的信息，说是我打扰了他的生活，还说怎么不为他想想，他不方便。也许这次开房也有赌气的成分。一是那天之前,和爸爸不知说了什么玩笑，被爸爸一句"干吗，别犯贱了"刺痛了心。二是我想知道他究竟是怎样的人，又或者自己也不知道为什么非要如此。

　　其实，我们在一起的时候，我听他的烦心事多，说起自己的事最多也只是听他说声"放心，我在"。就像这一次开房之前，我们有过争吵，可是，该发生的还是发生了。那天晚上，他回到家，和我说，他想哭，因为想起初恋，甚至没有舍得吻过她，他说我有福气。我当时听了觉得自己脑袋嗡嗡乱响，问他这么说不伤人吗。他回答，这样不是证明我对你好吗？我说，当初有了性方面的暧昧，是上学的时候你主动提出的。

而他说，如果还不断地提那时候的事，那我们之间的关系就不纯粹了。

我也曾经问过他是不是对我一点点爱都没有。他一直逃避这个问题。现在他说，他很珍惜我，有爱的成分，只是不能再帮我更多了，因为是他的底线了。他说，这次是唯一一次吧，他怕世俗批判，还说被人发现了就完了，有孩子也完了。好笑吧，他怕有孩子，还没有戴套。他说他知道欠我的，下辈子会娶我，呵呵，听起来很悲凉吧。

女神，我很乱，我想彻底放开他，但是做起来真的很难很难，我很多次试过，只是那样的感觉宁愿让自己死掉。我该怎么做呢，为什么我感觉自己就像是孤独地走上一条一条的末路呢？

谢谢你，能在百忙中看完我的信，祝姐姐快乐安好。盼回复，谢谢。

——————我是准备以后每周都写专栏的分割线——————

山药排骨汤：

你好。这封信我是在教师节前几天收到的，看完之后我觉得有点讽刺。和别人聊了一下各自当年的老师，更加坚定了自己的一些判断，这些判断在下文会提到。不过，你的信让我想起更多的，是很久以前看周国平的书，里面提到他对郭沫若的长子郭世英的感情。

五十年代末六十年代初，周国平和大他几岁的郭世英在同一所大学念书，几年后，因为政治斗争牵连，二十六岁的郭世英愤然跳楼自杀（也有可能是他杀）。从此他在周国平心中成了永远倜傥又勇敢的少年，堂吉诃德一样绝望又悲壮的勇士。直到他几十年后回忆起这个已经比他小很多的年轻人时，还是一脸仰慕："事情过去三十多年后，我仍会做这样的梦。在这一生中，我梦见得最多的人就是世英。"

有趣的是，他还解释了一下为啥他会崇拜郭世英，大意是：在我最需要一个偶像,最容易陷入对偶像的崇拜时出现在了我面前,所以我就崇拜他了。

你看明白他的意思了么?郭世英成为他的偶像,不见得是因为他有多棒,或是他的政治见解有多先锋,而是因为:他需要。是的,这个事件的主体是他自己,而非郭世英,他,需要,一个偶像,在他最需要偶像的时候。

人什么时候最需要偶像呢?在我看来,大概就是青春期了。天啊,可怕的青春期。"如果我是神,一定把青春期放在人生的最后。"说句不是套近乎的话,我也度过了非常孤单绝望的青春期。青春期之惨烈,只有度过糟糕青春期的人才知道。全世界都是冷漠和敌对的,自己是弱小和愤怒的,只想烧光自己给世界划出一道疤痕,但连烧光自己的办法都找不到,这个时候你会急切需要一个偶像,像普罗米修斯一样递给你火:来吧,用这个。

如果这位普罗米修斯,是一位良善的人,给你的是正确、温暖、博爱的火种,那真是万幸,你会拿着这火种继续走下去,找到你的生命之光,还有机会把这样的火种继续传给更多的人。但如果这位普罗米修斯是一个不良善的、自私的庸人,一个假神,他给你的就是自焚的火种,是要用来点燃你温暖他的,而你会忙不迭地用它把自己烧成一块焦炭。在这个过程中,你还会觉得你的燃烧十分美丽,你的付出十分动人。他也乐于让你这么认识。

而麻烦就在这点,少年是无法分辨"良善"这件事的。在苦闷无助的青春期,我们只会觉得:愿意理解我们的那个人,就是善的。前几天才看了《天气预报员》,男主人公的儿子觉得自己一位老师很棒,因为他很关心自己,会借折扣券和尼康相机给自己,比自己爸爸还大方,愿意听自己说话,做东西给自己吃。可这位亲切可爱的老师是个恋童癖,目的只是想脱下他的裤子。总之在那个阶段，人缺乏一些很基本的判断力。这也就是为什么自古以来，正常社会对教师这个职业的要求会比较严格：因为教师面对的，是缺乏判断力，最容易被灌输和塑造的儿童和少年，所以要让尽可能好的人去从事这个职业；即使不能让幼苗多么茁壮，最起码别把他们弄歪。

但不幸的是，世界总有bug，满世界都有不适合当教师的混蛋，这些不善的人，随机分布在世界的每个角落，总有倒霉鬼会遇上。而在我们这个bug尤其多的国家，遇上这类假神的几率似乎更高。

没错，我说的假神，就是你这位老师和恋人。我要老实且冷酷地说，我实在看不出你爱上的这个男人有什么好的，事实上，我个人认为他十分恶心，而且恶。

可能十六岁时，我会和你一样不会觉得他恶心，但我这个年纪，身边到处都是这种晦暗又恶心的男人，一抓一大把，八个字形容他们：人穷志短，马瘦毛长。他们是真正意义上的loser。

一个男人，不能为自己的妻儿提供尽可能好的生活，要让他们陪着自己一起挨穷，别人还没抱怨，他倒先抱怨开了：一切都是万恶的体制的错，我是有才且没错的。还把这种抱怨洒向了他接触的每一个人，包括你们这些学生，让你们只嗅到了成人世界的无力感之臭。过完抱怨的嘴瘾，就开始理直气壮地背叛妻子：她不懂我嘛，所以我就该出轨。出轨找谁呢？像我这样年纪的女性知道他的斤两，是不吃他这套的，那他只有朝弱者，就是没有判断力的未成年人下手。为人师表，就找当时还未成年的女学生要裸照，和女学生上床还不做安全设施，把怀孕和生病的风险全部塞给了对方，这种行为简直猥琐至极。更不堪的是，这一切都会被他用落难才子的苦逼相解释：因为我有才，我被世界辜负了，所以世界补偿给我一个鲜活无知的女孩，我就合该好好消受，你看我对她多好，我经过了激烈的思想斗争，还是毅然和她上床了！这等恩宠堪比皇帝翻牌子啊。在这个过程中，他很轻易就可以得到思想和肉体的双丰收。这么一个自恋、自私、冷血的男人，我真的看不出他有什么好。

但你看得出他的好。以上这段攻击他的话，还可能让你非常不满，心想："你何德何能，不认识他不了解他就这样恶毒地说他？我就能说出他一百个好处来。"或者你觉得他是有不堪，但再不堪也只该由你来说，而不该由他人来置评。总之，你也许不允许有第三人来插手你们的事，因为他是"你的"，你真的需要他，而不是他需要你。他出现在你最需要他的时候，而他自己也深知来得早就是来得巧，下手够早够毒，在你什么都不知道的时候，就扭曲了你，让你相信苦逼无力是美感，死命付出是美德。看你整封信里，已经透露出对他的失望，却对他的苦逼和落寞仍执宽容和爱怜之辞。他年长你十多岁，一直像个母亲一样包容和呵护他的，却是你。他成功地达到了他的目的：在这个什么都要求他拿出成效和回报的世界里，哄到了一个不计较任何回报，只对他拼命付出的女孩——在她还没见识到男人是什么东西的时候，就被一个坏男人给攫住了。

这不是你的错。就像你不能选择父母一样，你无法选择你在最脆弱、最需要温暖的青春期，就能遇到一个良善的人。这是生命中无处不在的大凶险中的一个，遇上了是你的不幸，就这样。这听上去一点都不动人，只是一个干巴巴的，对事实的陈述。可能你很难接受这个说法。

"愿你在少年时遇上善良的人"，我觉得这可以在婴儿出生时，当做莫大祝福送给他，就像我们常祝福他们健康一样。在少年时遇上善良的人，就和健康一样是不可多得的神赐财富。但事情就是这样：不是所有人生下来就有完备的胳膊和心脏，也不是所有人在青春期能得到一个好的引导，人总会遇到世界一个又一个的 bug，这让我们痛苦，但厄运从不会因为我们痛苦就对我们下手轻点。

我一直很赞成连岳的一句话，"认输是理智生活的第一步"。我认为这也是成人世界的第一步：知道你总有担负不起的事情，就不会自己给自己定那么多虚妄的目标。在你和这个男人的关系里，你一直试图照顾和拯救他的人生，让他幸福快乐起来，但抱歉，他那糟糕透顶的生活只有靠自己拯救，只要他坚持不快乐，像个煤气罐一样源源不断喷出自恋自私的毒气，你就永远救不了他什么。说句不怕你难过的话，他老婆的大耳刮子拯救他的可能性都比你大，因为挨了耳刮子他知道装苦情还不戴套是行不通的，而你不断付出，只会让他觉得这条路线很通畅，很乐于继续走下去呢。

你倒是可以救自己，倒霉的事、不幸的事、出 bug 的事，遇上就遇上了，在这个 bug 之后，还有非常漫长的一生，绝对比你想的要漫长。如果还有兴趣在以后几十年里过一种更好的生活，那你现在就应当和他分开。

也许分开后你的生活还是一团糟，甚至可能更糟了（因为除了他，你还有各种毛病和问题，就像我们每个人都有各种毛病和问题一样），但那都不要紧，因为事情要一个一个解决，现在解决这个糟糕的男人对你造成的伤害的最简单的办法就是：

离开他。

用跑的。

越快越好。

而且永不和他再联系。

我们也许无幸在少年时遇上善良的人，但成年后，我们依然能当一个快速逃离苦难的人。

祝秋天吃饱。

Daisy

世界操我们的方式，就是它总是和我们想的不一样

蟹黄瓜子仁说：

女神，看到你这个广播（作者注：是有天我在豆瓣广播里说"你觉得自己更像一个可能会犯错的孩子，还是更像一个控制不住自己暴力的成人？当然最好结论是：不管你倾向哪个，都要用公平和法制说话"），我想把我自己的事告诉你。

有天下班，坐公车，有座位我就坐下了，我的位置是一个沿着公车长轴方向的座位，我旁边是一个常规的沿着公车短轴的座位，坐着一个疑似农民工的人。

我坐下之后开始没有状况，后来人开始多了，这个人就把脚伸过来蹭我的腿，我瞪了他一眼然后站起来往人群里走，没想到他也跟了上来，站在我后面蹭来蹭去，我火了，转身踹了他一脚并大声斥责他。可是让我没想到的是，他翻手给我一个嘴巴，我的眼镜被打飞了，眼前一片模糊，这时候他又在我肚子上踹了两脚，这时候，公车上的人把他拉开了。

同时车上高速了，中间要经历大概三十分钟才到站，我就打电话报警。神奇的是110打不通，车上的人也都跟什么事没发生一样。我就给我爸爸和姐姐打电话，打了三个，每次打电话都告诉他们带着警察到车站接我。可是不管是我爸爸还是我姐姐的回答都是你要到家了？然后就挂了我的电话。再打就不接了。

我忐忑地到了站,发现没人来接我,就只好灰溜溜地下车了。那天家里有聚会,我想算了,不要搅和了家庭聚会。可是回家后,没有一个人问我怎么了,或者我为什么要他们带警察来接我,所有人都跟什么没发生过一样,我姐姐居然说,你找不到家啊,还要人接?我只好什么都不说。

后来我反省这件事,我想大概我不应该踹他一脚吧,毕竟任何时候都以保护自己为重!可是我也没想到,家里人警惕性这么低。所以我那一脚算控制不住使用暴力吗?现在我随身带了电棍,甚至愚蠢地想,如果哪天遇到他,一定电倒他还他两脚一巴掌,很蠢吧?哼哼!

～～～～～ 我是晚上和 Verla、奸妃一起吃了三个人的晚餐的分割线 ～～～～～

蟹黄瓜子仁同学:

首先我说一个大前提:被骚扰后踢了色狼一脚,是无数姑娘都做过的事,未必都带来了挨打之祸,你只是运气格外差一点,之后的遭遇不能说是你反抗的过错,更不是"管不住自己使用暴力的错"。没人给你的无辜受辱一个交代,你也大可不必把责任揽在自己身上。你没什么错,顶天是这方面的经验缺乏,这个我们下面会说到。不过我们先从这事儿之后你的感受开始说起。

看完你这封信时我五味杂陈。因为你在里面提到的几个窘境,我也全遇到过。当然不像你在一个时间都遇上了,是分开的,程度也有不同:

我也遇见过有意无意或明目张胆的性骚扰,在不同场合。但唯一比你幸运的是,在我表达了自己的愤怒后,对方就没怎么样了,但这并不能减少性骚扰这件事情的可恶。

110打不通那次则是在海岸城,我看到一个赤裸上身的老外在肯德基里撒泼打人，掏出手机打110，居然好久都没人接，于是一身冷汗地想：这就是他妈的国家机器？如果在我受到生命威胁时报警也这样，那我怎么办？

至于旁观者的冷漠，我想这是每个中国人都不陌生的戏码，你焦灼得都发抖了，周围的人却漠然地盯着你——他们甚至不转脸躲开，而是一直盯着你看你最后到底会多惨。

当然，这一切都比不上家人的冷淡和不关心。中学有一次暑假，我到一个亲戚家去玩了几天，我爸妈像所有漠视小孩需要的父母一样，一分钱都没给我。那几天我和他们家的孩子一起出去逛，我连买瓶水解渴的钱都没有，而那几个同龄人一路叽叽喳喳地从头血拼到尾，几乎不和我说话，我对他们来说是一个晦暗和扫兴的跟班。几天后我怀着极大的屈辱和伤心回到了家，正遇上一堆客人在我家打麻将，我妈一边喜气洋洋地和牌一边说：幺女回来了啊。然后无视我继续搓麻将，和我马上就要哭出来的心情形成强烈对比。好容易忍到客人都走了，我哭兮兮地抱怨了一通这几天的难过，脸色铁青的父母却骂了我一顿，大约是小孩不该讲物质享受一类。那时心里的孤单和对父母的失望，至今刻骨铭心。所以看到你对家人的负气，很是唏嘘。

常温常压下，我们对家人总是抱着很大的期待，希望他们随时愿意倾听我们的心声，随时给予我们保护，随时可以无条件为我们和世界决战。但很遗憾，我们的家人只是普通人，他们有他们的疲惫、忙碌、虚荣、懒散、自私、粗暴、冷漠，总之人类能有的一切负面情感，他们都有（当然，我们也一样），而且无论他们怎么控制，在某些时候他们总会自然流露出来（当然，还有一些更不负责任的不控制自己负面情绪的家人）。这必然给我们一定伤害，尤其在我们最需要帮助和关心的时刻，这些行为会让我们非常失望：怎么会这样？！在我最需要帮助的时候，你为什么表现得和我想的不一样？！

你在信里的经历，其实就是一个接一个的"怎么会这样？！"的过程：

女性在公车上受到了性骚扰，很多不想冲突就躲开了，色狼也会识好歹地收手，这个色狼居然还一直追上来，怎么会这样？！

终于你不堪骚扰对色狼进行反击，难道这个时候的剧情不该是色狼乖乖认栽，默默下车，你扬眉吐气，为自己的勇气自豪么？这个人居然还有脸打受害人，更穷凶极恶地踹受害人肚子！怎么会这样？！

一个弱女子对付不过流氓，难道周围人不该及时阻止流氓，售票员和司机难道不该停下车叫他滚，最起码集体声讨之么？这些人就若无其事地继续站在那里，玩手机的玩手机，聊天的聊天，数钱的数钱，怎么会这样？！

这个时候只有依靠强大的国家机器了，正常情节难道不该是警察叔叔及时赶到，把气焰嚣张的坏人铐走，就像《日和》里警察每次都要抓走熊吉，大家目送他们的背影松一口气么？这个怎么都打不通的110是怎么回事？！怎么会这样？！

好吧，我们还有家人最后一道防线，我们哆哆嗦嗦咬着嘴唇打电话给家里，声音听起来那么恐慌和无助，这种时候，难道家人不该听出我们的害怕，温柔又坚定地安慰我们，然后丢下一切迅速出现在事发地点，对欺负我们的人饱以老拳么？可是他们没有！！怎么会这样？！

我们是那么难过颓丧，那么为自己的弱小羞耻，感到被世界操了——因为世界的很多事情，和我们预设的不一样。事实上，世界操我们的方式通常就是这单一的一种：事情发生时，一切都和我们想象的不一样。

然后我们心中对被伤害的恐惧，和对力量的渴望，往往就变成对工具的一味崇拜，我们开始往包里放号称几千伏的电棍，从来没想过这种杀伤力巨大的东西，倘若自己无法驾驭它的话，在和坏人狭路相逢时还可能被对方夺来作为对付我们的武器。而更多时候，我们开始特别羡慕那种冷静抵抗，泼辣爽脆的姑娘：她们有勇气在被流氓打了后，扑上去像泼妇一样又抓又咬；或是有策略暂时忍住，退到司机位置旁，看到路边有警察时强逼司机停车后下去报警；她们还有脸皮对着电话里的姐姐扯着嗓子吼："我他妈在车上被人摸奶子了你说该不该报警！！操！！！"吓得姐姐赶紧带一家人来。

你以为这种姑娘都是天生的女王范儿么？不是，大部分情况下，除去受过这方面良好教育的（但我很怀疑中国父母会认真教女儿：有人蹭你腿你该怎么样，掀你裙子你该怎么样），这些姑娘不过是在成长过程中，曾经遭遇或了解过一些暴力、冷漠和失望，不一定都是遇上性骚扰，但在一次又一次的各种伤害样本中，她们慢慢了解自己和周围环境的关系，学会了紧急状态下，哪些可以依靠哪些不能指望，哪些可能有 bug 状态，而在已经受到侵害的情况下，怎样最大可能地保护自己。简而言之，她们不过是多被世界操了几次，或是多了解了其他人被操的经历后，慢慢学会了怎么有效地回操世界。电棍匕首什么的，也许确实能带来一些安全感，但经验、勇气和策略的增加，则更好用一点。

具体说到你这个案例，虽然这次经历非常不愉快，但至少让你知道了：不是所有流氓都脸薄如纸，真有坏人就是一坏到底，如果下次（当然，没有下次更好）还有这样被戳穿了依然嚣张的流氓，你也不会这么惊惶了，这不已经有了一次教训了么？慢慢地，你在别人和自己的例子上，还能学会分析：哪些流氓只是纸老虎，你再重击一次他就老实了；哪些流氓是真的危险，即使暂时吃哑巴亏也要避开正面冲突。

你也学会了在关键场合，是很难期待事不关己的路人道德感爆棚挺身而出的，但他们至少拉开了想继续对你拳打脚踢的流氓，作为非亲非故的路人，他们的表现固然不算多好，但至少不算毫无作为；而且如果我没估计错，如果你和流氓继续冲突，他们阻止流氓打你时会更用力一点，阻止你打流氓时则会开后门让你多打几拳。

还有一点不知道你想到没有，但我要提醒你一下：在你向家人求助时，你只说了"带着警察到车站接我"，听上去是很严重，但并没有说清楚你到底遇到了什么样的困难，这在你这边是完全可以理解的，因为当时你已经非常愤怒和孤立无援，说话难免只强调需要的援助，而不是陈述事实，但在你家人那边，他们不是随时准备出动砍人的黑社会，不会听到"带五十个人来××地点"就知道是要火拼了，只会觉得有点莫名其妙：一个普通人干巴巴的生活里，和警察搭上关系的时候，又有几次呢！很难只靠想象就猜到你受到了什么伤害：这么激动，是钱包手机丢了？和谁吵架了？还是一不小心买了切糕？家人本来就不是有义务在任何时候都无条件帮助的（那是神人和狐仙，不是家人），再加上感觉莫名其妙，态度冷淡也并非完全没有理由。这次的伤心之后，你再向家人或别人求助时，就知道应该对着电话狂吼："我他妈在车上被人摸奶子了你说该不该报警！"这并不丢人，还可能最有效。另外，对他们偶尔的不作为，最好还是宽大接受了比较好，因为如果他们是任何时候都表现完美的父母和姐姐，你也就有义务当一个任何时候都表现完美的女儿和妹妹了，无论你是在唱K、洗澡还是做爱，都必须在第一时间因为一个指向不明的电话奔向出事地点，这种黑社会人生，还是免了吧。

至于110打不通，这完全是政府部门失职，曝光和投诉之类的做法都可以，对政府保持监督，力所能及为自己争取纳税人的合法利益，且不要迷信它，不是很好的意识么？

总之，世界乐于用超出我们经验和想象的方式来操我们，但这没啥，那些不愉快的经历，总能让我们学会更多道理、掌握人性和世界的更多秘密，我们可以慢慢累积经验（我估计这个帖子下面会有姑娘开始讨论怎么对抗性骚扰，很多可能比我说的好多了，这样你和所有看帖的人都又多了一些样本和经验，不是吗？），然后再遇上冲突时，就有机会胸有成竹地狠狠操回去。到时候别客气啊。

　　再次提醒：某些型号的电棍在本国不是合法民用工具，携带它在公共场合出现，警察叔叔有理由找你麻烦的。当然最大的风险还是我上面说的，这些你无法熟练使用的武器，弄得不好反而会增加自己的风险。

　　祝冬天床暖，不遇色狼，即使遇上也能漂亮痛扁之。

Daisy

"快进快出" 第二期

白毫银针说：

喜欢过的类型都不喜欢我。喜欢我的都是我不喜欢的那一型。补充：不喜欢的类型身上都有我爸爸的缺点。我很爱我爸，但是一碰到男生身上有像他一样优柔寡断、啰嗦、瞻前顾后患得患失的性格，就喜欢不起来。但这样的人都对我很好，照顾有加，也很宠着我，让我有负罪感又心烦意乱……我喜欢的大都可以归为很有能力又强势的异性，但都只能做朋友……所以又一次面对这种纠结状况怎么办！

答：

我也很爱我爸，但是我也不喜欢他。因为他实在是一个不讨人喜欢的人。像你爸爸的人都对你很好，是因为你培养了一套能和他这样的人相处的熟练模式。不像你爸爸的人都不大喜欢你，是因为你不知道怎么和"爸爸的反面"相处。爸爸给我们的影响，和我们"不喜欢爸爸"的想法，都是我们自身的一部分，不需要逃避。继续去追求你喜欢的人就是了。他们中只要有一个喜欢你的，就OK了。当然，如果他们对你不好，就没必要。

豉汁烤鱼说：

我今年二十二，有一个比我大一天的前男友，从小很熟悉……学校不在一起，但他有能力经常到我的城市……分手后至今喜欢他……跟他在一起的时候他对我很差……后来分手两月后跟我道歉……酒醉后跟我要求和好……醒后又说想通了……他不能跟我在一起……因为他还不会恋爱……会继续伤害我……并说半年内不会再恋爱……后暧昧一段时间……又吵翻……我说我会有新男友……让他再找新的……他说还是想要一个人……现在他会天天打开我人人主页……偶尔问下我有没有新男友……我不敢睬他……但内心其实还是想和好的……纠结到现在……还是超了几个字……

答：

他对你很差就不用追回来了。除非你是个M。只在酒醉时才想和你复合的，还是别跟他复合了。除非你愿意二十四小时给他灌酒。二十二岁了还学不会怎么对人好，以后学起来也很缓慢。不过他还挺有自知之明的，对自己的烂有十分清醒的认识，赞一个。还有你少打一些标点就不会超字啦。

腊肠蒸糯米饭说：
您好。我因为家庭的教育影响，从小到大喜欢的男孩子非富即才。但是我自身条件非常普通，我看上的男孩几乎从来没正眼瞧过我。我觉得我这样不好，也试过改变，可是没能成功。求助女神，我该怎么办？

答：
你好。我想不管是什么样的家庭教育，有钱有才的男生永远都是最受欢迎的。就像绝大部分人都想开兰博基尼一样。我不知道你说自己条件普通，是普通到何种地步。我们先想严重一点，假定你是个奥拓吧。那你要么就咬牙忍住，也和另一个奥拓一起开七十码；要么就咬牙奋进，把自己弄成兰博基尼，才能找到另一台兰博基尼一起飙车。前一条路线需要硬碰硬的决心，后一条路线需要硬碰硬的努力。听起来很辛苦，但世界大部分时候都是硬碰硬的拼实力。没别的出路。

梅子酒说：
女神，你可曾偷偷喜欢过一个人只因为他和你完全相像，是那种虽然不算交往甚密，但思想感情可以完全猜透的类型。（大概因为彼此出生同一天，星座属相又都闷骚？）互相暧昧缠绵一年之久，现在已经趋于平淡。或者可能我单恋得已经觉得乏味了。不知你对诸如"世界上另一个我"的恋情有何想法。是否这样更适合做 soulmate？

答：
我从来都不会喜欢上"世界上另一个我"。因为我自己的日子已经过腻了，另一半还是一模一样的我会死掉。两个人在一起，世界观等大问题最好要一致，个人风格最好互补。以上是我个人的审美观。每个人的审美不同，不必太介意别人的，自己喜欢就行。考虑到你说你自己是闷骚型，我想你对"世界上另一个我"的喜欢，可能更多是出于一种怜惜：这个广阔世界上，有另外一个和我一样，小小的，苦闷的人。

水果味年糕说：

你好。有这么一个人，我明知道和他不合适，他给不了我想要的未来，和他一起我总是没有安全感，对他缺乏信任感，自己却偏执地想和他在一起。能听进劝告却无法做到的我，是不是无药可救了？还有另一个人，很适合结婚，但是我对他确实没有感觉，是否能够勉强自己，应该告诉自己感情可以培养，结婚后哪里还有什么爱情，都是些柴米油盐酱醋茶？周围人都说找个喜欢自己的会过得幸福些，想听听你的意见，谢谢。

答：

第一个男人，明知道和他不合适，以后幸福几率很小，就不要和他在一起了。你这就是竹林桑说的"天气预报有七成几率下雨了，还在指望那三成天晴"的情况嘛。第二个男人，再适合结婚，你只要不爱他，也球都不顶。什么感情可以培养，连个种子都没有还培养个屁，那是大人骗小孩快点结婚给他们生孙子用的。"找个喜欢自己的会过得幸福些"，绝对是《王贵与安娜》这种破片子看多了。

五 论父母、家庭、房子、工作与感情之可兼容性

乖孩子都是输给了自己的恐慌，
　　压下了内心的召唤的人

戚风蛋糕说：

女神，一直默默看你的豆瓣，最近有个情感问题想问问你。

我和她，确认男女朋友关系有一年，异地。我工作，她读研，她比较闲，每个月会过来一个礼拜，所有花费都是我出。双方家长都见过面也都互相认识了，家里老人们也都给了见面礼。她保守，有时候开带颜色的玩笑她很介意，最近她问我这样会不会影响两个人感情，我笑说会打折扣，结果吵到要分手。我还了解到，她要求婚后性行为的原因是因为如果这次不成，下次还是纯女，以后的男人可能很介意这个，所以没结婚就不能，还说如果不是一层膜，早都做了。我很无语，心有动摇，不知道要不要挽回，双方感情不说，两个家庭已经都交织了。很迷茫女人难道只能用哄的吗？一点心里所想都不能说，还是说，大部分人婚姻就是凑合，找个灵魂伴侣是很奢侈的，需要极大的付出？

～～～～～～～～　我是准备买一口新锅的分割线　～～～～～～～～

戚风蛋糕同学：

你好。

先说个不厚道的，我看到来信里"下次还是纯女"放声大笑，因为根据我的理解,纯女是指纯粹的女性,如果你女朋友也采取这个定义,那她的意思就是:如果你们有了性行为,她的 DNA 和性状都会改变,逐渐变成男性,很快就要长出胡子,但我想她既然都知道有一层膜,那接受的性教育应该不至于这么白痴……希望这只是输入法的一个手误,不然太恐怖了。

平时给我来信写处女问题的,一般都是姑娘们,难得来一位被女朋友的处女情结所困扰的男性,实在让我觉得大快人心。事实证明,一个东西或是一个系统,只要它是错误的畸形的,那其中的每一方,同时都是这种错误的传递者和受害者。男权社会搞出了处女情结这个玩意儿,打鸡血一样维护这套观念、同时还唾弃那些不在乎处女情结的女性的,除了男人,还常常是女人们自己。同时,男人自己还会懊丧地发现,搞出处女膜崇拜来是为了禁锢女性,方便男人更紧地抓住性资源,可最后的结果却是大部分男人得到性资源的机会反而降低了,处女膜被抬高后就有物价,无法提供更多钱、更确定的婚姻保障等资源的男人无法跟处女睡觉。总之只要在这个怪圈里,谁都痛苦,谁也都不无辜。

你女朋友给出的理由非常可笑,她不跟你做爱,是为了怕下一个跟她做爱的男人嫌弃她。你还没跟她结婚,她已经开始打算下一个男人是否对她满意。欸,这太不够义气了。就像这一份工作还没入职,就在掂量下一份工作的薪水价位,怎么看都觉得是对这份工作太不上心了点。有趣的是,男人会为具体存在的情敌而大发雷霆,却不觉得这个未来的"下一个男人"有多讨厌。假如你女朋友对你说"我不能和你做爱,因为我怕我不是处女的话,陈智博会嫌弃我,他就不愿意和我做爱了",陈智博是你邻居,你听了这话一定毫不犹豫去把陈智博阉了。但现在你女朋友对你说"我不能和你做爱,因为我怕我不是处女的话,我的下一个男人会嫌弃我,他就不愿意和我做爱了",你的反应只是苦笑。其实这两种情况又有多大不同呢？她都是在衡量：她的处女膜资源到底花在谁身上更合理一点。

　　但作为女性我说个公道话，你女朋友还没和你结婚就在担心下一任丈夫，不是她多薄情，真的就那么不喜欢你，而是因为她恐惧。整个男权社会从她有意识起就是这么教育她的：女人最重要的不是自己过得有多快乐，而是是否用自己的性资源（年轻、漂亮、处女，都被定义为优秀性资源的特征），换到了更多的其他资源（稳定的婚姻、更多的钱和社会地位）。只要这场交易做得合算，她就被认为是女性中的成功者。所以我们津津乐道于"某不怎么漂亮的女士嫁了一个有钱丈夫，真有福"，是以小博大的好教材，反之，"某女睡了太多人名声臭掉了最后只有随便嫁了个路人甲"，就是不珍惜自己的优秀资源最后做了亏本生意的反面教材，可以立刻去死了。在这种以交易为核心的生态里，只有丛林法则，所以你会发现，到最后只有占有更多资源的男人（通常是有钱有势的男人），和捂裤裆捂得最紧的漂亮处女才有更大的机会，其他人都是被压制和践踏的。（这里顺便对所有屌丝说一句：想更难找到女朋友吗？想就算找到女朋友也很容易被抢走吗？那就从物化女性，崇拜处女膜开始吧！）而其他生理和情感上的需求也是被漠视和嘲笑的，爱情、快乐、幸福之类的元素被边缘化了，不受重视，你所说的"灵魂伴侣"更不在追求范围内。

　　讲明白了，谁都知道这套价值观有多可笑无趣。但麻烦就在，文化之所以为文化，就是因为它如空气一般，你生来就接受，并不会思考空气为什么是空气。我想你女朋友应该是个很乖的小孩，从头到尾就彻底接受了被灌输的一切，认定处女膜乃她最大优势，于是她必须要随时确定你是不是最终买家，一旦有一丝一毫的破绽，她就要做好把重要资源给下一个男人的准备。即使这个过程中有生理和情感上的冲动，也被失去重要资本的恐慌给吓退了。世界上的乖孩子，都是输给了自己的恐慌，压下了内心的召唤的人。

从这点上讲，说句不怕你生气的话，其实我估计你跟她半斤八两，来信中你不断强调因为见了双方父母，所以现在尤其苦手，可见在你的恋爱里，来自父母和家庭的影响和意见占有很重要的地位。但和一个什么样的人共度一生，是个只有你才能冷暖自知的事，没人能代替你幸福或受罪，到底要不要结束或持续一段关系，应该是源自你内心的判断，而非他人给的压力。如果你经过自己的判断和思考，觉得不应该和她继续下去，那无论她父母或你父母，都无权左右你什么。同理，如果你认真思索后的结果是：丛林法则的男女关系不坏，处女膜崇拜的世界好像更合你胃口，那世上一切女权主义者也拿你没办法，你做了自己的选择，走了自己的路。

同样，你向我提的一切问题，比如婚姻到底该是过日子还是该是灵魂伴侣，这些路线都有各自的代价，也有各自的好处，都要靠你自己做出选择。这也许比当一个乖宝宝什么都被别人推着走要辛苦点，但按照自己内心的想法过日子，有一个最大的好处是特别有底气，你认真负责地选择了你觉得对的路线和价值观，还能发自内心地，有条有理有例证地大声告诉别人自己的道路有多好。就像我在上面大声告诉你的一样。和你女朋友还有一切中国女孩一样，我也是在物化和歧视女性的范围内长大的，也曾经乖乖相信一定要捂裤裆到新婚之夜否则我将一文不值，但现在我可以很大声地对包括你女朋友在内的所有人说：这一切都是屎，我拒绝这套傻×价值观。

祝冬天床暖，更清醒、更有底气地生活和恋爱。

Daisy

爸妈挑白菜，女儿找真爱，
若想成好事，加根葱来买

蒸蟹钵说：

你好，是貘推荐我来的，因为我遇到了感情上的很大困惑。

其实说来情节也是很狗血的。我是一个大学生村官，我男朋友也是，只是在不同的政府部门，目前他是一个社区的二把手，混得比我好。三年前他的妈妈因为劳累过度，也因为高血压没按时吃药，突然去世。为了不睹物思人，他跟他父亲搬离了位于老城区的房子，这个房子据我男朋友自己讲将来肯定是他的，因为他爸爸是长子，他是长孙，但是还没有过户到他名下。

目前住的就是以后的婚房，装修全部完成，就差家具和家电。我们谈到四个月的时候，我带他见了我的父母，当天晚上我父母就反对，说他个子矮、胖，还说怕以后会遗传他妈妈的高血压。然后就开始扩展到他的家庭一般、工作一般、以后我嫁过去就是吃苦等。我俩还是坚持一直在一起，到现在我父母提出让他在房产证上加我名字，我试探性地问过他，他表示完全没有问题。

他为人很实诚，从来没逼我在他和我的父母之间做选择，我要如何他都是说完他的意见然后让我自己拿主张，但当我说到实在不行我们就先领证，他坚决不同意，认为一定要得到我父母的同意，因为怕这样以后一旦婚姻中他对我有所疏忽，我就会觉得后悔，给婚姻造成隐患。所以请您给我些实质性的指导吧，拜谢！

~~~~~~~~~~ 我是沉迷于用保温杯泡花草茶的分割线 ~~~~~~~~~~

蒸蟹钵同学：

你好。一年到头收到的信里，有很大一部分都是"父母不同意我们"这个类型的。无论程度、形式怎么不同，这些信里的父母，反对儿女恋情的原因都差一样：嫌对方条件不好。所谓条件不好，其实都是一些硬通货不够：没钱是最常见的，其他理由如"不是公务员、家里没当官的、长得不好看"之类的也很常见。有趣的是，我还没收到几封信是父母嫌对方人品不好的。

不知道涉不涉嫌年代歧视，但我真是打心眼里认为，出于各种原因，父母辈的婚恋里恋爱成分挺少的，大部分就是一起能过日子就成。既然是过日子，那讲究的就是实惠划算。所以你父母像买白菜一样挑剔你的婚事，也就不奇怪了：你男友家庭一般，工作一般，算他六十分吧，有家族遗传病的可能？扣二十。好，现在四十分，只有通过房产证加分二十，才能勉强挣扎回及格线。买菜时我们要是嫌叶子不够水灵，往往要求店家多送两根葱，这是一个道理。现在对你父母来说，房产证就是那根葱。

显然，你父母的"菜场婚姻论"你不大喜欢。不过更显然的，你跟你父母解释再久你自己的"真爱婚姻论"，他们也不大可能接受。所以弄来弄去，焦点莫名其妙落到那根葱上面了。你父母觉得这根葱有分量，但听你的意思，你似乎觉得这根葱玷污真爱，仿佛成了你要挟你男朋友的砝码，所有点不好意思开口。

为了彻底和"菜场婚姻论"划清界限，你甚至不惜提出先斩后奏这么悲壮的路线，表示自己是铁了心要嫁给他，绝不是图那套房子。幸亏幸亏，你那位人品很不错的男朋友阻止了你。真先去扯证了，绝对后患无穷。相信我，一个被岳父母打上"没房子就骗到我女儿"标签的女婿，和你父母之后数十年的相处都会充满了各种嫌隙和提防。这种麻烦的程度绝对比开口找你男朋友要房子更大。

照我看，既然你知道这就是根葱，对你的婚姻本质没有影响，你男友又表示出这根葱"完全没有问题"，你父母真的又很看重这根葱，那不妨就给他们呗，这有什么不好意思的？你男朋友实在给不出来你还死乞白赖地要，那才叫不好意思。或是你父母不想要，你男朋友却使劲送房子买他们女儿，那才叫没脸没皮。现在你们三方的供求链一气呵成，神已经给你太多便利了，我实在看不出你有什么太纠结的。

两个人在一起，有很多难题是要一起共同解决的。包括怎么对付价值观不接轨的父母。你男朋友看上去是个很不错，又有责任心的人，我想只要你们沟通良好，他此刻能够理解"我女朋友不是房子粉，这根葱不是她想要的"，你就没有必要用极端的办法，对你爱的人做道德上的撇清。一对良伴，会知道哪些是表象，哪些才是对方的本质。若你和你男友以后想保持幸福的婚姻，彼此的态度最好就是：坦然，坦诚，不撇清，也不猜忌。

房子给了之后，你们继续享受你们的爱情，你父母继续享受房子带来的满足感，各得其所。上帝的归上帝，恺撒的归恺撒，房子给爱房子的人，因为感情对他们没有什么价值。爱情归看中爱情的人，因为房子对他们没什么意义。这不挺好么。满世界都是有爱情却渴望房子的郭海藻，或者有房子却想要爱情的郭美美干爹，你们已经很幸运了。

祝秋天吃饱。

Daisy

女儿眼中：	父母眼中：
A男 人不错 发型难看 脾气还行 和我的电 影口味相 同	A白菜 三斤重 不值钱
B男 饭桶一个	B白菜 五斤重 较值钱

最好集齐以下三人组，更有说服力哦！

拼车拼卡拼优惠券拼团购，在拼结婚买房面前弱爆了

三碗糟肉说：

女神大人好。我实在没人可讲，就给你吐露一把吧。

我在七月二十三号去西藏玩了，遇到 Z 君。有一见钟情的感觉。然后迅速地好上了，不到二十天就奉献了我的第一次（我马上满二十四岁了）。后来想想觉得自己真冲动呢，但也没后悔。

我家人都不同意。我是典型的河南一个农村娃，父母全是农民。Z 君是北京人民。父母觉得 Z 君很不靠谱，说白了就是在骗我。每天在我耳边罗列被骗少女嫁四五十老汉那样的故事云云。我妈甚至会指着我鼻子骂我那就是我的下场。当然我决心要反封反专制，倡导自由恋爱，可我爹妈觉得人家大都市出生且研究生毕业凭什么找你一个河南三流本科的娃子？他们觉得我穷矮矬丑胖（我 164 体重 110，还近视 400，所以他们搞不懂北京人民为毛会看上我）。所以我们最近就转入地下。

然而今天，Z 君为了想买帝都的两限房，竟然提出要先和我领本去，还说这样可以省七八十万呢……并且豪言壮语会在房产证上写我俩名字，以便给我父母一个交代。可以少奋斗××年固然好，可我还是很惧怕结婚呢，毕竟还不满二十四岁，有点恐惧。另外觉得父母那边肯定也不会同意。但是，我还是希望和 Z 君能走到一起。这个时候好纠结。对于这个事，我的家人没有一个理解和支持我的，只有在此向您求教一番。

望早日解答，不要耽误Z君找别的姑娘去买两限房哈哈。

另，祝您秋天吃好。

～～～～～～～我是眼霜和洗衣粉都用完了写完就去买分割线～～～～～～～

三碗糟肉同学：

你好。这封信对我来说挺难，因为作为一个穷鬼，我一秒钟都没想过买房子的事。房产证上准不准写两个人的名字我都不知道。而且就算写了两人名字，依最新修正的婚姻法，以后怎么划分产权，这个我也不懂。我觉得你最好问问相关法律人士，也请懂法律的同学在回帖中帮这位姑娘解答一下。

首先，恭喜你找到一见钟情的男友。我自己每次恋爱也都是一见钟情，非常理解你的感受。你的父母在不了解你男友的情况下，就把他想成骗子和拆白党，这是没有必要的。当然这事不难理解，他们那一辈总觉得全世界都是骗子，也总觉得自己的孩子烂泥扶不上墙。所以你大可不用太在意。何况你男朋友现在还没有找你要钱，只要你跟他结婚，离骗子还是远了一点。不过你也不用矫枉过正，直接走到另一个反面去了。的确，世界上不会人人都是骗子，但也不会人人都是天使，专门为了让你"少奋斗××年"来找你的。爱情常在根本不了解的两人之间发生（这是爱情奇妙又很要命的特质之一），但信任最好是建立在两个熟悉的人之间。以你的信来看，你们还并没了解到多深的地步，所以这个时候谨慎一点比较好。

我不知道两限房是个什么概念。问了一下度娘，条款太多，看不过来。不过看到一条"单身家庭申请限价商品住房的，申请人须年满三十周岁"。我想这可能是你男朋友急着要和你赶紧扯证的原因。因为按照你的描述，他应该还没到三十岁。以北京现在的房价，买套房子，再少也得一百五十万上下吧？省七八十万，刚好是一半。而要省这一半，必须要你（或别的女孩）配合他和他结婚，省下那七八十万才有希望。否则他还要再等几年。一套房子，他出现金七八十万，你出婚姻抵了七八十万，这等于是在和拼车拼卡拼团购一样拼房子，而那一半归你，完全是你应该享受的劳动所得嘛。双方各有付出，理应分摊利益。既然如此，你男朋友说"在房产证上写我俩名字"的时候，大可不必做出一副慷慨架势，他要是不写，你还要告他诈骗呢。更不用上升到"以便给我父母一个交代"的高度。因为这是他们女儿该拿的。

我不是说，用婚姻去争取更多的利益不好，事实上婚姻很大一块目的就是两人一起争取更多利益，社会规范和法律也赞同这点，比如在美国一些州，已婚人士纳税比未婚人士少。这个主要看你们自己怎么操作。但不管你怎么操作，立场要分清的。不要拿着自己的酬金，还觉得是对方赏的。这些你最好都能跟你男朋友厘清一下。

你这事让我想到了之前肯德基做的一个恐怖的广告。一男一女，青梅竹马，女的说："从小到大，不管什么，他都全让给我……"然后就看到这个不要脸的家伙，大刺刺地吃完了男生所有的糖果点心。突然有天，女的又说："现在不用全让给我了！！因为肯德基的甜筒现在半价！一样的钱可以买两个！"当时看到这个广告就毛了：妈的你到底对你男人有多小气啊？！！只有不要钱的甜头才肯赏给他一点，还显得自己多大方似的。

现在你男朋友的行为，跟广告里那个饿死鬼女的多少有一点类似。拿着半价的东西送人，其实并不跌份儿。谁不想省钱呢？但一般人到这步，都知道半价的就不太好意思豪言壮语了。何况你这个连半价都谈不上，因为你也付了一半。所以我觉得你男朋友是不是自我感觉太良好了一点？

下次还是打击打击他，别让他这么飘。双方得先平等了，一起去争取利益才有价值。

顺便说一句，刚才有同学在回复里说，两限房的申请"手续极其繁琐，而且一年和一年情形大不一样"，"这个要看年景，房多没人买的时候，条件差很远的也申上了。人多房少的时候，收入就高出几百块都不给批。中国的事，人说了算"，"没有关系根本申请不上"。看来就算你们厘清了利害，结了婚，以后还有无数场恶仗要打。希望你和你男友都能冷静考虑过这些风险再去行动。

祝秋天吃饱。

Daisy

童养媳在本国是违法的

两瓶500克的冬菜说：

女神好。

我家和另外一家是从爷爷辈就建立起来的好交情，上一辈两家兄弟姐妹都很多，关系非常好。

他比我大四岁，我高考完他刚工作（是万恶的公务员），他家里人就来跟我爸妈说结婚的事，当时我就被雷到了。

他家里所有人都很积极，他爷爷奶奶爸爸妈妈叔叔姑姑之类，尤其是他奶奶，真的是找遍了我家所有亲戚。他们家是做生意的，还算比较大那种，按他们家的说法："找媳妇就要找两家门当户对，知根知底的。"

我家就我爸积极，他一直希望我毕业后有份稳定又清闲的工作（国企啊事业单位啊公务员啊之类的），然后赶紧找个老实又稳重的人嫁了。

今年开学我大四了，这三年多他家人都对我很好……其实从小到大一直很好，只是这三年给的礼物高了几个等级，虽然我家都按同规格的还回去了，但这种带着附加含义的礼物真的让我压力很大。然后就是他家一直和我爸一起拼命给我俩创造机会。

说到他这个人，他是那种老实又太听家里话的人，听话到恐怖的程度。

他刚工作那会儿交了个女友，家里人不同意让他分手就分手了。

其实之前我完全没这方面的想法，直到今年暑假发生一件事。我俩出去玩，他开车我坐副驾，拐弯车子打飘就直接甩出去了，撞上了下面的土堆。本来是该撞我这边，可他打方向盘硬撞的是他那边。我俩都系了安全带，车没翻，只是他把头撞破了。

这下之前一直劝着的人更有话说了，我本来很感激，但总听他们念叨也会觉得很烦。

本来我大学毕业打算出国的，但把我从小带到大的外婆暑假生了很重的病，她年龄也大了，加上前段时间考试成绩实在不理想，出国的打算也就淡了。我和之前的男友分手后也没谈恋爱的打算，就在想是不是干脆听家里人的话，尝试着以结婚为前提交往看看？但是要想尝试早就尝试了啊……

～～～～～～～～～ 我是写完这个就去画食谱的分割线 ～～～～～～～～～

两瓶500克的冬菜同学：

你好。

看完你的信，我倒抽一口气，这哪里是在找媳妇，这就是在育成童养媳嘛，从小时候就制造亲密气氛，一成年就放话你早晚是我们家的人，然后大学三年不断以准儿媳的规格给你家送东西，加压加码。你们两家还是世交。这事就是放在不太赞成童养媳的父母身上，都挺难拒绝的，何况现在看来，你爸爸还挺希望你去当个童养媳的。他怎么就对你那么没信心，就真的觉得自己女儿放到外面吸引不到一个好男人？

不过你爸爸比起对方家庭，都还不算厉害的。不停给儿女介绍对象的父母，我也见过不少，不过人家基本都是先觉得这女孩儿或男孩儿不错，才起了媒婆之心。家境相当什么的，不过是个更加分的小彩蛋。你遇上这家可倒好，一不提他家儿子多优秀，也不说看上你多可爱，直端端地告诉你：找你就是因为"两家门当户对，知根知底的"。他们一不是看上你人，二也不指望你看上他们儿子，只要两家联姻，把亲密关系往下传一代即可（估计等你们结婚了，你们的下一辈还得继续承担这种联姻职责）。看看全中国的情感专栏，无数的已婚姑娘，抱怨最多的就是"我只是想嫁给他一个人，没想到在中国，嫁一个人等于嫁给他全部的社会关系"。你遇上的这家更直白，连"先嫁人"这一条都不想糊弄了，直接叫你嫁给他们的关系。真是惹不起。

当然，他们的儿子也惹不起，一个家里让分手就分手的男人，百分百是个没出息的家伙。让他在他那个稳定又恐怖的家庭里过一辈子吧（最后这句是抄连岳的）。

有些姑娘可能要反驳，说你们出车祸，他撞破了头救了你，说明人家人品挺好，人品好的男人就值得嫁。口胡*，你们是在选丈夫，又不是选感动中国一百人。人品好只是必要条件不是充分条件，不能看见谁人品好，不管自己喜欢不适合不，就冲上去嫁给人家。前段时间动车事故，那位了不起的司机在最后关头拉下了紧急制动闸，不然人还会死更多。司机自己不幸殉职，这人品够好的了，你也不能叫被他救的那几车皮人都嫁给他是不是。你才二十一岁，还有大把时间谈恋爱，哪里就到了不挑不拣找个不坏的人就嫁了匆匆进入更年期的那步？我不知道你爹妈在急什么，反正我看不出来有什么好急的。女儿连怎么跟男人长期相处都不知道，就嫁给了对自家很重要的世交，万一处不好了婚姻破裂，三代积累的世交也没了，怎么就不想想这个风险？

最后吐槽一句，男方家人对女方必须是

* 注："口胡"本为一个字，发"户"音，在香港粤语中用作语气词，相当于"靠"、"胡说"。

"知根知底的"这一点，怀着如此深的执念，再加上这男生之前在他们的逼迫下和前女友分手了，总让我怀疑这位神秘的前女友是个来路不明的骗子，骗了他们不少家产，才让他们痛下决心一定要找个从小看到大，连身上有几个疤他们都一清二楚的姑娘。欸，女人何苦为难女人，以后就是要骗也手下留情点，你卷钱走了可害了下一个姑娘呀。

祝秋天吃饱。

Daisy

所有结婚狂，都只有四分钟的时间，和七千万的遗产

叉鹅双拼说：

我离开家，在帝都上班。手边有两个男人，一个是前男友，一个是现男友。

前男友大我八岁，对我非常非常非常非常好，但是无奈他一碰我，我就非常恶心，很想推开他；除此之外，我们交往、沟通、价值观、世界观、对生活的看法、相处的模式都非常好，他对我的家人也很好，照顾我弟弟，对我爸爸妈妈也好，总而言之，除了我不想让他碰我之外，他是非常适合结婚的人选，而我，并不擅长在感情里游刃有余，我非常想结婚……

对，我们分手了，我提的，但他还是一直在挽回，这都快一年了，还在等我回头。

现男友大我九岁，我们就是普通的男女朋友，交往四个月以后他才第一次牵我的手，我喜欢他，可是心里非常理智地知道他对我的情感仅仅就是男女朋友了，想要有更进一步的发展是有些难度的，我畏难心理很强。我们在一起待不住，他必须做点什么，下棋、看书、做东西吃、游戏、爬山，反正总得做点什么才觉得没有浪费时间，可大多数时间我只是想好好坐着，好好看看他而已。

他对我很一般，也没有提出要去我们家看看，他的心很大，想环游世界，想去冒险。我无法陪他，我只是个很简单的小姑娘，想结婚，想

在帝都有个家。

时间紧迫，我必须快点做个选择，你说我应该怎么办。

两个人的经济条件都差不多，不同的是，现男友还有个亲姐姐，挺厉害的，我有点害怕。一个婆婆就够了，两个婆婆我真的承受不起。

到底要选感性的，还是理性起来选一个适合长久生活的人呢？帮帮忙吧。我快疯了。

———————— 我是做出了极成功的广式炒面的分割线 ————————

叉鹅双拼同学：

你好。

老实说，看完你的信，我对"时间紧迫"一词，非常非常难理解，究竟紧迫到什么地步呢？难道你真的 only got 4 minutes to get married？不过有一点可以肯定，就是信里你再三强调的：你非常想结婚。

一个急着结婚的姑娘，往往被人称为结婚狂。社会对于"结婚狂"三字，多有调侃之意。好像所有向往婚姻的女生，都是刘若英演的龅牙童花头，求爹爹告奶奶地要一个男的收了自己。真是大谬。我认识的结婚狂姑娘没有一个难看的，正是很想结婚，所以基本都把自己收拾得很漂亮，我估计你也是如此。此外，任何个人爱好和选择，只要无害他人，都是无可争议的。大家斜视结婚狂的同时，往往不喜欢分析她们的心理成因。她们大部分都是像你这样，非常缺乏安全感，而从小就被教育"家庭和婚姻是安全感的基石"，只要结了婚了有家了，生活就万事皆顺了。当然，对婚姻有向往那是个人权利，不过向往到崇拜地步，是很危险的一件事。崇拜必然导致不理智，而不理智恰恰又对婚姻无益。冷静的结婚，才能结个更好的婚。这大概也算是婚姻的军规了。

还有一些女生，是因为从小被人设置人生，她多大年纪应该如何，她到了什么阶段又应该如何，到了二十多岁，人格还是不够独立。世界告诉她：三十岁还没结婚就会被人笑，那她就赶紧列着时间表，一定要在三十岁前把自己送出阁——其实不用怕那些催你的人，他们不过动动嘴皮子，婚姻成功与否，却都是你在承担。只有想到你得对你的选择负责，奔向盲目婚姻的脚步才会稍微放缓点。只有自己真的喜欢，且需要结婚了才去结，这大概是婚姻的另一条军规。

我不知道你年纪多大，属于上面的哪种情况；可是不管你在什么年纪，军规都依然有效。你不必跟不合适的人结婚。不管你把婚姻想得多好，你也必须要承认，婚姻再好，也不是圣水盆，没有优化一切的作用。也就是说，不适合你的人和事，弄到婚姻里，多半依旧令你不爽。婚姻不仅改变不了这些，还可能会被这些毁掉。如果你真的很在意婚姻这件事，那就应该尽量和合适的人一起经营它。身边只有不合适的人，却又霸王硬上弓地赶紧拜天地，无异于把全部身家投在一门生意里，却找了一个糟糕的合伙人。

结婚狂姑娘往往就是这样一个性格分裂的群体。一方面，就像前面说的，她们把婚姻看成了圣水盆，只要自己掉进去了就功德圆满。另一方面，她们又不打算在这个了不起的盆子里装上一个更好的男人，往往安慰自己差不多就行啦，哪有十全十美、天生就是拿来配你的人，该做就去做了，再不结就老了。在结婚大限上往往对自己太过苛刻，而在要求上，又往往对对方太宽松。对方一切条件都可以商量，只要他愿意和我结婚，就加分五十。这可能是你一直还把前男友当成手头备用方案的原因，其实我个人真没发现你前男友有多大优势，"他一碰我，我就非常恶心"，这根本是男女关系里超可怕的问题。当然，这点你也意识到了，所以和他分了手。但是，你也看不出你现任男友有多大优势，因为他不想和你结婚。哦，对了，这还没算那个可怕的姐姐呢。所以这两个都没啥优势的温吞男人等值了。前段时间有姑娘写信来说自己糟糕的前男友和现任男友，我回信说这两男人就是地狱甲和地狱乙的区别。你的两个温吞男人，大概就是鸡肋甲和鸡肋乙的区别。要不要鸡肋男，这是我的偶像连岳都无法回答的问题。你现在要问我更难的，在鸡肋甲和鸡肋乙中间选一个。天哪，我实在回答不出来。你要跟前男友结婚，就得忍受他碰你时的恶心；要跟现男友结，就得改造他的人生观。两个都可以累死人，你看哪个对你来说更不辛苦，就选哪个吧。不过我觉得，在你艰难地在两块鸡肋中做抉择前，还是有时间仔细想想的：自己是非得选鸡肋呢，还是可以找一个更适合自己，更像鸡腿的男人？

　　本来写到这里就可以收尾的，却突然想到一部老电影，穷光蛋男主莫名其妙得到了爷爷的巨额遗产，但遗产的法律文书上限定：只能他结婚了，才能得到这笔遗产。于是男主角跳着脚满城找正跟他吵架冷战的女友，因为他必须在二十四小时内结婚。你的"时间紧迫"，该不会是这种情况吧？若真有七千万等着你，那以上我说的全部都是废话，这个问题极好解决：你只要在两个男人里，选那个愿意和你签婚前财产协定，且要求分你财产最少的男人即可。然后赶紧和他直奔最近的民政局扯证，再奔最近的律师行把遗产过户。

　　当然，我还是希望你是前面的情况。毕竟七千万的婚姻也不能保证幸福（看看这周离婚的小张和小谢*），而一个好男人和好婚姻，是七千万都换不到的。

　　祝夏天快乐。

　　附，羞涩扯衣角地加一句：苟继承了七千万遗产，勿相忘啊……

Daisy

---

*　张柏芝和谢霆锋。

星光宝和捆钱橡皮筋，
完胜大车祸和前女友

酒酿小汤圆说：

"女生还不如家里穷点好，女儿富养大了，就去贴钱养穷男人"，这是真的么？看了你好多文章了，尤其那篇《如果这样都不算王八蛋》，戳到了我的痛处，里面很多情况跟我和男友的有些相似，很想听一听你的看法。

我和男朋友大概六月初正式建立关系，交往了两个月，他比我大三岁，从四月初渐渐有了暧昧的苗头开始，他一直是以一个大哥哥＋知心朋友的角色陪在我身边。那段时间，正逢大四下学期，因为申请出国的事情不顺心，我待在家里，工作没着落，面临很多的选择。我和他在某家证券公司实习的时候碰到，他听后给了我很多建议，我渐渐依赖上了他。由于我一年后还是有出国的打算的，所以他起初一直都表现得很无欲无求，老说什么我对你好，希望你能更加幸福什么的，而且，在他眼里，我的人际交往一直很有障碍，不够自信，说希望在他身边我能更加开心些。渐渐地，我和他就走到了一起。

介绍下双方的情况好了，在我家这个并不大的城市里，我家家境算好，父母算有点社会地位，我毕业的大学不错，长相、气质、素质也不错，家里已经给我在当地某银行安排了一份很不错的职位，半年转正后，做得好月薪应该能上万吧；就算我一年以后不出国，工作也无需担忧。

他家是我们市下面一个县里的，父母都没有什么文化，做点小生意；他还有一个哥哥，和我家的情况没法比。他在市里工作，没车没房，工作了三年。他目前在一家证券公司做个小管理，月薪五千上下。

他家境、学历、长相，包括工作前景什么的都不如我，但在我眼里，他还是有过人之处的。他很自信，对自己的选择很坚持，算是敢闯敢拼，有担当的人，他一直坚信自己会成功；另外，他以前经历也很多，谈过几个女朋友，有一个感情特别深，谈了五年；出过一场大车祸，失去了一位好朋友，对人生有很不一样的感悟等等……我一直觉得，这样的人，身上会有不一样的东西。我总觉得周围那些和我家境相似的男生们，在这方面比不上他，也没他成熟。

更重要的是，他很懂得和我相处，我俩相处融洽，也开心。我以前没有深入地交往过男朋友，不知道是遇上的人不合适，还是我自己心态有问题，碰到的男孩子都没办法长久，连一两个月都坚持不了。而他对我有耐心，摸得到我的脾气，而且很喜欢我。我和他相处了一个月，发生了关系，是我的第一次。因为他坚持，说不爱的人他是不碰的，我就给了。

但随着相处的时间见长，我俩很多问题就出现了。

他每个月工资留个一千五的样子，剩下的钱全部给他妈妈，他妈妈钱都不存银行，拿个皮筋捆起来放在家里，他说每个月给妈妈钱就是想让他妈妈高兴，不然觉得一个月什么都没有做。

我家里不怎么做饭，喜欢拉他去外面吃，他主动付了两三次，每次六七十的样子吧，就开始说太奢侈，不像过日子的样子。我想想也是，出去吃饭自己也会主动掏钱（PS：那时候我还没有工资，都是心疼我的爸爸往我钱包里添钱），算下来他一个月花在我身上的钱也没有多少，我俩算均摊，结果到了月底，他钱不够花，我就两百两百地接济他。我心里总有些不舒服，他工资挺高，自己却没有储蓄；我花着父母的钱，却还要接济他。

觉得他手头紧迫，吃饭不敢点贵的，电影都要等团购才敢叫上他，每天他就把我拉到他的小房间，不然就去附近的大学散个步。他说两人在一起就挺开心，没必要非要做什么。我想想也是，就没说什么。

可是，他连买套套都舍不得买好的啊！！！我和他说了一次，他哄我说，这是最好的啦，我……！！

登峰造极的一刻是他给我的生日礼物啊，几十块的一条项链……连银的都不是……还非让我把脖子上的白金镶钻的摘下来戴他的……我……！！

还有，一年以后我要出国，如果今年能申请到好学校的话。问他，他倒是支持我，说只要你不变，我也不变，只要两个人有在一起的心，什么都不是问题。

可是，现实呢？我出国了以后去哪里工作什么的都很难说，我的闺蜜那天和我说了一句话："他是××财院（不起眼的小大学，破专业）出来的不说，工资还不够花，不够花就算了，你还要读全美前30名的MBA；哪怕他年薪百万了，还得腾出五十万给他妈捆钱……"

很现实地想想，我俩走不到一块去。可是有时候我又觉得是不是我要求太多，想得太物质了，两人有感情，相处融洽，不是也很难得么？

女神，我该怎么办呢？

──────── 我是为了减肥今晚只吃桃子喝酸奶的分割线 ────────

酒酿小汤圆同学：

你好。

我看完这封信后极不厚道地大笑起来，一半因为你闺蜜的那句话"哪怕他年薪百万了,还得腾出五十万给他妈捆钱",另一半因为你说到你男朋友哄你廉价套套已经是最好的了……

虽然你写信来主要是问我"穷养儿子富养女"这个说法对不对,但我个人认为你和你男朋友的问题不在女儿是不是富养的问题上,而是在下面这个问题上。

和所有年轻的、单纯的、"人际交往一般,不够自信"的姑娘一样,你对你的男朋友,其实是陷入了一种"经历崇拜症"里了。因为你的人生顺畅,所以你羡慕,甚至有点崇拜那些经历坎坷又丰富的人,真心认为"谈过几个女朋友,有一个感情特别深","出过一场大车祸,失去了一位好朋友",就能培养出一个"对人生有很不一样的感悟","身上会有不一样的东西"的男人来。

很不幸地,有一个事实是,一样米养百样人。一样经历也养百样人。米饭在不同地方发酵,可能变成醇酒,也可能变成泔水。人也一样。同样度过了坎坷丰富的人生后,照样有好男人和烂男人的分化。如果照你的标准,经历丰富的都是优秀男人的话,那四十五岁以上基本都是好男人了。可事实是那个年龄段盛产金鱼佬,和夏天光膀子上街的肚腩大叔。我也认识很多经历过很多事的人,有些人确实变得更成熟,地道,乐观。可有些人,在经历了破产后,只学会了鸡贼;在经历了失恋后,只学会了报复女人;在经历了苦难后,只学会了自私。而有些人,虽然一直都当着不起眼的小职员,但内心依然丰富,勇敢,有担当。你看,人就是这么复杂。

比如你男友,经历了这么多事(老天保佑,我可不愿意经历他的那些惨事),依然还是不怎么成熟啊,依然还是妈妈的乖宝宝啊,每个月把六成以上的收入用橡皮筋捆好乖乖上缴给妈妈,月底钱不够用了,不敢找妈妈要回自己的合法收入,只敢蹭自己家境优越的女朋友。你闺蜜

小朱，你妈叫我给你介绍合适姑娘，我想了下，你们和牛家是世交，知根知底，牛家的孙女你觉得如何？
王婶你是疯了吧！！怎么看都是疯了吧！！！！

小姐，盛惠25块。

这一扎拿去吧，250张一毛，我男朋友亲自捆的。

未必是在瞎猜，这么乖的乖宝宝，怕真的拿到一百万了，也要用一整夜，花掉一整袋的橡皮筋，捆好五十万给妈妈呢。

另外，买便宜安全套（不会是星光宝吧？！），还哄女朋友"这已经是最好的了"这种事，不用经历车祸很多人也能做到，只要他够穷。比如我以前上班的那个乡镇企业里，所有厂弟都是这么哄厂妹的，当然，掉色的假项链他们买得也不少……

好了不挖苦你男朋友了，总之以我一个外人的客观判断，你并没有多拜金女的表现，你的要求，不过是月底多存点钱，用好一点的安全套，价格高于几十元的项链，这些对一个在二线城市月收入上五千的男人，绝对不算苛刻。但星光宝和捆钱橡皮筋这两件事稍微砸碎了你对这个男人的向往，你希望他是个更好的人，但现在看来，他怎么都是个有各种毛病的普通人。所以你有点意外和失望。不过这也不是什么坏事，至少这样以后，不管是对你男朋友还是对别人，你都会少一点"经历崇拜症"了吧？这样你判断他们时，就可以少一点盲目，多一点理智了。

消遣你男朋友这么多句，还是要替他说一两句公道话。有句老话，叫"没有受不了的罪，只有享不了的福"，说的就是我们这些穷人家的小孩。吃苦不怕，那不过是我们从小习惯的常态，稍微宽松一点了，反而手足无措得要命。橡皮筋绑钱算什么，二十多岁，在厨房瓷砖下面挖坑存钱的年轻人还是不少的。我一个老同事，好几年前我认识他时就月薪八九千，没老婆没孩子没有五个弟妹要养，依然抽最便宜的烟，出去聚餐总是想法设法逃避付钱。这是一种对匮乏的恐惧，你男朋友可能从小家教如此，虽然并非他本意，但很难改变。在从小衣食无忧，永远有保障的你看来，可能很难适应。没办法，这是你找一个家境不同，或者说门不当户不对的男朋友必须面对的风险。

别说你们这样家境差别很大的，就是家境类似的恋人，都容易在钱上面吵架。我和 Verla 君都是穷人家出身,可是他就严苛得很,我要是水果没吃放烂了,肯定要被他说。甚至垃圾袋没装满就拿去扔了,也要被说。喜欢收集碗碟(还不是珠宝!只是好看的碗碟啊!)的爱好,在他看来是莫大罪过。现在我买了都不敢用,只有藏在厨房一个小角落,每周拿出来像摸魔戒一样摸一摸……打住,别被他看见这段。总之这个问题上,很难有一对恋人天生就有默契,这种麻烦是如此普遍,许多结了婚的人,还整天为此事争吵不休。而你也知道,"两人有感情,相处融洽",是如此难得,简直和一对恋人天生在钱问题上就有默契一样难得。所以先不用急着沮丧,好好想想怎么和他达成一个好协议吧。

虽然先天的默契难得,但后天的协议一定要好好达成,不然非常麻烦。我的个人意见是:对于他不停用你的钱这件事,如果你真的对此不满,就应该直说,不要委屈自己。他可以选择停止花你的钱,也可以选择为你做些事来作为工钱,但就是不能白花,至少不能很无所谓地白花。另外你最好仔细观察下你男朋友用你钱的态度,如果他自己的自尊心也不好受,那还尚可理解,如果他不仅不难受,反而觉得"反正她有钱,花得起,她的不就是我的嘛",那你就得敲警钟了,前段时间大红的天涯红人五毒恶少,不就是不停强调"我老婆的就是我的,我岳父母家的也是我的,反正所有最后都是我的"嘛。

写这篇前我专门想了下,如果你们的性别反过来,你是男方,身家很好,他是女方,家境一般,是不是立场就完全不同了?是不是全世界都觉得,你拿钱给她花完全是应该的?姑娘想"反正男友有钱,他的不就是我的嘛",大部分人还是会接受吧?如果是姑娘买几十块钱的表给有钱男朋友当礼物,估计别人还会夸她会持家省钱呢。如果有钱男友表示不喜欢,绝对很多人骂他白眼狼。世界对男人真是太严格了。当然,对女人是另一种严格。难怪新的婚姻法出来,惨叫声一片。你们现在不在小钱上学会达成协议，以后谈婚论嫁，扯到房子这样的大题目了才开始吵，就有点晚了。其他看这篇的同学们最好也注意这点，不要怕冲突，现在不用几百块几千块练手，一定要等房子砸来了才挽起袖子学财产分割么。

说来说去，不管双方谁有钱谁没钱，能各自花各自的钱，麻烦永远是最少的。实在一方非要花另一方的，那出钱的能不介意，花钱的能不脸红，"客人不拘，主人不劝"，也还不算坏。天下万事，挨不过三个字："我愿意"。向所有无怨无悔养着自己老公／老婆／男友／女友／基友的同学们致敬。世界和平有一半是你们维护的。

祝夏天愉快，生活里再也没有星光宝和橡皮筋这两项橡胶制品。

Daisy

男人、房子、馅饼是一个本质

黄瓜小软饼说：

女神，感谢你百忙之中看我的豆邮。我非常希望能得到你的回复。我出生在山东的一个小城市，现在生活在济南，在济南工作。我已经二十五了。

这个年纪说大不大说小不小，但是家里人已经很着急了，我也颇为着急。我是巨蟹座，很恋家的一个星座，我也很想赶快有自己的家庭，有自己的孩子。

我二〇〇九年大学毕业，从毕业后我就开始各种相亲。大学我不是在济南上的，在济南的亲戚朋友也很少，我便注册了佳缘，经常都会约别人或者被别人约见个面，但都不成功。

后来上年年底和室友一起去唱歌，认识了她同事的同事，两人一见面就迸发出火花，我们很快地恋爱了。空窗期了那么久，而且那个人很好，对我也很主动，我们都投入得很快。

他除了人很好，其他的一切条件都非常一般，在济南没有房子，家里倾家荡产估计能给他买一套很小的二手房，工作很忙很累，经常加班，而且工作待遇一般，如果家里只给了首付我们再供房，或者今后再有了孩子，生活都会非常的拮据。

他总是志向远大，说他以后绝对不可能只拿个死工资，他说他以后要开拓自己的一番事业。但是我没有很大的志向，我也不求多大富大贵的生活。我想要的是那种小康的生活，就是我们的生活和大多数人的生活都差不多，更好的话就是比大多数人再稍微好些，两个人互相关心互相温暖一起好好地生活，过平淡的小日子。这种平淡的小日子和他过起来其实是比较困难的，现在中国的房价是这么的高，他家庭条件又是那么的一般，他甚至都许久都未添置新衣了。现在有很多人都说我要找个绩优股，看中他未来的潜力了。可他的未来如果真的能像他描绘的那样要使劲去打拼，可每日都是如此的繁忙，即使以后他飞黄腾达了也不是我想要的。

其实在我们相处四个多月的时候我就开始犹豫了，我的心思一直反反复复，很难下定决心。我们的感情很好，他这个人也很不错。唯一让我考虑的是现实的条件。我其实已经有些在躲着他了。直到我们相处五个多月以后，他的职称考试结束了，我都还没有下定决心；可他过来找我，我连牵手都不想和他牵，一是怕被人看见，二是觉得我需要和他保持一定的距离，需要脑袋清楚地仔细考虑这个问题。他很着急，也有些生气。我告诉了他我的犹豫，在我告诉了他之后，他内心挣扎了一段时间之后果断地和我分了手。

那天下着很大的雨，他把他的西装外套脱下来披在我身上，把我送回我住的地方。在门口他对我说，这是我作为男朋友最后一次送你回来了。他没有挽留，没有承诺，没有保证，比如说告诉我：宝贝跟着我，以后我们肯定会幸福的。

于是我们就分开了。

现在分开不到一个月，偶尔会想起他，会觉得心很疼，我好怕我以后会后悔。

女神，如果你是我，你会怎么办？

~~~~~~~~~~~~~~我是今晚吃全素遏制腹泻的分割线~~~~~~~~~~~~~~

黄瓜小软饼同学：

你好。

你的信让我想到好多年前台湾的一个电台节目里的对话。一个姑娘打电话来，说：我家住在桃园，公司是在台北，每天上班要坐车两小时，太难受了，咋办？

主持人说：那你在车上睡觉啊。姑娘说：我坐着睡不着。

主持人说：那你看书嘛。姑娘说：车上又抖又吵，看书难受。

主持人说：那你买个耳机听音乐嘛。姑娘说：最讨厌耳机了，不舒服。

主持人说：那你只有换工作啦。姑娘说：不能换，这份工作挺好的。

主持人说：那你只有搬家啦。姑娘说：不能搬，我们全家住在一起挺好的。

最后主持人崩溃，说：小姐，你总得做点啥，或是克服点啥，才能解决这个问题啊！你啥都不做就等着这事能善了？

你现在的情况，和这姑娘真的差不多。如果我开了个电台节目，你也打电话进来，我们多半会发生下面的对话：

女神：房子非常重要？黄瓜小软饼：很重要，没有房子就不能过小康生活，就不能过平淡的小日子。

女神：那最直接的办法就是去找大款啦，二世祖啦，他们一来就有房子。黄瓜小软饼：找不到。我去注册了佳缘，经常都会约别人或者被别人约见个面，但都不成功。

女神：二十五岁还很年轻，如果一直相亲都没下文，说明你和我一样，离范冰冰的姿色还差一点。不过反正还年轻，不找二世祖，找个小白领，两人一起挣一套房子？黄瓜小软饼：不要，太慢，也受不了穷。

女神：快慢也要看他的表现嘛！万一他是潜力股呢！死命压榨他，叫他天天加班！叫他卖肾！黄瓜小软饼：不要，我不喜欢他没有时间陪我。

女神：大款又找不到，小白领又嫌他慢，潜力股又嫌他忙，那没办法了，你还是自己挣房子吧。黄瓜小软饼：不要，我是巨蟹座，我居家型，不是事业型。

女神：不是事业型女性只有一条路能弄到房子了，你长得漂亮么？像范冰冰么？黄瓜小软饼：都说了跟你差不多。

以上对话里你的回答，不是我杜撰的，全部是我从你的来信里复制下来的（除了最后一条，就是我假设你跟我一样也是一脸痘痘一腰肥油。我肯定低估了你，你多半比我好看，因为要比我好看实在太容易了）。真是这样，那就麻烦了，你跟那位台湾姑娘一样，所有的路都被封死：首先中人之姿，就杜绝了所有大款和二世祖，他们有的是明星和嫩模可以搞；其次要房子很急，杜绝了所有要和未来老婆一起还三十年房贷的小白领；再次还要老公多陪，杜绝了剩下的不要老婆还房贷，自己咬牙还房贷的小白领；最后还不想自己挣，那排除掉以上所有，剩下的男人估计只有：江洋大盗（据我所知他们一般不娶老婆而更喜欢光顾性工作者），啃老要爹妈买房子的男人（这类男人的要求一般比二世祖还高，附带赠送一个觉得你骗了她家产的恶婆婆），以及送你一套房子要你和他过无性婚姻的gay等不多的几个品种了。

我并非替你的前男友叫屈，在这个食物链里，弱者一定会失去更多资源，如果他还一直很穷，今天你甩了他，以后照样会有姑娘以同样要求甩了他，直到他更有钱。因为他要想占有一个女人的性资源，就要接受女人的标准，和女人的挑试。但事情对你也是一样，你虽然加了很多"平淡生活"、"两人互相关心互相温暖"的定语，但总结一下，你的要求还是潘驴邓小闲那一套啊，要接受潘驴邓小闲们的房子资源，那你也要接受他们的标准，和他们的挑选。现在摸着良心问自己：潘驴邓小闲们，看上我的几率有多大？

至少这个几率对我来说就是零，还别说看上了，我连到哪里去认识潘驴邓小闲们我都不知道。我整天妄想在地铁上，在爬南山时遇上一个这样的人，可潘驴邓小闲们会去挤地铁爬南山么？同样的问题对你，潘驴邓小闲们会上佳缘找老婆？他们身边多的是姑娘，才不会急吼吼呢。

但解决办法不是没有，对应上面的分类，你至少有以下几种解决方案：

1. 整容，塑身，练习床技，打扮得花枝招展，有一定几率得到大款和二世祖们轻松馈赠的房子；

2. 稍微耐心点，这样有一定几率等到和小白领老公一起挣到的房子；

3. 稍微耐得住寂寞点，这样有一定几率等到小白领老公吐血加班挣到的房子；

4. 心狠手辣点，宰了江洋大盗弄到财产房子，气死恶婆婆弄到财产房子，掰直gay弄到财产房子。或者自己去努力升职创业挣钱，弄到划在自己名下的财产房子。

不管采取哪种方式，你总得做点什么，改变点什么。说到底还是要靠自己去争取，在改变之前，那个至少还愿意努力加班的穷男人不是配不上你的。男人，房子，馅饼，其实都具有以下两个本质：1. 没有他们，你会非常难过；2. 不过他们不会从天上掉下来。

最后衷心希望我是严重低估了你，你不是中人之姿，而是和范冰冰一样漂亮。这样你的房子之路会平坦很多。不过就是范冰冰这么漂亮的姑娘，也经常要同时在两三个剧组里轧戏，每天睡四小时，第二天还得努力做容光焕发状去代言化妆品。人家都这么勤奋我们好意思张着嘴巴等房子么？

祝夏天快乐。

Daisy

封建迷信害死人，
科学养猪是王道

排骨烧粽子同学说：

一下午都在看你的豆瓣日记，多是婚恋情感的，让我想起自己现在面临的问题，求女神指点。

我二十五岁，和男朋友认识八个月，"五一"订的婚。

他比我小半岁，在银行工作，家是农村的，他父母也是农村人。我是在一个事业单位上班，爸爸是公务员，妈妈也在事业单位，家境不错，长得也不算差。

和他是相亲认识的，同事介绍，开始见面我没看上他，但是老妈有点迷信，让人算命，说是这男的和我很般配，要是错过了往后就没好的了。我们这地方小，女孩子一过二十五岁就着急了，怕找不到好人家，我也就半推半就听家人的话和他交往，然后在家人强迫下订了婚。

我从开始到现在就一直看他不顺眼，交往这么久，只是拉过手而已。拒绝和他亲近，因为一想就会觉得恶心。并且他身上很多毛病，性格也很多缺点，很不成熟，和他在一起从来就没有过很贴心很温暖的感觉，虽然他对我很好，也很喜欢我，我说什么他也蛮在意，但是这些丝毫改变不了我对他的偏见。

我现在很犹豫，很想退婚，但是不想让家人生气，我和他在一起这大半年，发现自己越来越不开心，我不想这样一辈子，求女神支招。

～～～～～ 我是热了一夏天也没热下去一斤肉的分割线 ～～～～～

排骨烧粽子同学：

　　你好。

　　看完这封信我非常吃惊，二十一世纪了欤，iphone马上就要五代了欤，美国都用DNA和外壳活生生造了一个细胞出来了欤，乔老师都退役卡扎菲都倒台了欤。而在广阔世界的另一个角落，真的还有父母用算命来定儿女婚事的。欤，吐槽无能……说得难听点，就是养个猪也要讲下科学呀……

　　不过，你妈妈也不算是特例。我们身边无数老太太（包括我妈），都是这样非常奇怪的人。一方面，他们对于不太重要的小事，比如排骨的价格，或隔壁邻居有没有偷我们的电用之类的，特别上心，斤斤计较得要命，几块钱可以困扰她们一周的睡眠。另一方面，对于真正的大事，比如婚姻、事业、教育等，她们一律马马虎虎，既无规划，又无分析观察，全部打哈哈，推给好运和天命，完全不打算发挥一点主观能动性。这种啥都不干，希望五十块钱的算命费就能定下五十年的好女婿的想法，和赌徒有什么区别。欤，说得难听点，就是真赌徒，也会去研究下科学的概率论呀……令堂连个赌徒都当得这么不合格，你真相信她能给你安排一桩天衣无缝的亲事？

　　我很想劝你一路反抗到底，说些"别人瞪下眼说下狠话，婚姻的不幸可是你在承担，你可要为自己的幸福负责"之类的话。但我想，你这么不喜欢这个人，满纸都透露出对他的嫌恶，都用了"恶心"这个词，可见你的心意还是坚定的。但即使如此，你父母还是可以一直逼你逼到订婚阶段，说明你一直是个听话孩子。听话孩子的麻烦就是：哪怕有反抗之心了，反抗之力还是很孱弱。因为别人的眼光，已经成为你第一个需要担心的事情，而最重要的事情，比如你的幸福，反而要朝后排。自我意识在你的心里没有扎根，也没有学到争取和反抗的办法。而你父母，早就掌握了一套控制你让你听话的办法，强弱差距太大了，硬碰硬地跟他们讲科学民主，对你是不合适的。

不过，正路不行还有小路。比如从男方下手。照你的信来看，他多半也是被逼的。你想，一个女生和他交往八个月了，和他牵个手都嫌恶心，还整天挑他的刺，一般男人早受不了，他还能忍，估计他那边也有一个恐怖的娘。欸，你们两个合格的乖宝宝，世界不欺负你们，欺负谁啊？而且这么一个乖宝宝，自己都保护不了，以后怎么保护你？同样你也是乖宝宝，自己的事情都打点不好，以后还怎么照顾他？这些道理，不妨跟他讲讲，他能听进去，你们一起要求退婚分担责任，总要好一点。如果他就是不听，一心要取悦他老娘，那你只好对他更坏一点了，我最爱说的："摔盆砸碗，菜里加屎，床上放针，屁股下面放电熨斗"。坏到他含泪退婚了，你就自在了。不过这条路线稍微有点自损，一来毁你的名誉（小地方一个女孩名誉的重要，这点你我都非常清楚），二来万一他惹毛了，怒向胆边生，把你先砍了就不大好了。操作的时候注意下尺度哈。

如果上面路线行不通或你嫌太危险，那恐怕只有最后一招了：向你妈妈另推荐一位算命先生，当然，之前一定要给他足够红包，让他在你妈妈面前把你男友贬到死，如果想提高效果，不妨多请几位。而且这几位神仙的风格要有所不同，一位是长须道长，一位是拿念珠的老僧，另一位是拿签筒的神婆。这样才可以让你妈妈相信：从宇宙的各种天道和算法上，你们都是不配的一对。相信最多三位以后，你妈妈就会逼着你们分开了。

这应该是目前最实际有效的办法了。弄到最后，迷信还得用迷信去解。欸，真连养猪还不如呀。

祝夏天愉快。

Daisy

心如钢铁地追求幸福

大虾爆锅面说：

女神你好。看女神的专栏有一段时间了，获益良多。最近烦恼一堆，想想问女神是最妥的。

第一是我娘和我外婆居然打算包办我婚姻，而且手段强硬，该如何是好。

第二是我居然还对我的人渣前男友念念不忘，导致我也没法正常恋爱，又该如何是好。

第一件是最近一大烦，情况是这样的：本人今年刚刚转了博士，作为传言感情生活一定会不顺利的女博士的家属，我妈和我外婆就开始把无限精力投入到给我找对象的活动中了，每次打电话必定要问你身边有没有合适的啊？恨不得我明天就带个男人回家后天就把孩子给生了。当年我瞒着她们谈恋爱的时候那是经常挨揍，如今我真的想认认真真地搞几年科研就这样来搞我。上个月我娘单位一个谁给介绍了她一个高中同学，××大学博士，据说是年少家贫，但志向远大，一直是年级第一等等，家中兄弟姐妹不是清华就是北大。二十八岁，至今还未谈过恋爱。

这不活生生的一个"别人家的孩子"！也不知道是我心理阴暗还是什么，我最怕这样的道德行为模范了，我总觉得这样人前各种完美的人内心深处总会有一些不为人知的恐怖的东西。再说了，这种"别人家的孩子"我不是没处过啊，有一个前男友就是这样的人，大家提起必说××真是好人，刚开始觉得此人很体贴，处多了总觉得有点毛骨悚然的。所以说，我妈同事给介绍的这位哥吧，可能有些人跟他在一起会很幸福，但是像我这样的天生喜欢满嘴跑火车的，真心跟他处不来的。

但是呢，我这么想我家这两位妇女可不这么想啊，她们恨不得立刻就把我和这位小伙子的婚事给办了。我外婆挂在嘴上的是：你是我一手带大的，现在我年纪这么大了，不知什么时候就要去见你外公了，你只有嫁一个好老公才是真正的终身幸福啊，你看看你妈，多听话。口胡！外婆大人，包办婚姻是违法行为啊！您老人家不要仗着我最爱你就这样啊！我可以热情奔放地骂我同学"草泥马"，但是外婆大人每次一说这话我就只能默默"内牛满面"转身去看电视啊……

我娘呢，也差不多，基本上就是先动之以情晓之以理，什么外婆风烛残年啊，你怎么忍心让她晚年愿望不得实现啊……还在我面前说了不知道多少这位哥的好话，但是万事总架不住我不喜欢啊。不过我妈有美尼尔氏综合症，心情一不好就犯病，犯了特恐怖，有一次差点以为我妈真的要走了，所以该妇女以此为她一大杀手锏，每次要逼我干什么事都拿出来用一把，屡试不爽。

虽然我也知道这两位妇女是为了我好吧，但是这种被包办的婚姻我肯定不接受。所以呢，请问女神我怎么才能在不让我妈和我外婆难过的情况下处理好这件事呢？

第二件事我觉得也是不接受这位小哥的一个原因吧。我有一个我非常喜欢的前男友，喜欢到了我愿意为他放弃事业的程度。但是这货的老娘一直不喜欢我，所以跟这货纠纠缠缠了好久，最终还是分了。而且分了这么久了，想起这货来我都还是心如刀绞的感觉。这货是一人渣，但是悲剧的是我也是一厌包，这货就吃定了我肯定是狠不下心来，每次这货来找我我就能神奇地忘记这货曾经对我做过什么再和这货好如初，到现在还是藕断丝连的。所以也请问女神，身为一个如此厌包的我，该如何才能挥刀宫了这段现在让我烦得要死的感情呢？

也祝女神春天身体健康。

～ 我是冰箱里堆了一大堆过年带回来的腊肉香肠发愁怎么吃掉的分割线 ～

大虾爆锅面同学：

你好。我们经常说，要做成一个什么事，就需要一些做这件事的基本素质和技能。比如你想画画，那最起码不能是色盲，还得懂点审美。想盖房子，那至少得有点力气扛砖头，还得会量垂直平行线啥的。同样，一个人想幸福，可能需要很多素质，比如乐观、了解自己的感受、善于总结教训什么，我个人觉得其中有一条最对应当下的情况：就是要心如钢铁。心如钢铁地追求你自己的幸福。

你的外婆，你的妈妈，她们都很爱你，但这不代表她们就能代理你的一切感受，她们也没有这个能力，因为她们不是你。最重要的，无论她们选的路有多好，她们不能代你去幸福。你的一切行为，无论是在他人压力下做的，还是自己决定的，唯一的承担人都是你自己。所以到底幸不幸福，只有你自己知道。就像别人选了他觉得好看的裤子给你，哪怕全世界有一万人鼓掌，裤子紧得要命的滋味，只有你一个人知道。幸福就是这样私人的事情，来多少啦啦队都没用。

知道这个道理，要做的就是心如钢铁地不穿不合身的裤子了。一步都不退。当然这中间有很多技巧，比如怎么跟妈妈和外婆解释和沟通。

但我觉得你们家人几十年下来，必有一套沟通法则，现在看来，她们已经很习惯对你施压，而且施压时常加上自己的健康状况等其实毫不相关的东西作为砝码，可见这套做法必然是她们用过很多次且见效的，说明你在其他事情上屈服了不止一次。你可能缺乏争取权益的经验，或者有逃避冲突的倾向。但自主权什么的从来不会从天而降，冲突更是永不可避免，不如就从这次开始，练习立场鲜明地表明自己的态度？两位老人家虽说心急，但总不是不明事理的人，看到孩子都这么坚持了，一般也会让一点步。当然你也别指望只一次她们就会彻底死心，但只要你在立场很鲜明地 say no，她们至少就知道：让你放弃你的想法的成本是很高的。这样，让你去相亲之前，她们还是会考虑一两分钟这人到底你会接受不，或是怎么跟你开口好，这一两分钟，已是莫大胜利。一步步来吧。

我妈刚生病的时候，家里人也在不断暗示说：你妈总不能不见孙子就死了吧？你结了婚，生了孩子，说不定你妈的病会好得快点。但我昨天的豆瓣日记里已经说过这个事：绝对不要随时想着牺牲什么成全什么，幸福不是个物件，拿来掰成小块，每次牺牲一小块消耗一大块来换什么的。相反幸福是要努力守护和建设的，连自己的幸福都可以随便牺牲，我妈养我二十年是想我成为这样的人么？这些道理，我也给我妈说了，她虽然还是觉得我没结婚是个灾难，但道理她接受。你也可以把你想明白的道理和她们交流下，不见得她们一定会全盘接受，但如果你不说，双方就还是会完全站在自己的壁垒里。试一下吧。

你可能会发现这个过程非常艰难：因为一个人的成长总是很艰难的，保护自己总是负担很重的。就是因为你自己成长得这么艰辛，所以不要和一个不努力去成长的人在一起，没错，我说的就是你的前男友，你这边都在咬牙顶住重重压力，不因为你老娘给你压力就结婚，他那边可好,因为老娘反对,就跟你分手了。相信我,等你自己体会到了坚持的艰难和回报,你就会发现:此人是个百分百没出息的家伙,让他去吧。你需要的是一个能和你一起心如钢铁地面对重压,同时还能守护自己幸福的人。

祝春天快乐,早日找到这样的人。

Daisy

六 人人都爱万峰腔

原来哥哥是干爹的年轻版

冰红茶说：

女神，你好。

我今年二十四岁。两年前认识一个男孩。他一直把我当朋友。我之前对他有点好感，但是他认为性格不合，我也就算了，希望他做我哥哥。他一直没同意，说要自由，还反问我："你会和你的朋友签合约要他们负责？"我没弄明白。我挺固执，我叫他哥哥他都回答"嗯"。有时我让他叫我妹妹他也会同意。但是我每次正式提出要他做我哥哥他都不同意。你可能会问我为什么一定要他做哥哥，原因就是，其实我们很有话说，有时我还会撒娇，如果走得太近他今后女友会不同意。我以后也会有男友，再对另一个男人撒娇就很奇怪。所以我要这个称呼做掩饰。其实可以理解为我不希望离他太远。但我没告诉他。

就是两个月前吧，他再次拒绝后我让他删除我豆瓣好友。他不肯，最后是我删的。我后悔要加回，他没同意，说我太作了。这样好多次了。他给我最好的朋友写信，说他该尽的责任都尽了，如果再保持联系，我不肯死心的。我朋友问他对我到底有没有感情，他回答说本来有，但是已经全消耗完了。在朋友的劝导下，我好了些。昨天我发了最后一份豆邮，告诉他我把我们的对话能删的都删了，就是有些我用之前已注销账号留的言我删不掉，让他删，并告诉他，今后你的资料里，没有冰红茶的只字片语。我今天看了，他全删了。

我又哭了。女神，是我做错了吗？我要他成为我哥哥做错了吗？他那么讨厌我吗，已经到了全部删掉的地步？是我做错了对吧。请告诉我。

—————— 我是催 Verla 睡觉但是他拖拉半天然后我就跟他翻脸了的分割线 ——————

冰红茶同学：

不好意思，看了你的信我笑得打滚。尤其是看到"我每次正式提出要他做我哥哥"更是笑得不行，我不知道你们是要去民政局弄一个和收养小孩差不多的收养妹妹手续呢，还是只是斩鸡头烧黄纸结拜兄妹。你写了那么多对所谓哥哥的定义，我总结如下：

1. 要频繁地和你联系，不能离你太远，和你没完没了地说话，还要听你少女心地撒娇；

2. 但你们不是男女朋友关系，至少不是这样的公开关系；

3. 他可以有自己的女友，但最好别知道你，就算知道了也不会因为你对他撒过娇上门来打你；

4. 你可以有自己的男友，但最好别知道他，就算知道了也不会因为你对他撒过娇上门去打他；

5. 你们之间有性吸引，不排除有以后来一发的可能（但他似乎不大乐意）；

6. 忍受你的反复无常和打滚撒泼，你不敢保证以后不会厌倦他（都留了给自己找男友的后路了），但他不准先厌倦你；

7. 甚至你命令他删了你忘了你时，他必须还能精准地揣测到圣意，知道你是在装腔作势，然后坚贞地就是不删不忘，再和你战个一万年。

谢天谢地，血缘上的亲哥哥不用做这些事，其次当亲哥哥有这么麻烦,那所有小女孩在一两岁时都会被亲哥哥用枕头闷死……血亲都做不到,谁做得到呢?我倒是知道有一种生物做得到,事实上,他们不仅会非常频繁地联系你,每次的联系他还会非常甜腻,他也有自己的女友或老婆,但不管你撒多少娇,他老婆绝对不敢来打你,他甚至不反对你有一两个小男友,而你的小男友也绝对不敢去打他,你打滚撒泼反复无常几万次,他都会用宠溺的眼神看着你,慈祥地说:"小妖精,你知不知道你在玩火?"他更不会删除你们的聊天记录,事实上,你也绝对不会起删除你们的聊天记录的念头,因为这是准备好要哪天抖得满微博都是的,所以聊天记录会永远留下去,非常安全,除了滚床单有点力不从心,这类生物完美地满足了你需要的一切,还能附赠一份会陪你逛街给你买玛莎拉蒂的功能,不过我估计你也看出来了,这类生物叫干爹。

你对那个所谓哥哥的要求,不就是干爹的年轻版吗(除了买单这条欠奉外),不就是无条件地满足一个年轻女孩心中对于男人的一切妄想吗,更难能可贵的是,他还比干爹年轻英俊,可作为滚床单后备和男友备胎。天可怜见,多少郭美美面对雷政富下不了嘴啊。问题是,他一个年轻英俊、性能力正常、追求稳定幸福的男女关系的男人,有大把条件相符、口味对得上的姑娘可拿来当正牌女友,为啥要对一个他不大喜欢的、又不是女友又不是炮友的、还爱打滚撒泼瞎闹腾的女人百依百顺啊?图啥啊?

醒醒吧姑娘。

祝春天快乐。

Daisy

挨过耳光，喝过鸡汤，也治不了胃溃疡

椰丝蛋卷说：

女神姐姐好。不知道你有没有空有没有心情看一下我的信。不管你看没看，我只是好想诉说一下。豆瓣上，你温暖而犀利。你的话有时会让我豁然开朗。

爱是一种信仰，我多想做一个信仰爱情的女子。可是现在，心里好疼。分开半年多了，我也渐渐清理干净了他的痕迹。

我不知道你会不会骂我是无知的傻瓜。我们的故事很狗血。也许是我缺爱吧。大一那年从网上认识了其他学校的一个高我一级的男生。然后爱了，付出了自己的一切。可是他是不爱我的。他也许只是想负责而已。吵架的时候，他说，我觉得你很好骗，我大可以完事之后提裤子走人，可是我没有，我留下来了。这样是不是让人觉得他很伟大？我们在一起一年多，中间很多次吵架分手，都是我自己苦苦挽留下来的。我也觉得好累。可是我对他好依赖。我觉得我跟定他了。我多想跟一个人，从一而终。

在一起我对他掏心掏肺地好，给他买这买那地寄过去，我们异地，我不顾长途跋涉去看他。但是有的时候他是那么不情愿，不愿意带我见父母，见朋友，谈及未来从不给我任何承诺。他说他对女朋友都这样，上个女朋友也没带她去见家长。他说，他不喜欢家里人知道他恋爱了。

这一切我都傻傻地去相信，去妥协。

然而他还是抛弃了我，如弃敝屣。然后一个月后又牵起了他学校的一个女孩的手。他对她好认真，带她见父母，给她买东西。我很难受。分手的那段时间说是放手并未真正放开。我会偷偷以别人的名义打电话给他，用别的 QQ 加他，我承认我是纠缠他了。后来他会骂我，骂完又给我道歉。我知道不应该看他空间，但是我就是忍不住，看了又难受。我可能是自找虐吧。看完我就把访问记录删了，可能又一次被他逮住了吧，空间我不能进了，我不知他是设限了还是拉黑了。但我号上还有他，我哭着把他的号码也拉黑删除了。

我好像大病了一场。即使把他的痕迹渐渐清除了，我还是会痛。今天在另一个 QQ 号码上看到他的 QQ 签名"怒秀一记好不好"，我觉得可能是秀恩爱。然后我又一次情绪崩溃了。我是想考研的，但是我还是没有走出来。都说时间是一味解药，可是谁能告诉我，我什么时候才能好。七年吗？等到全身的细胞都换一遍？看到更新的不熟悉的状态，心跳就像停止了一样。

都骂我没出息吧。看着曾经熟悉的一切，渐渐陌生起来，那种感觉，好疼。我请你们都不要走近我。我怕我把你，把你们都放在心里了之后你们最后都会离我而去。这不科学。都说要习惯做别人生命中的云烟过客，也要习惯别人做自己生命中的云烟过客。可是，对于我在乎的，我怎么舍得。

我是金牛座。我敏感，脆弱，玻璃心。我害怕改变，我固执，我难嫁。可是，那些我在乎的你们，我多么想把你们留住。不管亲情友情还是爱情。可是，世界上没有什么永垂不朽对不对。告诉自己要习惯要接受要慢慢坚强成熟起来。至少要装得成熟起来。

还有在中午，眼睛红肿着成了落泪狗。看着好友男友写给她的诗，感动得不成样子。还有看到他的好友给女友写道：亲，屌丝赔不起青春损失费，只好照顾你一辈子了，不离不弃。我看到后对着电脑屏幕落泪。我眼泪就是多。虽然不关我一毛钱的事。我感动，也许是他们让我看到了爱情，也许是戳到了我的伤疤。我在厕所里默默哭成狗的时候，我在想是不是我一辈子都没法把自己修复好了。喝过心灵鸡汤也挨过大嘴巴子，道理懂一箩筐，可疼的时候还是疼。

也许，只有自己能劝得了自己。可怜之人必有可恨之处。想必我当初一定面目可憎。我不知道怎么会这样，是我太贱了还是我太贱了？我不敢和身边的好友说，不想让人家觉得，呀，你怎么还没好？呀，你怎么又这样，真是的……可是我只知道我心里好疼。

女神姐姐，我不知道你怎么想怎么看，也许你不会看这封充满负能量的信。但是，有什么关系呢。不过，我喜欢你的文字。祝女神姐姐永远开心美丽。祝女神和 Verla 永远恩爱幸福。

~~~~ 我是买了一大包英国茶试用装现在正在一个一个试口味的分割线 ~~~~

椰丝蛋卷同学：

你好。

先说说我这边的情况。我最近发现自己有点十二指肠溃疡，就跟其他人请教保养胃部心得。其中一人是个胃溃疡的中年人，悲哀地摇头说：胃上的毛病治不好也养不好，得了就是一辈子的事儿，我中药西药吃遍了，全没用，照样三天两头难受一下，只求发展得不快，以后不癌变就行。他老婆在旁边冷笑道：你听他的！医生叫他每餐定时定量，不沾烟酒，他呢？天天胡吃海喝，十一点回来还要宵夜，吃个面放半瓶辣子，还抽烟，好得了才怪！这位丈夫振振有词地说：那有什么办法！我这个工作就是应酬多,我就是胃口好,我湖南人你叫我不吃辣怎么办,blablabla,总之就是他一切有理,最后夫妻俩当着我的面尖刻地斗起嘴来,罪过罪过。

说这些就是说一个道理:面对一个麻烦,这个世界上有很多解决方案,但只要你坚持过不对头的日子,走不对头的路线,并且以为这种路线是理所当然,甚至很享受其中,那真是……啥都救不了你。

你现在这种情况,和这个倒霉的胃溃疡患者,有什么区别呢?我想你自己应该想了很久,也求助过其他人,对你的现状,他们和你其实都给了一些难听但很可能接近事实的判断:"缺爱"、"太依赖他了"、"傻傻地去相信,去妥协"、"是纠缠他了"、"没出息"、"犯贱"等,这些话听起来多刺耳,你却都一一承受了,就像吃下难吃的苦药,可是吃完之后呢?你依然还是坚定地继续着自伤自怜自怨自艾的生活毫不动摇啊,一封信里篇幅最多的,依然是详细地、精准地、诗意地描写你的难受啊。一句话,你沉溺于这种痛苦以及表达这种痛苦。

我认识不少和你一样沉溺于分手痛苦的,他们的原因各不相同,有的是因为要表达"分手后我是更痛苦的那一个,所以可以证明错的是你而不是我";有的则是想加给对方负罪感——"你毁了我的生活,我要你后悔一辈子";还有的则是因为成长经历,对爱情和亲密关系一直抱着悲观的态度,现在终于有一个糟糕的人来证明他的预设了,"我就知道这世上没有真的爱情",他要伤心得彻底,才能证明自己对得彻底。诸如此类,等等等等。我不认识你,不知道你是什么原因,以上几条仅供参考。但不管原因如何,结果就是你觉得如此大的痛苦虽然很难承受,但是是"合理的",甚至是有美感的,满足了某项你自己都未必察觉到的心理需求,所以你沉溺其中,无法自拔。

除此之外,你还会用各种理由来证明自己的这种沉溺是"合理"的,老实说,我看到"我是金牛座。我敏感,脆弱,玻璃心。我害怕改变,喝了八碗鸡汤了，心还是那么痛⋯⋯⋯⋯而且，好像胃也开始痛了⋯⋯

瞧瞧她俩为我打成啥样子，可见我是一枚多么优秀，多么有魅力的男纸……

我固执，我难嫁"时，都无语了，你都找了这么天时地利心理生理的理由来证明你必须痛苦只能痛苦，都到这份儿上了，我还能有啥办法呢？再看到"喝过心灵鸡汤也挨过大嘴巴子，道理懂一箩筐，可疼的时候还是疼"，我彻底绝望，我们写低俗情感专栏的，就那几套功夫，不是来软的就是来硬的，就像治病无非中医西医一样，现在你告诉我软硬你早就吃过一轮啦，中西医结合治疗都好多次啦，照样没用，"不过老军医，我一向信任你的水平，且让我看看你本事如何"？咳，我真没那个本事。

  既然道理你都明白，那我想说的正路你肯定也听了无数次了：别想他了，多出去玩玩，用别的事儿把你这个伤心的工夫给填了，多见见别人尤其是别的男人，多做点别的，看美剧减肥学煮饭绣十字绣什么的都行，百无聊赖看看《养蝎子致富大法》都好啊……这么做了也许还是会花很长一段时间才能恢复，但若你啥都不做，就是要甩着眼泪瀑布泣道"臣妾也想！可是臣妾做不到啊！！臣妾就是伤心！"，那就像那个无论如何也戒不掉烟酒和辣椒的胃溃疡患者，只能三天两头发病一次，没别的出路。你只有选择自己的治疗方案。

  祝夏天凉爽。

Daisy

  PS："亲，屌丝赔不起青春损失费，只好照顾你一辈子了"是非常恶心犯贱的情话，潜在逻辑是把陪伴和共享当做交换和筹码，等他以后混好了赔得起损失费了就可以一脚蹬了是吧？反正我是一点都不觉得动人，这都能感动哭你，说明你的眼泪真的多了点……也提醒你那个女友注意这个恶心巴拉的男人的承诺。

喜欢思密达组合总比
喜欢睡思密达组合好

炝藕片说：

我和男朋友感情不错，我们都很珍惜对方，一切都很般配，唯独他的性格有点娘，比如关注台湾女明星微博，听小女生倾诉生活烦恼，韩国思密达组合的成员名字他都能一一点出。我今生最恨这种爱好的男生，一开始以为这只是小事，后来经常为这些屁事吵架，我就陷入了深深的思索当中，到底是我要试着去接受，还是让他改变比较好呢？或者……

～～～～～～～～ 我是想出去散步又怕太晒了的分割线 ～～～～～～～～

炝藕片同学：

那得看你男友年纪多大，要是十多岁这算正常，二十五岁以前这样的男生也不少。三十多四十多了还这么俏皮，就比较麻烦了。五十往上的……能知道韩国思密达组合的名字已经很了不起了，我倒想先敬他一杯才是。

假定他是这种情况最自然的十多岁吧。你知道有种生物叫骨肉皮，我们这边也叫果儿，特定范围内常指一些喜欢听土摇的姑娘，她们不仅听，也关注土摇歌手们的微博，听他们在豆瓣上叨逼，知道他们谁谁谁最近又分手了，谁谁谁昨天在后海遇上谁谁谁还打了一架之类的。前面这些和你男朋友做的没啥不同，最大差别大概在：果儿们的爱好就是去睡自己的偶像，而且有些集邮功力不坏的，结结实实睡了几车皮。目前看来，你男朋友睡到他偶像的几率基本就是零，最多也就是YY一下，真乃侥天之幸，所以情况可能没你想的那么糟。

另外，他是"关注台湾女明星微博，听小女生倾诉生活烦恼"，而不是"关注台湾男明星微博，听小男生倾诉生活烦恼"，算是另一重侥天之幸，不觉得？

我的意思是说，喜欢这些东西不见得是个多大的人格障碍。当然谈恋爱，最重要的是自己舒服，所以即使不是人格障碍，你就是不舒服，就是想甩了他，也天经地义，没啥不可以。至于他会不会改变，谁知道？他可能到了二十五岁以后，开始觉得这也没什么太大意思，也有可能到了四十岁，还能一边看思密达组合一边跟着扭扭扭，谁知道呢。就看你的底线是什么，有人的底线是不舒服就掰，有人的底线是不乱搞就不掰，你的底线是个只有你自己知道的事儿，我帮不了什么。

另外，我都快写完了，才发现我漏猜了一个年龄段，千万不要在下一封信里回复我："谢谢Daisy。上一封信里我忘了说了，我今年八岁，刚上滑坡路小学二年级。作为一个晚熟的女孩，我现在才交到这个男朋友，自然是希望和他一辈子一起，但他的这个性格，一度让我觉得以后难成大事，我不知道后半生和他在一起会不会幸福，所以着急了一点……"

千万不要啊！

祝春天快乐。

Daisy

被一个人渣嫌弃,是那么值得伤心的一件事么?

腊鸭炖湖藕说:

女神,我现在好痛苦,好难受。

和男友认识十年,相恋五年。我本科毕业工作一年,他现在研究生二年级,学临床的。他脾气不好,而且好阴暗,可能是这黑暗的社会造成的吧。他家还有个未婚弟弟,我们都是农村的。今年他家那儿要拆迁,在他父母的要求下,双方父母见面,决定领证,短短两个月从见面到决定领证再到现在分手。

分手理由就是他家经济条件不行,他弟明年结婚,他还要花钱找工作,他爸觉得我长相不好(男友长相也就一般,就是皮肤白),说话没心眼,太老实不聪明,加上我家不是富二代,男友也想找个有钱的女孩让自己家日子好过点。所以决定分手。

我知道人家根本嫌弃我,但我还是放不下,痴心妄想想复合,想过自杀,可是又能怎样,看不上就是看不上,而且现在短短时间里人家就明说变心,已经不可能了。

研究生就这么厉害吗?那个负责上进的人怎么就能一走了之呢?想到以后陪在他身边的不是我就难过,这座城市,走到哪都有我们的影子,以前周日我们都压马路,现在我一个人悠悠荡荡。

求骂醒!!

~~~~~~ 我是今天才知道生蚝肩就是前上肉的分割线 ~~~~~~

腊鸭炖湖藕同学：

既然你要求骂醒，那我就不客气了。

被一个人渣嫌弃，是那么值得伤心的一件事么？一个人渣看上你，不是因为他多爱你，不过就像一个屠夫看上一头肥猪，也就是看上后者能够随时宰割罢了。现在这个屠夫放下刀，跟你说：你油水不够，滚吧。天地良心哟姑娘，这明明是死里逃生的喜事，为什么你要哭着嚎着自杀着跟他保证"我真的是一口好猪，我真的愿意被你压榨一生，榨干最后一滴油，请你不要抛弃我"呢？这的确是一口合格的猪的态度，但不是一个合格的人的态度啊。

你前男友是个不折不扣的人渣，"脾气不好，而且好阴暗"，光这点就足够扣分到及格线下，人穷志短马瘦毛长，这是比屎还讨厌的品格。更好笑的是整天怪社会黑暗，却不妨碍他利用女人骗拆迁款，为这种黑暗添砖加瓦。你的婚姻大事，就为给他家添个几万块的赔偿？这不是杀猪婚姻观，我想不出什么是杀猪婚姻观。哦，我还是错了，几万块赔偿还不够，还要你再倒贴五十万当嫁妆，他们才满意。我实在看不出你这个读了半天研究生，却还需要"花钱找工作"（而且看样子还要花不少钱，因为和弟弟的婚礼花费放在一个数量级，是预备的大型开支之一）的男朋友到底有何德何能，能够这么跩，这么把自己当个豪门。你也说了，你前男友也就是皮肤白点，真是了不得的白皮肤豪门啊。

读了这么多年书，还指望靠女人的嫁妆钱来翻身发财，何必辛辛苦苦念医科到研二？直接叫他当鸭去，也是赚女人钱，勤劳致富下也是两套房子了。何况当鸭更容易接触富婆，真是适合他的金光大道。总之你离开的是一个彻头彻尾没出息的家伙，这种男人是所有姑娘躲都躲不及的，现在就因为这么一个人渣提前甩了你，你就觉得很掉价，很失落，很伤自尊，这是完全没有必要的。就像陈幻说的，被一坨屎嫌弃，那只能说明你不臭啊。

另外，恕我直言，我觉得你有点 M。出了这么气人的事情，你更多是难过而不是生气，对他嫌弃你不是富二代一事，你虽然很伤心，但对这种嫌弃似乎还蛮接受的，"我真的不是富二代，有什么办法呢？"这种想法，我不知道你有没有。在信里，你详细说了你前男友的家境，却没怎么说你自己的家境，是不是因为他嫌弃你，所以你自己在潜意识里都觉得自己的家境是羞耻的事情，不大想谈了呢？出了任何情况，首先想到的是自己有问题，或者不断提醒自己"我总是有问题的，我总是不完美的"，这是 M 的典型思维。而且说到你这个王八蛋前男友，你还主动帮他找了王八蛋的理由："因为社会黑暗"。别人都懒得给你一个理由，你还主动帮人家想一个，这也是 M 的典型特征之一。不知道你的 M 人格是一直如此，还是你前男友培育强化的，不过你若一直带着这种屄包的 M 属性，你就是那最热腾腾的包子，最肥的年猪，这个王八蛋走了，下面还有恶狗和屠夫盯着你，还是早点脱屄比较好。先从扇那王八蛋一耳光开始吧。

祝冬天床暖，前男友当鸭之路顺利。

Daisy

"姑娘，我告诉你这是个混蛋"

什锦面片汤说：

男友比我大一岁，现在我大三他大四。和他爱好什么都挺合得来，价值观相似。他恋母，他爸爸大男人主义。他妈妈生病了他爸爸看电视然后他去照顾他妈妈。他也有点大男人主义，而且只许州官放火不许百姓点灯，自己可以跟女生一起玩，但是如果我跟男生接个电话他也会嘀咕。纠结……毕业后要不要走下去……

Daisy 说：

姑娘，我告诉你这是个混蛋。而且是从小就被他的混蛋爹培养的混蛋。大男子主义已经可以扣分三十了，还双重标准，自己可以随便跟别的女生玩，不准女朋友接个电话。呸，他以为他是谁，皇帝都准妃子看个太医呢。真是没有皇帝的命，得了皇帝的病。别惯着他，越惯越不带改正的。

更何况这还是个妈妈的乖宝宝，光这一条都觉得弱爆了。我还以为上了二十岁还敢明目张胆恋母的男人只有谢耳朵了呢。

我在你这个年纪，也不太明白尊重这件事情的重要，现在才知道，太他妈重要了，一个男人是否尊重你，有时甚至比他是否爱你更重要。看你的信，这个男人不会尊重你的，让他滚犊子。

虎皮卤蛋说：

女神，不幸被潜规则，更不幸的是竟然爱上了他。诅咒自己之后痛下决心离开他。他是上司的上司，不常见，但有些时候不得不见。

这事情坚决不能让父母知道，所以换工作什么的很困难，找到一个比现在更好的机会很难，否则很难解释……

其实知道自己该怎么做，只是这件事不能对别人说，吐槽不能的憋闷你懂的……

Daisy 说：

姑娘，我告诉你这是个混蛋。他潜规则你，也会潜规则别的姑娘。恶俗电视剧里那种潜着潜着潜出真爱来一般是别想，他可以随便找女人而且可以随时都找到，但你不是这样，任何巨大的不对等都是危险的。瘦子就连站在壮汉旁边都是不安全的，何况这个壮汉还是个恶人？现在这个男人在男女关系上就是个强大的恶者，你是没有任何优势的包子，尽量离他远点才是安全的。

你现在的情况可能有点斯德哥尔摩，也可能是你一直希望能遇到强大的男人，现在被强大的男人潜了，潜意识里干脆就想再加点成本，把真爱一起搭上，万一成功了就能挣回个强大的丈夫。除非你是小妖精，才有部分几率玩得转大灰狼。你现在这么纠结，我看还没修炼到小妖精的地步，别冒险了。

日式酱油拉面说：

好吧，一个之前两段恋爱没有认真谈，只是找学习伙伴并且行为规矩的男人，和我是第三段，这个男人说对我很认真，并且确实对我很好，但是或许由于家境差距，他比较高傲，我们一有争执，便摆出冷漠姿态对待我，不来安慰我，也不先低头。这样的男人值不值得拥有呢？他是不懂如何哄女生还是其实不愿意哄我呢？

另：为什么我们吵架之后他会负气去找前女友并且吻她呢？他以前都没有吻过她的！

Daisy 说：

首先，吵架后，他的高傲冷漠的态度，不管是源于他不知道怎么哄，还是他不愿意哄，都说明一件事：他缺乏较好的和异性沟通的能力。沟通这件事情一定是双向的，只要一边有问题，那就无法达成。而沟通在两个人的密切相处里是何等重要就不用我说了。跟他在一起，你会很辛苦。

另外，姑娘，我告诉你这是个混蛋。"吵架之后他会负气去找前女友并且吻她"，同时不尊重两个女人，对两个女人不负责，他的效率真高。最厉害的是，还做出一副小白兔受伤后癫狂的样子来，这样你会有愧疚（"是我先和他吵架，惹他生气的"），他前女友会有期待和暗爽（"看，他还是更爱我，而不是现在的那个女人"），两个女人反而不会怪他的，他到底是要有多高明？你确定你玩得过这么无招胜有招的高人么？

～～～～～～～ 我是正文结束的分割线 ～～～～～～～

PS：本篇题目抄自万峰老师的"姑娘，我告诉你这是个流氓"。

多年以来，万峰老师一直是我的偶像。就像阿乙说的，万峰老师最擅长的就是"一句话就把人的包袱放下了"。而缺乏这种能力的我，即使在"快进快出"里，也还是很啰嗦的。惭愧惭愧。

要得一得性病才知道健康的好处

肉末香菇豆腐说：

有一个女生，她有一个男朋友。这个男朋友是她工作上认识的，有钱，对她也好。她觉得他没给她惊喜，就一直很犹豫要不要跟这个人结婚。她觉得要疯一疯闹一闹才知道安定的好处，不甘心这么快就安定。

然后她认识了另外一个男生，这个男生没有她男朋友有钱，但是很贴心。你觉得她最后会选谁？我觉得谁都不会选欸，只是时间问题。

我不是这个女生，我喜欢她遇到的后一个男生，不过也无所谓啦，我也只是端板凳看热闹了……

女神辛苦啦！

~~~~~~~~~~ 我是吃掉了三斤胖胖橘子的分割线 ~~~~~~~~~~

肉末香菇豆腐同学：

我不知道你这位朋友的具体性格，只能大方面说。

摇摆在两个男人中的姑娘很多，但她们的处理办法不同。不可否认，有数量不少的一部分，真的会像你推测的那样，谁都不会选，就这么耗着，耗到那两个男人谁先退出，她就选另一个。或是两个男人都不退出，她也累了，赶上谁是谁。

你说了你喜欢她后面那个男人，所以你问我她会选谁，是不是担心她选了你喜欢的那个，你没希望了？不要太担心，因为根据你的描述，这个姑娘是个真正的二逼青年。"疯一疯闹一闹才知道安定的好处"这话非常二逼。与"要得一得性病／堕一堕胎／残一残疾才知道健康的好处"一样二逼。说这话的人，她根本不用疯一疯闹一闹，也知道安定的好处，否则她不会抓住那个有钱的冤大头不肯放。真是对安定一点兴趣都没有的，早把这冤大头甩了自己乱 high 去了。

说白了，这姑娘就是太知道安定的好处了，所以她连疯一疯闹一闹，都要先找到安定备胎了才去闹。有一个有钱的冤大头当后盾，保证以后绝对有有保障的婚姻，再找个贴心的享受下小激情和小温暖，真是不负如来不负卿。我估计这两个男人都不知道对方的存在，最最起码，那个出钱的冤大头男人肯定不知道。安排得这么 professional，装个屁的叛逆少女范儿啊，这他妈叫疯一疯闹一闹么，这他妈叫定向投资，精心策划，东食西宿，旱涝保收。

基本上，你和这样的职业选手竞争是很困难的。但是至少有一个好处：遇上二逼情敌，那就是检测靠谱异性的好机会。但若你喜欢的那个男人够明智，能够在不久的将来识破这个伪叛逆少女的二逼本质，我想他会哭着跑开的。这个时候你用你闪闪发光的靠谱本质想必能闪瞎他的眼。相反，他若非要给这个二逼女青年当小三和备胎，那这个男人也够二逼的，不值一提。你还值得拥有更好的。

祝秋天吃饱，远离性病。

Daisy

如果这都不算王八蛋，
那你真是瞎了眼

韭菜炒田螺说：

关注了你一段时间，但是从来都是看看你的解答。没想到自己会遇到感情上的问题，自己也不知道怎么办，也不想问朋友意见，于是想求助于你……是这样的，我跟现在这个男朋友一起半年了……以前是初中同学，但是没有什么交集。去年某次饭局，我们果断决定在一起。当时我跟一位富二代在交往，为了跟现在这个男朋友，我几乎是毫不犹豫地跟富二代分了手。我们属于一拍即合的类型，无论哪个方面都很默契……彼此都觉得自己就是对方的 THE ONE，在一起的第三天就去他家见了家长。他父母对我也很满意，当时元旦的时候就带我回他们家乡，并且对亲戚宣布我是未过门的儿媳妇。可是那时候几乎所有的朋友都说他配不上我，问我怎么能看上他，那时候这么对我说的朋友，我内心都鄙视他们。因为我觉得自己找到真爱了，觉得自己跟他在一起很舒服，就像跟自己在一起一样。我甚至觉得如果跟他分手了，我肯定找不到一个比他对我更好的人了。

但是当时我男朋友刚退伍回家，也没有事业，没钱了就花我的，一份工资两个人用。这种状态维持了好一段时间。我家境比较优越，我对金钱没什么概念，我如果对一个人好就想把自己所有的东西都给他。我几乎干任何事情想到的都是他，跟同学去逛街，自己没买衣服，给他买了一大堆。他当时还有一些债务,年终公司发了奖金,我先拿出奖金让他还债……但是我不觉得有什么问题。我认为两个人在一起就是互相扶持的。而且也因为我觉得他是个潜力股,我不觉得以后跟着他,他会让我吃苦。

因为有一两次我们没做避孕措施,我跟他之前探讨过如果怀孕了这个问题,说如果怀孕了,就把宝宝生下来。直到今年四月份,例假一直没来,而且很嗜睡,去买了验孕棒,验出来是阳性的。当时心情很紧张很兴奋,想立刻去医院做一下检查。但是当天我男朋友同学聚会,说不能陪我去做B超,跟我说吃完饭马上过来。在医院排队做B超期间,我打过三次电话给他,第一次说还在吃饭,不能马上过来。第二次是他同学听的,说他在玩卡丁车,让我过一会再打电话。第三次打给他的时候他在KTV……于是我做完B超就回家了,期间他没有主动打过一次电话给我。

其实让我最心寒的是他家人的态度,一直说把我当成女儿一样,平时老让我去他们家吃饭,对别人也说能找到我这个儿媳妇是他们家的福气。结果知道我怀孕了之后,他爸没露面,他妈找我们谈过一次,说是尊重我们的决定,但其实是让我们把孩子给做掉。举了一大堆例子,说现在孩子生出来没人带,而且我男朋友没有戒烟,生出来的孩子怕不健康……还有因为我男朋友的真实出生日期跟身份证上的日期不一样,身份证上的日期还没到晚婚晚育的年龄,如果要提早生孩子可能要交好几万块钱……听到这里我心都凉了,眼泪不停往下掉。我男朋友也没站在我这边,他是属于家庭观念比较重的人,听了他父母的决定,他也很自然地就接受了,没想过为我跟宝宝做一点争取……即使我觉得万分的委屈,我说不出口,我不会跟人争辩,受了委屈就自己忍忍算了……

我觉得他爸妈说的那些让我做掉孩子的理由,我并不觉得是很难克服的问题。这些事情我都没有跟我家里人说过,只是觉得自己的事情自己处理,然后就去了医院做了人流……但是每每想起这件事,心里总会觉得很难受很委屈。中间提过几次分手，但是男朋友总是恳求我别分手。我也狠不下心。但经过这件事，我也觉得自己好像已经没有之前那么爱他了……而且他家人当时的反应，我现在想起来都还是很难过。可是我还是爱他，我下不了决心跟他分手，因为我还是觉得他是一个重情义的人，只不过当时也是逼于无奈所以才放弃我跟宝宝……

———————— 我是今天没做饭的分割线 ————————

韭菜炒田螺同学好。

那我就直接一点了。

第一，你男朋友把打胎这个大难关完全甩给你的行为，非常王八蛋。如果这不是王八蛋，我想不出什么是王八蛋。

我不是说，你想生他不想生就是王八蛋。一来他把生育看得很轻，那边在做B超他还在玩卡丁车，好像打个胎比感冒还轻松。二来你们意见不一致，此事对你的损害很大对他损害不大，他理应做出有担当的行为，比方说，事前就谈好，或是事后和你好好沟通并安慰你，但他没有，而是叫他妈妈来唱黑脸，还没有商量余地。如果这不是王八蛋，我想不出什么是王八蛋。

整个事件中，他表现得很轻松，你表现得很沉重，这非常危险。所谓佳偶，就是能急你的急，痛你的痛。我都不说他的人品问题，光说你们在这件事情上同步率如此低，就很有问题。

第二，没结婚就要生孩子，这简直是无视中国国情过日子啊姑娘。就算你家境优越，也不至于乐观到这个份上啊姑娘。我觉得你男朋友不想要孩子，可能最重要的原因就是你们还没有结婚，生孩子麻烦会非常大。

当然，你可以说：那我们就赶紧结婚生孩子不行么？那很遗憾的事实就是，他多半也没打算就这样赶紧和你结婚（可能因为你们在一起的时间短，他还没有确定结婚这件事。当然这只是我的猜测之一）。不是所有男人都像我可怜又可敬的大学同学林某人一样，年纪轻轻，交往几个月就奉子成婚的……

男人不愿意奉子成婚的心情，其实我是满理解的。二十多一点年纪，因为不小心走火，就陷入了没有选择的状态，谁都难免憋气。但是，这不足以作为他那么王八蛋对你的理由。

尤其是，根本就没有到"明天就跟你结婚都可以"的地步，干吗还全家上阵，肉麻兮兮地做出一副到了这个地步的样子啊。他家两位高堂，先要帮着儿子扮肉麻，然后还要帮儿子唱黑脸，正反里外都要做，真是辛苦。不过，什么钱都给他儿子花，还帮他儿子还债的姑娘，谁不努力扮肉麻留住啊……

第三，"他是属于家庭观念比较重的人，听了他父母的决定，他也很自然地就接受了"。最恨这种拿别人当挡箭牌的，什么叫家庭观念比较重，他自己孩子不是他的家庭成员？二十多岁的人了，还装什么乖宝宝，一副怕被妈妈打手心的样子。所有的烂男人永远都说"这是我爸妈的主意……"这么怕爹妈就跟爹妈快乐地住一辈子吉祥三宝好了，找你干什么。

第四，其实我说的这些道理，你自己心里大概还是明白的，不然也不会对他提出几次分手，"男朋友总是恳求我别分手"，他当然不愿意和你分了。什么钱都给他花，还帮他还债，打胎都是自个儿去干的姑娘，谁不努力扮肉麻留住啊……我要是由 Verla 君给钱花，生气时哪里敢跟他摔盆砸碗，绝对也是抱着他的腿叫他不要走啊再给我次机会啊。

祝身体健康，渡过难关。

Daisy

"快进快出"第三期

青萝卜饺子说：
呃……我想问一下室友总是对你冷嘲热讽应该怎么办，男生宿舍。不喜欢他总是bully，明明知道他很肤浅，但他又很好命。在准备考试，但他一直在旁边吹冷风。三年都是这样。

答：
我也遇见过这么可怕的室友。也和别人交流过他们可怕的室友。得出的结论是：我们之所以被这些混蛋欺负，就是因为他们有脸当着别人吹牛，撒谎，瞎掰，得瑟，而我们居然没脸当面指出他们很恶心这一事实。因为我们觉得这太不礼貌，太伤和气，太不值了。但人家叽里呱啦前就从不想这些。所以下次不要再想那么多，他一开口，你想到什么就立刻骂出去，实在想不出该骂什么，经典的"你的牙缝里有菜渣"就很好。我一个友邻还推荐了"听了你的话，我留下了伤心的奶水"。这些都是有效阻止对方继续呱啦的好句子。

酸笋焖鱼说：
她要毕业了，我还得念书，这可怎么办？

答：
当然是继续念书了，难道你还因此退学不成。

牛肉青豆胡萝卜炖说：
大龄女青年除了相亲，其他还有什么方式去认识能谈恋爱的靠谱男人呢？……恕我思维与交际范围狭窄，想不出好方法。很想知道广大情侣们都是怎么认识然后在一起的……呃……请女神给些tips吧。多谢！

答：
我和Verla君是一起参加一个活动认识的。所以我个人建议多参加各种场合的同城活动，公司里同事和朋友间的聚会也是很重要的场合。能喝酒会搭讪的话，酒吧也是个不错的地方，只不过那边找到炮友的几率更高一些。当然重要的是主动，还有人在超市搭讪到男朋友的呢。不要害羞，让别人多介绍人认识，我认识一个女生，刚来深圳时也是孤立无援，但是她很主动，我们跟她聊起谁，只要她觉得这个人有趣，无论男女，她都会说：那下次一起见见吃个饭。之后就会真的督促我们带这个人来和她认识。现在她人面很广。人面越广几率越高。

板栗烧肉说：

什么是爱情？爱情是什么东西呢？爱情是一种感觉？爱情是不是一种可持续的东西？爱情和自己喜欢一件身边物品有不同吗？为什么会爱一个人？爱一个人与性欲有关吗？怎么断定自己的爱情为真？要是爱情只能通过时间来发展，对一个社交为零的人来说，爱情的机会不就为零？

答：

爱情是什么我怎么可能答得出来。苏格拉底都不行。

不过我至少可以肯定一件事：对一个社交为零的人来说，爱情的机会绝对就为零。

不过我估计你也不至于社交为零。依照我的理解，绝对的社交为零就是关在小黑屋里，连送饭的都没有。你还没到这步吧？估计就是宅，社交指数在百分之二十左右。那爱情的几率也高不到哪里去。

京酱茄子夹饼说：

我和男友都二十三岁，一起四年，同居三年半。不知什么时候开始，他不愿意花时间陪我，他常约朋友一起玩电脑游戏或者打球，要不就自己上网睡觉。在家两个人经常不是没话说就是争吵。虽然和他住一起，却总感觉累和孤单，甚至绝望。离开他想摆脱这种抑郁的状态，又想念他。我不知是否因为自己的付出放不下这段感情，该不该放弃他。

答：

倦怠期的情侣都这样。双方审美早就疲劳了，审丑却才刚刚开始。又因为习惯了，再换一个也觉得太费事了。反正无非两种结果：1. 硬气点的一咬牙，把对方蹬了再找一个重新开始；2. 软和一点的也一咬牙，一直熬到审丑也疲劳了，就无所谓了。你想清楚哪条路线比较适合你，然后去做就行了。不过才二十三岁，我个人觉得就要选择熬，是不是太早了点？

蒜蓉青蚝说：

闺蜜暗恋一个gay。我们那里极其偏僻，可见基情真是无处不在啊。gay的事情是不小心发现的，那个男生一直伪装是直男，现在闺蜜一心想着掰直他，这人从小就是，哪里那么容易直啊，想劝闺蜜放弃，怎么劝？为什么有爱自己的不去把握，非要苦寻不爱自己的？

答：

问你闺蜜："你觉得兽交怎么样？"你闺蜜多半会说："虽然现在上海流行兽交，但是我没什么兴趣。"然后你说："对一个从小就是 gay 的男人来说，叫他和女人做爱，就跟兽交一样恶心啊。你这么爱他，忍心让他一直这么恶心下去么？"

当然，万一你闺蜜说"兽交是个人自由，我完全理解，并有尝试冲动"，那我就真没辙了。

PS："最近上海流行兽交，但是我没什么兴趣"是前段时间一本神奇的教老外说汉语的教材里的例句。

青红辣子鸡说：

我女友（les），当别人小三一年余时与我开始（我不知情被小三），两边瞒两边喊老婆，一边跟我买戒指一边去外地看她。最后她坦白后还找借口不想分，被我以分手逼她断掉对方。她之前恋爱时也数次隐瞒食言出轨。我们感情很好，她说会为我改，但我很难信任她。她自控很差，长年上班迟到影响不好，我通牒她再不能准时上班就分手，我这样做对么？

答：

老实说我看到"通牒她再不能准时上班就分手"时大笑起来。我知道你的意思，想从最基础的一点一点培养出梅花般的坚贞不屈品质。

但我看这么做不靠谱，第一你女朋友的劈腿、不忠等行为，不是自控能力差这么简单的事，完全是人品很坏的一个综合性问题。

第二你这种育成法完全就是三娘教子型的，我妈当年也是威胁我再睡懒觉就不要我了云云。你对她的父母心太重了，这才是造成她有恃无恐的原因，因为她知道母性爆棚的你怎么都会原谅她。你有"教化她"的心肠一天，她就会小孩子气一天，这是肯定的。

秘制狮子头说：

我前女友喜欢你的文章很久了，因为她我才知道你的。可是为什么我们还会分手呢？为什么她会不理我呢？女人心，难猜啊。难道是我那方面不行？唉。

答：

为什么所有的男人被女人甩了，第一反应无非就是两个：嫌我小？或：嫌我穷？女人不喜欢你的原因是很多的。如果对女人的理解只停留在"大或有钱就不会被甩"的基础上，那真的只能一辈子被甩，再感叹一辈子女人心海底针了。除非你真的大得可怕，有钱得可怕。

酸菜血肠大骨头说：

女神万福。作为一个很有主见且讨厌受人摆布的女流氓，为什么我招的都是爱家恋母黏人男这个型号的？求安慰。

答：

因为爱家恋母黏人男一般都有个恐怖的老娘。这类老娘一般也都很有主见，讨厌受人摆布，所以才只能摆布儿子。她们的儿子就认为所有很有主见、讨厌受人摆布的姑娘都是他们老娘，会像他们老娘一样对他们嘘寒问暖，百依百顺。

你要做的就是打破他们的迷信，对他们尽量坏，"被子里藏针，菜里放屎，屁股下面放电熨斗"，很快他们就会哭着"说好的母爱呢？！"跑掉的。

鸳鸯蒸鸡说：

女神，昨天晚上，一闺蜜跟我倾诉，说她喜欢上一天秤男，然后表白了，然后天秤男说，他之前单身，但是现在和前女友复合了，前女友求他复合，因为她的父亲得了癌症！好吧，实在是太好笑了！！如此韩剧和低级的借口……请大家随意笑吧。但是，被拒绝后，此男还在百般勾引我闺蜜，甚至还亲她！！

现在我闺蜜真是伤心欲绝，万念俱灰……我真是捶胸顿足啊！！！看着她就好像看到一年前的自己……话说一年前，同样的桥段也发生在我身上，又是一枚华丽丽的天秤男子……当然，我现在已经完全走出来了……

但是，看到闺蜜现在重蹈覆辙，我很愤怒啊……是不是天秤男都好这口啊？！还是天下大多数男人都这样？！好男人都死哪里去了呢？！

答：

姑娘你写着"快进快出"，可是字数严重超标，下次不要这样了哈。

女方父亲得了癌症，要求与男方复合，怎么看也是要男方作为准女婿负担一半的端茶递水倒屎倒尿的责任，男方不仅不犹豫，还非常痛快地答应了。他要么是很爱女方，要么就是个智商七十五以下的低能儿。我看哪种情况对你闺蜜都很不利。劝你闺蜜还是算了，除非她自己就有一位癌症父亲，也急需人分担照顾老人的工作。

需要说明的是，低能儿主要由遗传、外伤和教育决定，是一个随机事件，不是天秤座或是男人的特征。好男人都没死，下次要找，记得先从不低能的群体里挑。

面豉酱煮猪肉说：
每次跟一个人分手就会觉得他好恶心……当初怎么会跟这么烂的人在一起……怎么办……

答：
你这心态挺好的了。总比每次跟一个人分手了一直心心念念，觉得以后再也找不到这么好的人好多了吧？要想干脆地分手，最好就是把前男友看成蛆。良心话，我刚跟我前男友分手那会儿，每次想到我居然跟这王八蛋好过，就忍不住要去洗个澡呢。

黄鱼镶面：
我是手机党，打字比较麻烦，就长话短说了……我现在在准备硕士考试，近来在公车上偶遇对口男生一枚，两人都很合得来，可是我正处于备考敏感期，有什么建议或者经验之谈么？

答：
如果考研对你真的很重要，你之前又没有"一边恋爱一边考试两个都大获全胜"的战绩和经验，那还是先和他联系着，考完了再认真考察交往吧。这样也不错，如果这段时间内就发现他不好，还可以提前淘汰，不用恋爱了才分手那么伤心。

蘑菇肉酱说：
我被保研了，想来也知道，接下来的日子简直寂寞得要死啊……女神，我想问怎么排遣寂寞呀……千万别跟我说"找个男友就好了"此类万能的话，男友有毛用！哼。

答：
一个男朋友当然木有毛用。至少找三个，且要努力做到让他们不打架，或者时不时打一打又不打死。这样保证你的研究生生活十分忙碌充实，脚不点地。

七 恋爱是个技术活

有过日子的心，
却没有过日子的能力

虾仁菜脯青豆炒饭说：

女神你好。我偷偷关注你很久了，刚关注的那年我只是乐此不疲地看你认真回复的每封信，那时候的自己从没想过今天。

我和男友 L 大一认识没多久就在一起了，至今也觉得当初的自己不可思议，想着以前是小可能不懂，可是回头一看却发现已经过了这么多年。他算是我真正的恋爱启蒙，拥抱接吻包括第一次。在大学里，认识的人都说我跟他是模范。大三之前的感情都很好，时间慢慢沉淀，沟通也越来越少，但是感情还是在的。互相的关心与挂念至今保存，但是从步入毕业的阶段起，慢慢地我发现我跟他很多想法不同。

我一直向往着外面的世界，他却一直惦记他的家乡。后来实习单位定好，我留在了我家乡的一个国企做实习生，他却什么单位也没定开始自己做销售。开始的日子很清贫，他好不容易透支了工资买了一辆小摩托每天接我下班，我每天在去单位必经之路的包子铺买好包子等他，他每天十多个小时地跑业务，那些包子就是他的晚餐。

我一直觉得他屈身陪着我留在家乡，也觉得自己憋屈始终不想留在南方这座小城。半年后，我辞掉了这份实习工作，毕业后去了深圳。走之前跟他商量，他不同意，觉得我疯了，但我坚持。那时候闹得很僵，我问他：你就一定不可以跟我走吗？做那样一个销售你真的可以满足吗？

我一个人在深圳度过最难过的生日，一个人飘荡在陌生的城市，有后悔有想念，更多的却是咬牙坚持。那段时间我不知道跟他还算不算正常男女朋友，每天有电话，嘘寒问暖，心却越来越远。在深圳的第一份工作很不顺利，最后导致辞职，给他打了电话。

"算我求你，就不能为了我来这里吗？"

半个月后他到了深圳，却在一个星期不到的时间里，因为我的情绪很不稳定，四年来第一次说了分手，他还哭了。中间磕磕绊绊，有藕断丝连，也有死灰复燃。就是说，分得不够彻底，还是和好了。两个人租了房子有了温馨的窝，各自有了份稳定的工作，过得不错。可也就是从那时候起，我跟他之间也只有过日子的感情。

到深圳一年，我在公司做得刚有起色，他爸爸就坚持要他回家，说是为他找好了事业单位。他红着眼问我回不回家，我苦着脸说我家就在这啊。家长出面敌不过，最终两个人不声不响回了家，结果却是一场空，什么结果都没有，他待业在家我也跟着待业在家，我跟他还不是一个城市的，变成了待业青年异地恋。没办法，他把我塞进了他们家亲戚开的小公司，在小公司里做个小小统计。家庭关系异常复杂，上班时间我都觉得头皮发麻。

至此，我跟他再也没有谈过心交过心，全是讨论的职场关系与家庭芥蒂。现在他们家的小公司面临查封，我真的不想搅和进去了。如果不干了，觉得跟他也就崩了，我是舍不得他还是舍不得感情我自己也没弄明白。想过很多次分手，但是迟迟开不了口。

求解救。

———————— 我是从淘宝买到了很不错的橄榄角的分割线 ————————

虾仁菜脯青豆炒饭同学：

你好。看到你说的"也就是从那时候起，我跟他之间也只有过日子的感情"时,我稍微有点惊讶。因为在我的理解里,很多姑娘对爱情的最大幻想就是和对方一起过日子:欧巴,我会给你好好煮饭,我们手牵手出去买东西,家里要有舒服的双人浴缸,隔段时间就去旅游下,生个孩子,让他上好一点的学校……这不就是过日子么,多少痴男怨女痛哭流涕的,不就是对方不想和自己过日子么。后来我想,在你的语境下,"只有过日子的感情",其实就是没什么感情了吧?早上醒来,一起面色平静地吃早饭,去上班,晚上又一起面色疲惫地回来,吃晚饭,各自看点电视上下网,睡觉,像一对室友或是兄妹那样?我想你说的应该是:你不爱他了。彼此间也就只有责任,习惯,和沉没成本。

虽然爱不爱是一个非常私人和无常的事情,你没有义务非得继续爱谁,但如果总结下你男朋友的行为,还是可以替他说句公道话:以他二十出头的年纪,还算个负责的人:只有钱一天买几个包子吃,也要和你在同一个城市里,还能透支工资买摩托车接你下班;你辞职后情绪低落,一求他他就来深圳找你了;你提出的分手,他也没有死缠烂打,最后还是愿意和你和好;就算最后一次捅出了娄子,害得你们俩失去了深圳的工作,他也还知道帮你找份工作安顿下来。这个人应该真有和你一起过日子的心吧,至少每一步他都尽了力。

可是看看他尽的力,结果让你满意么?他一毕业就做着一份在你看来毫无前途的工作,若无你的眼泪推动,他应该不会换;他知道你不想留在小城的心,甚至都能哼哧哼哧地追着你的脚步,但对你这个心,他不支持也不理解,所以一旦有离开深圳回家的机会,他应该也不会怎么死命抗拒,更不会顶撞父母;他没有评估风险、判断收益的眼光和能力(或者感觉到了不对却依然掩耳盗铃),为了一个虚妄的奔头让你们都失了业,更讽刺的是,连这个虚妄的奔头也不是他自己找的,还是得依靠他父母。连他最后给你的补偿:一个面临查封的家族企业里的工作机会,还是靠的裙带关系。说到这里情况已经很清楚了，他也许有好好和你一起过日子的心，但他的能力真的太弱了，面对生活里的糟糕局面，他自己都自顾不暇，又能把你们的关系处理得多好？何况将心比心想一想，放在他的角度看，你也是一个能力很弱，自己生活都自顾不暇的人啊。在以上的每一个阶段里，你的表现不见得比他好多少。你也有过无望的工作，你失业了也向他求助拖他下水到深圳，就像他能回老家了也立刻拖你下水一样，你也没有评估出那个虚妄奔头里的陷阱（或者你也掩耳盗铃过？），他给你找的烂工作，你还不是就去了，也没有自己找一份嘛。两个自顾不暇的人，上气不接下气地朝着心中的美好目标跟跄奔跑，美好迟迟不到，每个人都觉得对方是那个脑袋不对、路线不对、拖了后腿的人，你有怨气，我看他未必就没有。

　　能力弱绝对不是错，因为你们年轻。事实上，事业、感情、发展方向都比较稳定，那是中年人和极少数年轻人的专利，不是大部分年轻人的。人最好对自己所处的阶段有个平常心，不要想什么都占，又想享受二十多岁饱满的肉体和优秀的性能力，又想享受舒舒服服、一帆风顺的中产生活。没背景，没祖产，没二百智商，没中彩票，一穷二白的小县城青年在这个世界上一定会跌跌撞撞好多年，被世界揍得鼻青脸肿，有时因为挨的胖揍太多，感情都会受到波及，这是不意外的麻烦。有些感情在震动后活了下来，还更稳固，有些就死了。你们会是哪一种，那是你的私人决定。不管决定哪个都不会是世界末日，人那么年轻，说一辈子还太远。但不管人年轻还是年老，能力弱都是很危险的一件事。在确定要不要分手的同时，找一份薪水适宜，又有发展学习空间的工作比较紧急一点吧？

　　祝夏天凉爽。

Daisy

钥匙还是在黑暗里，
不管明灯有多亮

阿童木果奶糖说：

呃，对一个陌生人叫女神我实在不是很习惯，容我称呼您为黛喜，可以么？

我本身性格比较古怪，但许多朋友都时常会来问我情感或其他方面的问题，我想这并不因为我特别聪明伶俐，大概因为我不是当事人，所以可以比较客观吧。

我有个闺蜜，去了帝都发展，又不幸迷上了豆瓣，从此沉迷于与各类男人或炮友过招中，感情中的必谈项是×生活。最近她爱上了炮友，那男的对她说，我觉得我们的关系应该就是长期炮友吧，她说其实我也只想有人陪而已，但她内心其实是：尼玛我是真心喜欢你呀！

这实在是普通到不能再普通的微小事情，但当她告诉我，我实在很想明白对她说，人家都当你只是床伴了，而且你又那样说了，你还想怎样呀？难道真指望由性到爱么？那几率跟你从小就拿第一名一路上到哈佛还拿第一名是一样一样的啊……

关键在于，我根本不可能将我想的告诉她，我只能不咸不淡地安慰她，并且暗示她赶快离开炮友了事，只是黛喜你有更好办法让她迅速离开这种混乱么？

祝幸福。

～～～～～～～～ 我是等下要去买纸巾筒的分割线 ～～～～～～～～

阿童木果奶糖同学：

你好。黛喜挺好听……

说正题。

"有这样一个老笑话，说夜里一个近视的人丢了钥匙，便在路灯下寻找，另一个人走过来想帮他找钥匙，问他：'你确定钥匙掉在这里了吗？'那人回答：'不确定，但灯在这里。'"

吉尔（书里一个案例的女主人公）就像这个故事中的人一样……她不在有希望找到的地方寻找（真爱），她在最容易看到的地方寻找。"

上面选自《爱得太多的女人》第一章。我前几天收到这本书，才看了几章，就忙不迭活学活用了，真是烧包哇。

讲正经，除了烧包外，引用这句的最大原因还是因为，你的这位闺蜜，也是一个这样的，"在垃圾堆里找真爱的人"。之前回了一封信，一个姑娘说不幸被潜规则，却爱上了这个人，怎么办。之前还有姑娘写信来，说爱上了高利贷债主，有的姑娘爱上了性侵犯自己的表哥，当然，爱上一夜情对象的信稍微多一些。每每看到这样的信，都要感叹下：姑娘们难道都是苦出身，小时候染上了翻垃圾桶的习惯还是咋的，怎么都偏偏指望在最不容易有真爱的地方找到真爱？

我不是说，两个人不能通过性的渠道开始相爱，我还没那么土。我的意思是，不管两个人是怎么开始的，现在，男的那边都已经主动说"咱们就是长期炮友"了，不就是打了个预防针，怕她假戏真做了么，都防范到这步了，她还想干吗呢？还想勇攀高峰，让本来不打算爱上她的男人最后还是身不由己爱上她么？这可的确是电视剧常见桥段，但电视剧本来就是连地心引力都要颠覆的东西，当不得真。

想来还是"因为灯在这里"吧。因为各种各样的原因，我们越来越不知道怎么恋爱了。何止是怎么恋爱，我们连哪里能认识正常点的异性都不知道。"我这么宅，到底怎么样才能认识一个可以发展的人？"这是所有死宅的泣血哀号。非死宅就没事了么？"身边有很多人，但觉得没有一个是想和他恋爱的。"弄来弄去，我们平时和异性的交往只限于工作，不咸不淡的同事／同学／朋友聚会，相亲又是如此的傻×和势利，渠道这么窄，姑娘们能和男人就男女之事交往，似乎就只剩下大跃进式的ONS了。在其他渠道里，我们的身份更像个中性或无性的社会人，在这里，至少能作为一个女性去袒露和享受，这么一想，一夜情被当成明灯，虽然有点怪，但是也不算太意外了；我能理解。

但理解归理解，钥匙还是在黑暗里，不管明灯有多亮。找不到那枚钥匙，温暖的家什么的就是白想。真爱永远只在和你相爱的那个人那里，你还没开口他就忙不迭划清界限的男人，还是让他走吧。希望你闺蜜明白这个道理。

祝冬天床暖。

Daisy

你是想要绝对值，还是比例

特辣孜然粉说：

女神，你好。

我有一个交往一年多的男朋友。对我很好。我不知道其他人对很好的定义会不会和我一样，他对我疼爱的程度，远远超过以前任何一个女友。这一年多以来，几乎每天都会见上一面，否则两个人心里都特别不习惯，特别想念对方。我时常感觉到我们的感情并没有被时间慢慢消磨，反而越发深沉。

对恋爱一向被动又不大懂得哄女孩子的他也渐渐被我改变，改变一个人这回事应该是作为女人都会觉得骄傲的。偶尔也会满足我对细节的需要。比如下雨天的摩托后座被雨水溅湿，他会用手拍一下，然后一屁股坐上后座再滑到前座，用裤子帮我弄干。也许他不觉得这样的举动有什么大不了，但每每我都会感到心一阵温热。他家境一般，虽然没能有很好的物质条件，虽然每天约会也是风吹日晒，但让我感恩的是，他会是有一百块，会花九十九在我身上的男人。我觉得够了。

很多事情，我身边的人也看在眼里，也许我被他纵得有些脾气了，身边的人也不时告诫我要收敛。即便我们时常也因为我脾气不好而争吵、冷战，但从来没有超过一天，两个人都会有先道歉的时候。我觉得我们的感情没什么可以质疑的。

可是有两个问题，他妈妈不是很喜欢我。还有他仍然未找到一份合意的工作。我们今年都二十五岁。也许他唯一让我失望的就是，对生活还没有很好的担当，偶尔还是会逃避，觉得累，不相信自己。

我们之前一起去过厦门，昨天晚上他问我，这个社会这么现实，人的心态也许会慢慢被影响，如果有个男人送你一整座鼓浪屿，你会跟他走吗？我想了一下，我说，如果我们每年都可以去那里小度假几天，我何必需要买下它的人呢。我想让他明白的意思是，我不算太追求物质，我只要你上进，不用你发大财，只要赚的钱足够我们小滋小味地过日子，我就不会离开你。我看过你豆瓣那篇《所有结婚狂，都只有四分钟的时间，和七千万的遗产》，表示同意，但皇帝不急太监急，大城市好说，像我们小城市里，二十五六岁就被说晚婚，家里人隔三差五地叨念，心理压力也是有的，但又无从疏解。渐渐地我也开始有点着急，被影响，希望他快点成器，虽然明知道不可能一气呵成。每次两个人谈论到未来都变得很沉重，但除了等待之外，我不知道还能做些什么。

很想证明 Eason 唱的那句：开始时挨一些苦，栽种绝处的花。

我想听听你的意见。万分感谢。

～～～～～～～～我是再也不用冷冻虾仁做炒面的分割线～～～～～～～～

特辣孜然粉同学：

你好。

几年前，看过 YK 写过的一篇振聋发聩的文章，里面写到他认识的那些美女，都嫁给了不怎么样的男人。问那些美女为什么要嫁给他们，美女们都怅然若失地说：因为他对我好。YK 总结道："对你好"，往往是用来掩盖他的贫乏的最常用的办法。一个男人动不动就给你他的全世界，往往只是因为，他的世界就那么一点大，给谁都无所谓。

我说这篇文章是振聋发聩的，就是因为我父母就是这样的人，所以解决了我多年的疑惑。我父母当时条件差异很大，要说他们有多大感情，我没怎么看出来，所以因为爱情而委身的可能不大。问我妈为啥要嫁给我爸，她就说：你爸对我好。事实上，我爸确实就是YK说的那种"世界就那么一点大，给谁都无所谓"的人。

倒霉的是，有些像我妈一样的姑娘，就是非常看重一个男人给你多大的比例的世界，比例越大越好，至于那个世界多大，倒无所谓，或者暂时无所谓。当然，等她们开始有所谓了，就会像YK的那些女闺蜜一样，"怅然若失"了。

说到这些，是因为你信中的"他会是有一百块，会花九十九在我身上的男人。我觉得够了"流露出了这样的倾向。

当然，有些姑娘和你完全相反，她们根本不在乎男人拿出的百分比是多少，而是在乎那个绝对值。只要能给我房子车子就是好的，哪怕他在别处还有十栋房子十辆车子给了别的女人。这样的姑娘，我们该说她贪心吗？她当然贪心，她一来就要房子车子整座鼓浪屿。但她也不贪心，她要的只是这个男人的千分之一，就满足了。

而像我妈妈和你这样的姑娘，往往不要求男人挣太多钱，我们该说你们不贪心吗？你们当然不贪心，你们只要"小滋小味地过日子"就行了，但你们也贪心，你们要的，是那个所拥有不多的男人的全部，至少是百分之九十九。

一个暂时贫乏的男人的百分之九十九，和三层别墅、法拉利跑车比起来，到底哪个更有优势呢？有人会说，人会升值，但房子和财产依然会升值，甚至升得比人快。有人说，钱比较保险，但钱最终是人赚来的。说来说去，不过是眼光和需求不同。又贪，又不贪，我们只是尘世中的普通人。男女关系里只要没有大奸大恶，那所有的选择都不是道德问题。所以我上面说的那个贪心的词，绝不涉及道德评估，绝对不是挖苦，请你放心。也请重视房子车子的其他姑娘也放心。我只是说，大部分姑娘，一般就在重视比例和重视绝对值之间徘徊，你先想好你是哪一种，再去做抉择会更好，不至于委屈自己也不会耽误别人。了解自己了，做好决定了，就去做吧。世间万事都架不住三个字：我愿意。只要你愿意了，任何人，不管是他，还是周围人，都拿你没办法。

不过补充一下：道理归道理，万事都架不住"我愿意"，其实还架不住另外四个字：中国国情。尤其是你都说了，你们是在小城市，情况就更不同了。我就是小县城的苦出身，深知小城市的厉害。所以大学一毕业，就忙不迭地跟逃难似的逃出来了。我以前也说过，每周至少收到五封信，都是姑娘们说"我们这边小地方，二十五岁还不结婚就是怪物了"。在小城市，二十五岁不结婚的姑娘的未来是沉重的，而在小城市嫁一个没工作或者挣钱不力的男人的沉重，不会输给前者。如果你连上一种压力都无法承担的话，那你真要好好考虑下怎么解决下一种压力。当然，在你们的这个个案里，爱情可以加很多分。

最后，用屁股擦后座真的不算是多么动人的姿势，还是随身带纸巾更好一点。

祝秋天吃饱。

Daisy

……其实钥匙丢在5公里外。

任何参加过小学两人三足比赛的人，应该都很了解找到不合拍的情侣的苦处吧？

只有在十六岁，才有人会
关心你在网游上娶了几个老婆

野山椒凉拌金针菇说：

我关注了你好几天，一直游离于你曾回答过的个案里。今天我实在是心灰意冷，才来找你帮忙指点下，怎么让自己淡定点。

回到正题吧，我和他都没成年，我比他大一岁（好吧也在奔成年了）。最近我和他都一直在玩同一款网游，他一直为游戏里结婚的事操心，在yy频道的时候老是无视我的话。我偏偏又是那种情商不高的人，遇到挫折什么的很容易掉眼泪（鄙视自己一下），最近还经常发疯。

例如打麻将，第六感告诉我对面那孩子对他有好感，甚至洗牌的时候手碰到他我也会伤心。但这也不怪他啊。回去的时候我就怒了（我控制不了该死的情绪），哭了，强吻他（一方面，我奇怪他好像是害羞了还是不爱亲我了，以前在步行街那种地方当着那么多人面也能亲我，现在非得在没有人的时候才亲我，闹哪般啊？以前平常逛个小街都啵几十次以上我都司空见惯了，初吻还是他当着我同学面三连发好吗，现在闹害羞啥意思啊！），抓他，打他，掐他。

掐完后我也挺内疚的，想想自己怎么那么疯狂又弄伤他。于是，沉默地一起到了车站，唉。上车后他还坐在我旁边，并且我看到车上的蟑螂恐惧起来他也帮我弄掉，这令我更内疚了。毕竟沉默还是他打破的。

女神，救救我吧，今天他去办事，我就这样睡着了，没等到他说的晚安，以为他连晚安都不说了，又闹脾气半夜去打他电话，狂闪十几条信息，给谁也会烦的是不是！！！但我还是这样做了！！这样下去准会逼走他好吗！！！

求指教！

~~~~~~~~~~~~~~ 我是一连吃了三个桃子的分割线 ~~~~~~~~~~~~~~

野山椒凉拌金针菇同学：

你好。这两天我正在和人讨论怎么把这个专栏弄上平媒的事宜。别人说专栏得有个与众不同的卖点，反正你自称九〇后萝莉，不如就以"九〇后爱看的情感专栏"为卖点如何？我一头黑线地说：得了吧，你都不知道九〇后给我的信都写些啥，无非是"今天他拖黑了我几次，我又拖黑了他几次，几次在QQ，几次在校内，几次在豆瓣，他说了啥我又说了啥"。这种信谁回得了。

好嘛，我现在坦率地承认：上面那些言论，不过是我在嫉妒你们罢了。因为你们太年轻了。

只有十六岁时，才会有人真的，真的很关心你今天说了什么，太阳星座月亮星座上升星座各是什么，和另外一个女生是不是有什么，刚才讲笑话是不是在暗示我什么。只有十六岁，打只蟑螂都会成英雄。只有十六岁，才会有人关心你在网游上娶了几个老婆，并暗暗吃醋流泪。等到了三十岁，可能男的在外面真的都重婚了三个老婆了，女的知道了也懒得和他离婚了。

也只有在十六岁，你为一点小事就"抓他，打他，掐他"，才会被对方视为正常表现，到二十岁，一个动不动就抓人咬人的女性只会被视为疯婆子，哪个男人都不敢碰。

前两天我有个友邻说："常有人说：女人的黄金年龄很短，只从二十二到二十六岁，男人就不一样，到了三四十岁照样不着急。其实男人的黄金年龄更短，只有十六到十八岁，在这段时期的他们，长得帅会有人喜欢，打球厉害会有人喜欢，学习好会有人喜欢，玩乐器会有人喜欢，但到了三十岁以后，只要他没钱，就很少有人喜欢了。"这和我刚才说的是一个意思。年纪越大，世界对你们和你们的感情会越来越苛刻。趁着世界对你还很纵容的时候，多发点脾气撒点娇，实在是理所当然。怕发多了把他吓跑？哪儿的话，他在游戏里跟别的人结婚都吓不跑你呢。你们的仓皇和困惑是一样多的。

我知道你很想在爱情里变得更理性和熟练。不过我也可以明确地告诉你，就算我给你一万条建议，你也做不到，没人做得到。十六岁的人，拿着多少指南，也当不了情圣。一个在爱情里熟练的十六岁中学生，就像一个没有富爸爸背景仅用压岁钱白手起家十六岁就有三亿美元家产的中学生（在美国也许还有可能）一样，根本不可能。所有少年在爱情里的慌张都是一样的。这点上，女神一点都不比你高明。上中学时，和一个大两岁的男生谈恋爱，不知道为啥，整天也很容易和他动气。然后一边动气一边自责，觉得自己给他添麻烦了，配不上他。自责完了继续动气。有一次我们全班打预防针，我打完回头看到他正拿着棉签帮我一个闺蜜擦手臂上针眼的血，女神的一双美目里立刻泪光盈盈，哀婉地转过脸去，回家缠绵地哭了一整宿，娇弱地在本子上写了一万次"再也不相信爱情了"！

当然我已经不是十六岁了，所以现在想起来，当时掉眼泪的全都是破事。但十多岁时的恋爱，最让人心驰神往的不就是这些么。为一些破事尽情地操心，难过，翻脸，掉泪。所以，趁着你这个年纪咬人掐人不算犯法不算讨厌，多咬他多掐他多强吻他。当然，也建议他趁着这个时候重婚不犯法，多在网游里结几次婚，越热闹越好（等他二十多岁真结婚时，他简直不敢相信结婚要花这么多钱呢）。过了这村就没这个店了。

祝夏天快乐。

Daisy

Pace 不同百事哀

葱花蛋羹说：

女神，你好。

长时间膜拜你的文章。小女子也有急事一桩，望女神不吝赐教。

简短来说，我在魔都。他在老家。我们是高中同学，异地了差不多七年了，今年都是二十五。他毕业去了四川做西部志愿者两年，因此事业发展较晚，现在在老家刚刚参加工作。

我在上海事业相对好些。前段时间投简历找了老家的工作，已拿到 offer，本想回去。可是这边经理挺器重我，说明年给我升职加薪。单从工作比较，上海这家是五百强企业，工资高，以后发展也好，再熬个几年应该就有不错的年薪。老家那个公司小，国企文化（有点担心自己不适应），工资方面目前两方差不多，但涨幅应该较慢，估计几年后会有不小差距（当然两地消费水平也不一样）。

但是，谈了七年异地恋的我，真的有点不甘心啊。也许在这个大公司熬个三五年，真的年薪几十万了，可是那时候我都二十八九了……该享受爱情的年纪我都在忙着升职、加薪、在魔都挤人肉地铁……我都没有真正跟那个人在一起生活过，正常地恋爱过，还不知道是不是在一起真的适合，或许就把那个人弄丢了……就算我们都坚持到那个时候，二十八九岁再和他一起，发现不适合的话，我都三十了……

值得吗？女神！爱情与面包，难道非得选择一样？"贫贱夫妻百事哀"，是真的吗？各种纠结啊女神！急求赐教啊女神！

PS：我们两个都是普通的工薪家庭，感情方面目前也应该算没有什么问题……

PS又PS：他说起码要事业有点起色才肯来上海找我，他自尊心挺强的……

各种谢啊女神！

～～～～～～ 我是恨不得一天都敷着面膜在电脑前工作的分割线 ～～～～～～

葱花蛋羹同学：

你好。

首先看了这封信，我的第一反应，居然是很不厚道的"支教这种事情是不能随便玩的啊混蛋！"我曾经的性幻想对象韩寒同学就说过，基础教育应该由政府出钱出力去做，因为我们都已经交税了，实在不应该再叫民众第二次付出。支教当然很伟大，不过再伟大的事情，也和任何事情一样，都有风险，风险之一是比女友晚工作两年，要忍受挣钱比女友少的不爽。再次政治正确地声明，我绝无号召大家不要去支教的意思，我只是说做什么事情前都想好风险更好一点，都能跟枕边人共同商量策划一下更好一点，如果都想好了就去做吧。

当然上面那个不是我说的重点。我有三个重点，第一个重点是要小小夸夸你男朋友。当年我遇见过和你一模一样的事情，我前男友也让我放弃一切去魔都找他，这个时候，我和你一样，露出了犹豫，可是我的前男友露出了王八蛋嘴脸，他才没你男友那么有自尊，撂两句"我多努力挣钱养你"的狠话，而且气狠狠地说"你不把两个人在一起放在第一位"，然后直接把我蹬啦。你男朋友没有打滚撒泼叫你一定要回去,还表示"要事业有点起色才肯来上海"找你,算是有担当的男人了。

(姑娘们顺便也记住了,如果一件事情,对你有损,对他有益,他不鼓励你去做,那这个男人至少人品就不太坏。如果他拼命怂恿你去做,甚至个别无耻的,还口吐莲花,把这件事情说得好像对你也有益一样,赶紧立马蹬了他。)

第二个重点是小小批评下你男朋友。"要事业有点起色才肯来上海"找你,听起来是很不错,可是也不想想你和他异地恋了七年了,七年啊,再加一年都可以打跑日本人了。现在还要等他"事业有点起色",他是打算异地恋到第十年才和你会合么?你的顾虑是对的,说是在一起七年,"都没有真正跟那个人在一起生活过,正常地恋爱过,还不知道是不是在一起真的适合",何况你还颇有一点等不起的恐慌,这个时候他还要再和你异地一两年(事业要有点起色,怎么也得一两年吧),实在是把男女关系和婚姻想得太简单了,以为像炼丹,只要修炼时间够久总不会太糟。这是太天真了。

(这里我再次表示对异地恋的严重不看好。借用竹林桑的金句:"异地恋也能叫恋爱?纯属假性单身。就像假性近视。")

第三个重点是针对贫贱夫妻百事哀的。穷的确是非常、非常恐怖的问题,但一来你们还没穷到睡大街,二来我还真见过穷到睡大街却依然很恩爱的。你们不是贫贱问题,而是另外一条扼杀爱情的,杀伤力不输给穷的问题:pace不同。万物都有自己的pace,作息规律自然是pace,成长和心态,照样是pace。穷到睡大街却依然很恩爱的,多半pace相同,双方都安贫乐道,并不急着明天就能翻身睡豪宅。如果一个很平静另一个很奋进,怕就很难一起睡大街,多半要吵翻。贫贱可能比较催生苦命鸳鸯,但pace不同,最催生怨偶。

这种情况在人年轻时最容易遇到,因为人在年轻时,成长的方向和pace,实在是可以天差地别的。这也算是年轻的风险之一?比如你和你男友,现在的pace就很不一致,你一路顺风,规划和现状都不错,对两人关系已经考虑婚嫁事宜了，他的事业却还在起步，对爱情怀着某些天真的想法。仅就对生活的熟练程度而言，他的 pace 明显慢你一截。这个时候你们不做些沟通和调整，估计差距只会越来越大。

对某些恋人，沟通和调整要做的很少，比如只需要调整下作息规律。但对有些人，则需要一方付出惨重代价，比如某些萝莉养成爱好者，要乖乖等十年等萝莉长大。有些大叔控的姑娘，必须要二十岁就生孩子，来满足家中马上就要失去性能力的大叔的生子愿望。对有些人，则需要双方都付出一些。当然，这得看双方怎么沟通和权衡。

幸亏你们还都很年轻（二十五岁时真的很年轻啊！安吉丽娜·朱莉已经三十九岁了啊！），你男朋友在这点上的表现还不是个王八蛋，我觉得你们还是可以达成很好的共识的。实在达不成，分开也不是多糟糕的事情。小学玩过两人三足的同学，都很了解和一个跑不动的死胖子搭组的痛苦吧？当然，和年级短跑健将一起搭组的痛苦完全不输前者。这就是 pace 不同的痛苦。爱情就是把你们的腿绑起来的那条红绳，pace 要真差太大，绳子被绷断了，固然可惜，但也比两个人都摔得鼻青脸肿互相怨恨好。

最后提醒一下：仅就风险论而言嘛，我个人比较建议：无论你和你男友最后达成怎样的共识，最好都尽可能地保住你现在看起来大好的前途。上班的风险就是被开，你若在世界五百强干了七年还升了职的话，就算换家公司，之前的还是资本。谈恋爱的风险就是分手，万一你和你男友不幸分开了，下一段恋爱里，"近十年异地恋"，好像不是什么有用的履历……"能和异性愉快相处"，是非常有竞争力的素质，"能和异性有效沟通"，也是非常有竞争力的素质，"能和异性异地恋七年"，欸，好像……

最最后，既然这封信我答得这么用心，那，苟年薪几十万，勿相忘啊……
祝夏天快乐。

Daisy

有节制的生活是值得赞许的

奇异果果冻说：

张楚唱过"这是一个恋爱的季节，孤独的人是可耻的"。我发现人要是孤独了，什么可耻的事都能做出来，所以孤独的人是可耻的。

认识了原来的一个同学，小学和初中都在隔壁班，对于当时的我来说，这种人是不屑一顾的。可是当再见面的时候，却动心了。虽然明明知道两个人不合适，在一起是没有结果的，可还是在一起了——也许是一个人在北京太孤独了，需要有人陪。可在一起的时候，我还是孤独，大家没有共同的话题。他打他的斗地主，跑跑卡丁车，我上我的微博、豆瓣，看杂志。理智的那个我说应该分手，这样的人没什么可留恋的。分手以后，那个不理智的我却总是给他打电话发短信犯各种贱。即便找其他异性朋友吃饭看电影，可是心里还是想着这个人。

有时候觉得自己太可耻了，女神骂骂我也好，讲讲理也好。

────────── 我是成功做出了啤酒酱鸭腿的分割线 ～～～～～～

奇异果果冻同学：

你好。

最近经常收到这种"自己把自己吓了一跳"的邮件。大概情况都是，自己做出自己没想到的事情：我居然会留恋这么烂的男人？我居然能把自己的生活搞得这么糟？我居然能一口气长到一百四十斤？此类等等。

仔细想了下此类事情的根源，估计问题都在于"没有节制"。

其实我自己也是没啥节制之人，认识的也是沆瀣一气的没有节制的朋友们。身边一抓就是一大把没有节制的例子。比如周六我和一位胖姑娘去超市买东西。周六天气极其闷热，我们都没胃口，就说随便去买点什么打发午饭，本来她说只买两个薯饼，可是路过酸奶档时，看见打折就买了三大罐。"对身体好"，她说（蒙牛能让身体好，真是奇了）。再路过熟食档，看到新鲜的盐焗鸡翅，"好久没吃盐焗鸡了"，又买了一袋。盐焗鸡旁边是卤牛筋，"这个最好了！！我看到就一定要买！！"买了一大块，三十块钱。再往前面走，是口碑极好的陈村粉，再往前面走，还有香喷喷的鸡腿……最后除了两个薯饼外，她还买了好几十块的食物，每个食物都买得有理有据，不容辩驳。这位胖姑娘从我三年前认识她起，她就一直是这么胖，丝毫没有减下去的趋势。这一切不是没有原因的。

有寓言说人天生就带着两个口袋，一前一后，前面的装别人的缺点，后面装自己的缺点，人只看得见前面的。此言不虚，你看我是多么虚伪，把人家的事情拿出来大讲，完全不管自己昨晚还吃了一大堆宵夜的事实。但我要说的是，人生下来还带着另外两个口袋，一个是理由，一个是节制，当然了，理由永远在身前，节制永远在身后看不到。我们只眼巴巴顶着前面袋子里的"卤牛筋好吃"、"烂男人总比没男人好"、"多睡十分钟死不了"，就是看不到后面袋子里的"此事祸害无穷"。

有节制，就是有是非之心，就要去行知是非之事。知道此事虽有快感却祸害无穷，就要忍住，不去做它，而不是任由自己的本能，不管不顾。佛教里"淫"这个说法，本意不是说男女之事，而是说没有节制，散乱，像水一样随便流，缺乏立场。"即使片刻意识到这种行为／思维的荒谬性，还是假戏真做地演下去自欺欺人"（小转铃的豆瓣日记里转来的）。宝贵的是非之心真的很宝贵，很多人连好歹都还分不清呢，就像囊中之锥，如果不去行知是非之事把它使出来，不仅被白白浪费了，还会不断戳痛自己。

就像你现在，其实心里比谁都知道这个男人有诸多不好，和他在一起，你的生活只会越过越糟，但还是忍不住要去找他，因为一个人在北京的孤独日子里，他给你带来了有人陪的快感。但你没有痛下决心去断绝关系，现在就被你自己的知是非之心给戳痛了。老实说，这种痛苦一般都远远超过之前和他在一起的快感，真真不值。说得严重点，这有点像吸毒的人，吸毒带来的麻烦远超过那三五分钟的快感，但吸毒的人就是要去，因为他们忍不住，他们是没有节制的人。

一个人的成长就是一个驾驭本能的过程。有节制的生活是很值得赞许的。有节制，我们才不会让那个潜伏的可怕自己突然做出不可估量的坏事，虽然那个自己会时不时想折腾（不过，想让他彻底不折腾也不可能），但有节制的生活，可以有效地让他的折腾减少很多破坏力。这是一种需要长期培养的能力，但最需要的是咬牙鼓气，要从脚下做起。比如说你，现在就去把他的一切联系方式全删了，就是可喜可贺的第一步。不要给自己找理由说"万一以后有急事要联系"，相信我，世界上没有什么非得要联系讨厌的前男友的事。除非你中了五百万打电话过去气他，但考虑到此事的几率如此之小，还是可以放心大胆地说：世界上绝对没有什么非得要联系讨厌的前男友的事。

祝夏天凉爽。

Daisy

彼此合适，才能彼此收割

啤酒酱鸭块说：

女神，你好。

事情是这样的，我有一个相处了近四年的男盆友。

我们认识十几天就相爱，订婚了，然后我随着他来到北京，一起住。

开始我们都没有什么钱，他想给我买戒指，我说算了，等你找到工作，第一个月薪水给我买吧。

但是他没有。我也没有介意，这样过了半年。

他都没有提及戒指的事情，即使我们无数次路过珠宝城和专柜。

又过一年，说结婚，他推迟。

见了家长，问及结婚事宜，没有回答，沉默。

反正他的态度就是，我爱你，我要和你结婚，就是不知道什么时候。

我想到分手，他不愿意。我现在很痛苦，我很想要那个答案，什么时候我们结婚？？我变得越来越没有安全感，见了他也觉得心烦，无法平静，我越来越想知道这个答案，可问他，他就看着我说不知道。再问，他就沉默。

我快疯了。这样的心理究竟是什么心理！！！

PS：他跟以前的女友七年分手了，是因为他女朋友等不下去了，后来分开了。我很害怕我的结局会和他的女友一样。他女友等到三十岁。

而我已经二十八岁,不小了。我很烦躁最近。

～～～～～～ 我是囤了无数瓶比利时啤酒但又很少喝
眼看就要过期了只好全部拿来做菜的分割线 ～～～～～～

啤酒酱鸭块同学:

关于男人为什么不想结婚,他们自己和外人都有一万个解释,但是不一定都对。我自己就是不想结婚的人,也认识很多不想结婚的人,有男有女,所以现在就把我知道的不想结婚的原因都列在下面给你作为参考。我不认识你男朋友,你给的那个买戒指的事我觉得只是一个模糊的案例,无法窥一斑见全豹,据此判断你男朋友的性格。不过你认识你男朋友,你可以和他认真谈谈,看看他到底是以下哪个(或者哪个都不是):

我见到的不想结婚的人经常是因为:

1. 童年阴影太重,对家庭没有归属感。

我自己就算是这种,我家家庭暴力非常严重,加上我成长时期是中国离婚率暴增的那十多年,当初"先结婚后恋爱"的父母辈们惊讶地发现婚是结了二十年,爱最后还是没恋上,于是纷纷表示不过了。周围长辈聊起别人八卦,都是哪家怎么打架,怎么捉奸,怎么分家产。目之所及内就没见过正常家庭。这种环境下,小孩子产生"结婚也没什么意思"的想法很自然。尤其是自己父母都离婚了的。你可以和你男朋友谈谈他的家庭,看看他是否是这样。至少我认识的源于童年阴影的不婚者都挺难改变,因为太根深蒂固了。当然有时他们会因为意外怀孕啦,外界压力啦,终于鼓起勇气来建设新生活,但大部分情况下结婚都不是他们的最佳选择,除非肚子、压力或勇气噌噌噌猛涨时。

2. 觉得自己条件还不够好。

很多人（特别是男人）迟迟不肯结婚是觉得自己钱还没存够，工作还不够稳定，还没房子车子，怕婚后的生活不够好。我觉得这种是最好解决的，跟他说你不介意就行了。(当然，如果你超介意，那就不好办了……)

当然了，遇上那种不管你是否介意，他自我要求始终就是那么高的，还是很棘手。太钻牛角尖加上自我要求又太高的男人是很难对付的。这也是根深蒂固的。

3. 觉得结婚后就是无穷的沼泽和地狱，就是不想变成已婚男人的。

已婚了下班就得按时回家,周末不能去踢球得辅导孩子作业,习惯"月光"的人得开始每天记账，不能再为哥们出头去砍他的情敌了，老婆会逼你戒烟，此类等等，更别提去泡吧和把妹了。很多人就是不习惯和别人共同生活，一直保持单身还可以轻松自如到七十岁。当然，女友可能会因此跑掉，但他不认为这是个严重的事情，或者他知道女朋友其实也跑不掉了？这些女孩有些是因为感情，有些仅仅因为"已经在一起七年"的沉没成本。总之不管如何他的态度是："我迟早会和你结婚，但我现在真的还想当一个男孩"。

4. 没有阴影，没有童稚心理，成年之后他的观念就是：婚姻不是必需品。至少不是他赞同的和想追求的。

5. "现在这个阶段是我事业的上升期……"

这个不说了。

6. "其实我结婚三年了……"

这个也不说了。

7. 他是特工。几乎不可能安家。

8. 以上所有的综合。

9. 其他原因。

不管什么原因,如果你真的很想结婚,很在意结婚这件事,那就最好早早确定对方的婚姻观,否则会非常麻烦。就像你要去店里买个贵东西,最好先确认人家有货,不然早早地提了一大堆现金去了那里发现今日歇业。时间感情都进去了,却面对的是无望的结果,能否满足你最大的诉求——结婚,全看对方能否人品爆发,或是你是否意外怀孕。这完全就是在赌嘛,先把风险排除些不是更好?

就像我一个不婚者绝对不和结婚狂谈恋爱一样,哪怕他是吴彦祖也不谈。真的很在意结婚的人,最好离那些坚定的不婚者越远越好,不管他看上去多迷人。(不幸的是,你男朋友和前女友七年没结婚,怎么看也是个坚定的不婚者……)不要想着靠自己的温柔贤淑、努力耕耘啥的感化对方,就是最勤劳的农民伯伯,也不敢对着一块没啥希望的的荒芜土地说:我一定能通过汗水让你亩产万斤!他宁可花时间去找块地肥水美的园子。不要用农妇下田的态度谈恋爱嘛。

和彼此合适,最基础观念接近的人在一起,才能彼此收割。

祝夏天不胖。

Daisy

"快进快出" 第四期

家常春饼说：

现在的问题：喜欢表妹，表妹喜欢我，并且有过性关系，并且互相十分依赖，并且父母知道，并且父母强烈反对，并且母亲还以断绝母子关系相威胁，怎么办……

答：

据我所知香港法律是允许表兄妹结婚的。所以你们真的打算在一起，可以考虑移民香港。

父母那边，我觉得法律许可了你父母会松口很多。大部分时候，中国人对表哥表妹不是那么反感的，主要是考虑法律问题以及后代问题。

你算幸运了，有些父母是不管孩子跟什么人交往，只要他不满意，就会以断绝关系为威胁。你都要加上"本地法律不允许"这一条时，你妈妈才祭出这招大杀器，说明你妈妈不是太不通情理的人，多沟通一下吧。

熏鲑鱼说：

一个认识八年的好朋友，以前互相不是对方的菜，各自也有男女朋友。半年前我失恋失业陷入低潮，抑郁的时候全靠他的疏导。开始我没有感觉，随着交流越多，他开始追求，我也渐渐地开始喜欢他，可我出国的签证马上下来，年底就要出国，两年，这一切他都知道，他对我很好，不会说什么，而我却不知道如何处理我们之间的关系。

答：

依我看你对他的感情更像是依赖。我觉得如果你要出国要独立要有自己的新生活，摆脱依赖状态很重要。两年时间说长不长说短不短，你们的变化可能都很大。可能等你的精神人格什么的都独立了，你又不喜欢这个男人了。

不摆脱依赖，我们都只能和自己的心理医生结婚了哇。

大张海苔说：

我今年二十二，从来没有和生活中哪个男生认认真真手牵手谈过恋爱，只是有过网恋和几次暗恋。高中的时候觉得周围的男生太幼稚，大学时也没有遇见合适的，所以一直没谈。现在工作了，觉得要恋爱更不容易了，也更不容易动心了。觉得对恋爱这件事越来越有障碍了，越不选越怕选错，自己条件一般，长相身材都只是中等，小有一点才气罢了。也许是潜意识里要求太高，自己不喜欢的异性我都不考虑，想到要和他们亲密接触就很难受。我喜欢的通常不喜欢我。这种眼高手低到底要怎么办……我实在是没法让自己将就。

答：

这倒谈不上眼高手低。只喜欢某部分男人，就是对某部分男人无法动心，这是任何女生都会有的状态。你的要求未必很高，只是从来没谈过恋爱，所以没有经验，越没有经验越怕失败，恶性循环，就像我上周吐槽的："别人没有百分之八十的可能跟你天作之合，你就舍不得跟人搭讪。"

先别想到那么功利的交往结婚问题，先从锻炼怎么和异性接触开始，这是基本能力，有了这个再说别的。这样目标放低一点，你的压力也会小很多。就像先学会怎么算账了，再去炒股。

羊肚菌烩豆腐说：

您好，我有个喜欢的人。告白过，他没有答应，也没有拒绝，就这么一直拖着。我好几次想放弃，但是只要一对他冷淡，他就表现出各种哀怨，我明知他是拿我做备胎，但是心里还是喜欢，请教女神，我该怎么放下对他的感觉呢？

答：

拿你当备胎的人都是不值得爱的人。他不仅不爱你，还不尊重你，不把你当个活生生的人看，而把你当成冬储大白菜，实在买不到新鲜的了才吃你一口。

更重要的是，不要指望熬几年下来备胎就能翻身。因为冬储大白菜存得越久，人反而越不想吃。

你要是愿意一直雪藏，一直流失水分变成一个干巴巴的怨妇，你就继续想着他。如果不想这样，就马上拍拍屁股走人，删掉一切联系方式，离他越远越好。

他妈的这男人真不要脸，又不是他女朋友，人家想走就走想冷淡就冷淡，他哀怨毛，哀怨个鬼啊？好意思么他。

柠檬焗鸡说：

女神，习惯性独立，并且做事略男性化的女娃是不是不招男人喜欢？如果答案为是，要怎么调整自己？多谢。

答：

答案是：有男人不喜欢，但有男人喜欢。就像不独立，做事略女性化的男人，还是会有女人喜欢他一样。

如果你喜欢现在的方式，没必要调整，尤其是为不喜欢你的人调整。因为你怎么也二十了吧（我猜的），调整再辛苦，他们也会嫌你娇弱得不够天然。

世界上男人有三十五亿，但是你只能和其中一个在一起，他喜欢就行了。不用管其他的。

虾子花胶拼爽蚝说：

最近有个东亚留学生貌似看上了我……他忽然跟我打招呼、发短信（我没回）、偷拍（被我发现了拿过来删掉，然后他跟我不停道歉）、上课盯着我看……我们的对话因为沟通障碍被同学各种爆笑。总之就是那种像蚊子一样挥之不去的存在！

我无法接受他，但是我很困扰。我觉得我的态度很明确，可他就是兴高采烈我行我素。

其实我很羞涩啊！从小到大一直是以逃避、装面瘫、三十秒拒绝电话来躲避那些追求者。不知道该怎么大方得体沟通达到拒绝的效果。害怕追求者的心态是不是有病啊？！谢！

答：

害怕不喜欢的追求者是人之常情，害怕喜欢的人来追求自己是傲娇。但就算是傲娇，都不是有病，所以放心吧。

考虑到你说这个男生脸皮比较厚，兴高采烈我行我素，大方得体的拒绝就是不要躲，而就是要在人最多的时候，平静礼貌地告诉他：谢谢，但我不喜欢你。你这样做我很困扰，也影响我们之间的友谊，停了吧。

还有……咱们自己就是东亚人啊，你说东亚留学生……难道你是 foreigner 么？哇！有外国读者写信给我！！这和有妈妈辈的人看我的豆瓣一样拉风啊！！

中东口袋饼说:

我现在在魔都读本科,遇到了形形色色的女孩子,其中有不少有好感的,但是我不知道真正喜欢的是怎样的。曾有过下定决心去追的,但是几周之后突然感觉没意思就放弃了。

后来这位同学有了男朋友,我却没有一点不开心,我就知道自己其实不喜欢她。现在又遇到了类似的情况,她是豆友,我该如何确定自己真的喜欢她呢?从前我一直是学习考试看各种书,没有这方面经验,见笑了。

答:

真正的喜欢就跟性高潮一样,它来了你自然确定就是这个,哪怕你从未听闻性高潮是什么。

既然你有这个问题,那说明你从没有过激烈如性高潮的喜欢。没关系,等等吧,早晚的事。

火腿冬瓜夹说:

相亲对象有过婚史,跟前妻认识十多年,恋爱一年后结婚,据他说结婚后一个月前妻与她EX复合,去年底夫妻感情破裂,今年九月办离婚。我恋爱经验少,已与他见过三次,还算投缘,但几乎被所有人反对与之交往。纠结两点:一是自己能否面对外界压力,二是对他来说时间间隔较短,EX的影响会否深远?

答:

才见三次欸……还早得很呢。多在一起一段时间,你还会看到更多他的优点和缺点。那个时候你要纠结的更多。你只说投缘,没提到你喜不喜欢他。若喜欢,就继续交往一段时间,了解了这个人,把优缺点都看完了再慢慢分析吧。为喜欢的人,值得花几个月时间。

若不喜欢,觉得有现在的两个问题已经够烦,不值得再花时间精力和他交往三个月,那就算了嘛。对不喜欢的人,再小的成本都是重担。

脆绍面说：
　　男友是忠诚的基督教徒（美国人），我不是。为此发生过争吵。我在慢慢了解，向其靠拢。但又觉得很无助，内心里其实不是自己感兴趣的东西。也不晓得最终会不会因为这个分手。我们其他方面都挺好的，他人也挺靠谱的。但他说过不会娶不是基督徒的人。怎么办？

答：
　　这个……真没办法。
　　比如我在的教会里，若有人发愿只和教徒结婚，那就算是牧师来拿着《圣经》，引经据典给他讲一百次老婆是不是教徒无所谓（而且一般牧师不会这么做），他还是要这么做的。因为他觉得那是他对得起神的方式。
　　给个中国特色的解释，一个人若非要出家为僧，你给他讲一百次尘世多快乐，有老婆多好，他还是不会听的。那也是他心中的对得起神的方式。在任何宗教文化里，神都比老婆大啊。

意大利饺子说：
　　我有个关系很好的类蓝颜A，最近觉得喜欢上他了，但是他刚有女朋友俩月左右，他们是朋友介绍认识没几天就谈了的。现在我真心有点吃醋，不过也没表现出来，但是有时候会忍不住去偷看那姑娘微博。A是那种犹豫不决不坚定的人，本身我是很不齿这种人的，但这又给了我或许可能插足的希望。该抢一把还是就算了自己憋到内伤？纠结爆了，求女神吐槽。

答：
　　老问题。还是给老解释：你倒不是多喜欢这个男人（你也说了还有点不齿他那类型），而是你被另一个女人比下去了，这点很难接受。而这个男人因为存在竞争，所以也显得价值更高起来。不要为了一个女人去选了不对的男人嘛。

八

这个世界上的男人和女人

硬邦邦的母亲

在电视上看到郑佩佩的采访。你们知道，四十年前，她是香港最漂亮的女星。追的人也多，似乎还陷入过三角恋，最后挥一挥衣袖不带走一片云彩——和一个圈外的富商结婚，结婚后退出影坛，默默地在家相夫教子起来，比她稍微年轻一点的林青霞也走了同样的路数。

只不过林青霞看起来要好命一点，生了两个女儿后，成了悠闲无挂碍的富太太，前段时间还一来劲开始玩微博。记者问她还想拍戏么，她微笑说不在计划内，"没有戏瘾"。

郑佩佩则是另一个故事：二十五岁结婚后，生活的主题便只得一个：苦苦求子。她在十五年间，怀孕了十次，却不断流产，流产之后，屡仆屡起地继续怀孕，继续流产——斗战胜佛大概也就这样了。最后千辛万苦，生得四胎：三女一男，她比我妈还大几岁，她最小的儿子却今年才大学毕业，可见她到什么岁数还在搏命怀胎。最后儿子生下来，了却了中国传统家庭的一块最大心病，一口气喘出来了，丈夫却还是要和她离婚。当时是一九八七年，她息影十六年后，被生育和家庭折磨得憔悴不堪的半老妇人，晦暗地回到当初离开的香港。

故事到这里，已经是非常血泪的薄情男人苦命娘的俗套。那天做节目时，不知道是不是她女儿也在场，她不太好出恶言责备女儿爸爸，又或者她信佛，不肯犯嗔戒，主持人诱导性问起前夫在这桩公案里可有不是，她只说"缘分到了"。这是一个常规的，解释一切难题的发言人式的说法。不过谈到离婚的一些细节时，她还是透露出了一些端倪：夫妻俩已经感到日子过不下去，但为了家庭完整还是选择不离婚只分居，"直到她（她女儿）爸爸有了女朋友，我才觉得这个婚该离了"。至此，大概脉络已经呼之欲出。但看她还是一副平静的"君子绝交不出丑言"的自重表情，真是觉得她好生坚硬。

但她下面说的一句话令我愣了一下，主持人问到当时离婚时为什么不打分家产官司，她斩钉截铁地说：离婚无非两件事情最要吵，一个钱，一个孩子，孩子和钱，我一个都不要。

这……该怎么说呢,在中国传统的价值观里，不要钱大概算某种风骨，中国人就喜欢看人家受穷却不要钱之类矛盾美感。不要孩子……这大概不在中国传统价值观范畴内。关于破裂家庭下的亲子关系，中国人最喜欢的剧情是贾静雯那种，和前夫争女儿争得声泪俱下哭天抢地，却依然求不得。在绝望中苦苦挣扎的母亲，这是大家多喜欢的凄美画面。如果一个母亲，她胆敢说"我不想要孩子，只想离开这么可怕的生活"，那她即使再惨，也不能有太大道德优势了。

中国人喜欢的逻辑是"宁可要讨饭的妈，也不要当官的爹"，因为大家相信：你妈只有一口吃的也会给你。事实上，大部分妈也是这么做的。我不知道这种行为有多少真是本能，有多少是社会强加给你的义务。一个男人抛家弃子，固然也会被社会指责，比如民间故事里，大家还让抛家弃子的陈世美被狗头铡铡了，但是一个抛家弃子的女人，和男人遭受的是不同的，另一种更深的指责。

这么说吧，社会认为，顾家，是优秀男人才有的表现，是一种彩蛋，得运气好才有。男人不顾家，一般肯定算是"不优秀"，但还不至于天理不容，在某些极端情况下，我们还很赞扬男人不顾家：某革命领袖为了打仗没管过儿子啥的。后者甚至会被当成某种伟大情操。如果一个男人非常顾家，非常热爱和享受家庭生活，那他的评价则变得十分微妙：如果他有钱，可以当做附加值加几分，如果他没钱，这种品质则变得毫无价值。

而女性，社会给她一厢情愿的定义就是"女性必定热爱和享受家庭生活"，尤其是，她一定热爱孩子和育子过程。如果她完全不喜欢这件事，其他事情明显看得比这件事更重要，那就不是"不优秀"，那简直就是违背人的天理，就是大逆不道。女性自己的自由、独立和幸福，在她的孩子面前，是要无条件退让和回避的。钱钟书说孩子才是真正的一家之主，诚不谬哉。尤其是对女性更是如此。如果她坚持不肯回避，显得心如钢铁，那一定是个可怕的，违背 X 染色体的怪胎。

"我的体质太硬，怀不了孩子……"郑佩佩自己说。她确实是如钢铁般坚硬的女性，一声不吭地去撞了结婚的南墙，又一声不吭地去撞了离婚的南墙。离婚后回到香港，因为没钱，租不起房子，只能住在佛堂里，基本算是救济站居民了。给美国的孩子们打电话，只能打公用的——旁边和她一起排队的都是打电话回老家的菲佣。接受这个采访时，她已经六十五岁多了，还在租房子住。就这么着，她还是挣扎着熬出来了。这么硬邦邦的母亲，她女儿是什么感想呢？她的妈妈是个传奇，她自己真的享受"在传奇的身边"这一过程吗？她向往过不坚硬不自由、会哭哭啼啼却不会离开她的母亲吗？那个节目没有给她女儿太多戏份，所以无从得知了。说来说去，人生总是满不了。你的任何行为，都必然造成一边天堂一边地狱，你只能选择地狱甲，或是地狱乙。

小顾们还真是多啊

老六（张立宪）谈到自己的女哥们严歌苓，说最喜欢她的《小顾艳传》。老六认为，小顾这个形象，实在太太太典型了，总结下来就是："家里买得起一斤肉，她也只买三两，然后全让给丈夫孩子吃，再被自己的高风亮节感动着"。小顾的丈夫对她说："你就是要演苦肉计给人看"。严歌苓自己也总结过，小顾的问题，就在于她一辈子都在"市恩"，给自己创造道德优势，用苦待自己来绑架他人。

无数的中国女性就是小顾这个模子。我们从小就听老娘说："你看看你的书费学费，我又少买多少件衣服／加多少小时班"，"要不是为了你，我和你爸早离婚了"云云。我们今天知道，这种可以把负罪感、责任感加到别人头上的言论是很不负责任的，但耳濡目染下来，我们不仅习惯，自己甚至都学着做。因为在中国，或者说整个东方不平等的男女关系下，女性想稳住一段男女关系，真没什么别的好路子走，只有绑架一条路。我刚跟 Verla 君在一起时，吃饭老给他夹肉，其实都多得吃不完，嘴上还要恬不知耻地说："来，大块的给尼酱吃"，其实都切得一样大。等我自己发现这是一种无意识的市恩或是绑架后，就尽量少做或不做了。

但类似例子层出不穷，有次在颇高档的 shopping mall，看到一对衣着光鲜的男女，两人看上去都是一副年轻有为、坚毅果断的社会精英范儿，手里提着几个高级男装的袋子。我听见女的说："哎，给你买了这些,我又只能少买两个包,中午工作餐吃简单一点,少跟姐妹们去玩两次。"男的一脸讪笑。我非常惊讶这样看上去非常独立、有能力的女性,她随时都可以离开这个男人也能过得很好,却依然有绑架对方的意愿,依然对男人采取这么老土的市恩的办法。

不过今天算是更开眼了,因为更有钱、看上去更不需要依靠男人的女性,也还是这么做的。下午竹林桑发过来,六六的微博说:"《母亲》:去商场买游泳衣,嫌贵,遂决定孩子们游我看衣服。给儿子买夏令营课程价值十五件游泳衣眉头不眨。友至中年没一件奢侈品,去店只看不买。女儿每年环球旅行一次价值两个LV,且不惜血本供读艺术院校只因孩子喜欢。要对母亲好些包括婆婆,每个母亲对子女都倾尽全力。"

我是真不喜欢这调调。秀什么损失啊。真是拿着肉麻当骄傲。想来六六也出国多年了,怎么弄来弄去还是小顾那点本事,就算里外都换了洋货,架势还是个九斤老太。我又要说那句了:土就是土,封建就是封建,这和你念了多少书、挣了多少钱、认了多少人、走了多少地之类的没啥关系……可怜她的娃们都不是中国籍了,还得继续受这种历史悠久的好传统的气。竹林桑说:"我倒真的不觉得小孩需要几千块的游泳培训,最需要的是这种自我感觉良好的妈妈少叨叨两句。"诚不谬哉。

一个太多了，另一个就吃不下了

有姑娘写信来，内容涉及一夜情问题。老实说我从来没试过，不是我不想，空窗期时真想过，乃是我的姿色不到位，根本不会有人对我有念头的——在看了我的腰围之后。不过和姑娘们八卦聊天时，发现此类事情越听越多。姑娘们空窗期似乎都会用此作为缓解，可想至少也有数量等同的男生们采取同样态度吧。但好多姑娘们都跟我谈过同一个事情，就是一夜情之后感觉还不错，所以就有了N夜情，N夜情之后，感觉仍然不错，就发愁了：要不要和这个人谈个恋爱呢？炮友真的能终成眷属么？自己不大相信，要真放弃这个人呢？又舍不得，这人还不错啊，挺好的。恋与不恋间，妾身千万难。我估计有不少男生也有同样的问题。

炮友能不能终成眷属，这个我真的不知道，成了眷属他们也不会告诉你的，你见过哪个结婚宴上新郎新娘介绍认识经过时是说："我们先是网友，后来成了炮友，然后成了夫妻"，他们最多说：啊，我们是豆瓣网上认识的，谢谢豆瓣网的"深圳单身MM"小组和白石洲的7天连锁酒店。所以这不是我今天想说的重点。

我想说的是，这种对恋爱想尝试又不敢试的态度，让我想起十几二十年前国人对待性的态度，那个时候已经可以人人都谈爱了，但是不见得人人都敢谈性。姑娘们要羞羞答答地写信给知心姐姐：两个人感情十分到位啦，昨天他突然摸我，哎呀好羞涩！他是不是个色狼呀，虽然摸得我挺舒服的，但难道我要让他的欲望玷污我们纯洁的爱情吗，我该不该甩了他呀？二十年过去，未来的主人渐成翁（我用这个句式已经用到自己都不好意思了），现在伪知心姐姐女神我，收到的问题则完全是反过来的：两个人搞起来配合得很好，平常搞完就各自穿衣服回家了，可昨天他搞完居然和我聊天了！还聊我的中学时代！！聊得我都想哭了，怎么办呀，难道我要和他谈个恋爱，让感情玷污纯洁的炮友关系么，我该不该甩了他呀？

这样说起来，进步了这么久，大家的幸福度还是没提高多少，爱和性，总有一个战战兢兢不敢碰的。全看当时哪个是禁忌。一边太容易吃饱吃腻，另一边的菜就不想碰也不敢碰了。然而这道禁忌的菜，总是闪着火锅一样的诱惑光芒，却有烫嘴的杀伤力，让你心里小鹿乱撞。在过去，性是火锅，杀伤力在于堕胎、逼婚、被街坊邻居笑。今天那盆辣辣的汤里煮的是恋爱了，杀伤力在于失败了会很难过，浪费时间，耽误工作伤身体，骗财骗色。甚至堕胎都不再是禁忌了，我们有多好的安全套和毓婷啊。当然，我觉得其中最大的风险还是会难过，而且是非常非常难过，而今日的快感，包括性快感，是如此多如此容易拾取，我为什么要去冒难过的风险呢？

不知道是不是我多心，反正问我这类问题的姑娘们，一般都没有特别顺利甜蜜的恋爱史。有个一直没谈过恋爱，有一个的前男友是不咸不淡吃吃饭拉拉手上上床，双方生日都不想去记的那种，另一个遇到的全是王八蛋恶心男人，还有一个和男的纠缠了半天才发现对方有个上幼儿园的儿子了，还舍不得放手。其余的没说清楚情况，是不是也是不大愉快的经历呢？已经多少有点怕男人了，但是又不想对他们彻底绝望。我们离不开性，我们也需要爱，可是爱老在火锅的氤氲里若隐若现间，我该从哪里下嘴呢？

老实说，我也不是很清楚。

那些急于逃脱控制的女孩们

伊丽莎白·泰勒有一个无所不能的老娘,和一个无所谓的老爹。老娘结婚前是芭蕾舞演员,像她那个时代所有女性一样,结婚后就归隐了,但是她不甘心,后来发现可以在女儿身上实现自己的梦。女儿五岁起,她就带着她不断出现在各种片场、聚会、试映礼上,向大家展示女儿罕有的紫色眼睛。她的努力最终如愿以偿,女儿很快成为童星,再顺利过渡到明星。

这一段时间里,女儿的演艺生涯和生活全部是由她来安排的。不久她主宰了女儿的第一次婚姻,对方是希尔顿家族的一位成员,无所事事的二世祖,和女儿年龄相当,看上去也般配。然而这段婚姻不到一年就结束了。女儿开始拼命追求大她二十岁的制片人,"恨不得把爱的表白写满全世界"。那个年月这种女追男的戏码不多,制片人很快就带着婚书和电影公司优厚的合同带走了泰勒,她通过婚姻,从此彻底摆脱了母亲的控制,当然也经历了一次次的离婚。

说这些是因为最近看到桑兰的案子。有趣的是,她也是一个急于逃脱控制的女孩。整个案子里,被质疑最多的就是桑兰的男友到底是什么居心,在这个过程中到底出了什么力?毫无疑问,桑兰对他表现出了毫无保留的信任,这让大家怀疑桑兰被他利用了。

但我想说的是,像桑兰这样从小就被体制、政府和监护人牢牢控制的人，其实她心中的反抗情结是早就堆下了，不是无源之水，不是说在谁的挑拨下才产生，它一直存在，只等着时机成熟时被唤醒。

很多人不了解中国的体育体制，孩子们进了这条道，就没有最基本的生活和教育，一切只为金牌，才能在生存率是几万分之一的体制里不被淘汰。所以当年乒乓球队的马琳，二十好几的人，居然"不知道领证就是结婚，以为摆酒才是结婚"，听起来荒唐，但对从小与世隔绝只训练的人来说没什么奇怪的。有兴趣的人可以去看一些纪录片和新闻报道。

桑兰也是在这样的生活里长大的，法西斯式的训练教她努力和服从就是一切，她一直以来也服从着一切。十七岁受伤后，她的监护人成了刘国生、谢晓虹夫妇，这是体协给她安排的，甚至没有问过她意见。刘谢夫妇不让她出门，不让她在被采访时说出实情，她都一一照办。所有的烟下面都是火啊，质疑和不满的种子已经撒下。等她长大了，见识广了，就做好了翻身的准备，这个时候有一个男人出现，告诉她你以前受委屈了，现在我会保护好你，帮你一一讨回来，她怎么不对过去反攻倒算，怎么不对那个男人言听计从？大多数急于逃脱父权控制的女孩都是一样的，必须以一个男人为爆发点，并像以前服从父权一样，服从这个男人，因为她一直在服从，从没学过真正独立，现在想独立了，还要通过服从另一个人的方式。想逃脱控制，却投进另一个控制里。

约会就约会，聊人文关怀作甚？

　　昨天傍晚的公交车上，挤满了下班的憔悴青壮年。所有人都死气沉沉。有一个姑娘，站在离我不太远的地方，很清楚听到她打电话，大意是邀请对方一起看电影："我在公交车上看到广告，片名我没看太清，但是看到是顾长卫的片子，主演是章子怡，要不我们一起去看吧？"她很礼貌地说。听语气不像是打给自己闺蜜，打给自己闺蜜一般是："欸，周末有事没？一起去看电影，不去片了你。不去？！你要陪你男朋友？妈的见色忘义！！"所以估计电话那边是一个男的。这么礼貌，估计也不是男朋友，顶天就在暧昧期吧。

　　结果对方应该是拒绝她，因为她马上就急切地解释起来了。我看着姑娘长得也不难看，打扮得还挺好的，估计这男的是真的不喜欢她吧，暧昧机会都不给。"顾长卫的片子都拍得不错，我觉得有人文关怀，应该挺好看的……"她向对方解释道。之后她花了好几分钟就一直在分析这个片子的卖点在哪里（当然，翻来覆去就是"人文关怀"），但是既然她解释了这么久，说明对方也拒绝了这么久。我一来觉得这男的心真硬，就看个电影人家能吃了你么，二来又觉得这姑娘真可怜，要可怜巴巴地求一个男的一起去看电影。我不是偏袒同性，但是我觉得姑娘们可怜起来就是真可怜。这太苦逼了。

　　但是再仔细一想，我要是男的，也觉得不会和一个要我去看"人文关怀"电影的姑娘约会的……暧昧期的男女,去看人文关怀、社会大义的片子,这太扯了。就该看看什么《单身男女》、《游龙戏凤》之类的玩意。轻松调笑,看完了两个人一起快乐地吃点甜品宵夜,消遣下刚才片子的植入广告和冷笑话,这不是很美好的一个夜晚么。暧昧期啊同学们,又不是老夫老妻,这么轻薄甜蜜的时刻,干吗要用思考现实的钢针刺破它呢!就是看《无间道》和《盗梦空间》都悬。你还去看艾滋病人结婚后嗝屁的苦逼片,你这是作死啊!!!

总之女生们邀请男生去看人文关怀大片,就像男生邀请女生去看《肉蒲团》一样,若非特别投缘,否则对方都很难和你一样 high,还要兼带怀疑你的人品和智商问题。大家还是老老实实去给中等烂片奉献票房吧,中等烂片的存在价值也就在于此了。记住是中等烂片,不能是大烂片,如果哪个男的带我去看《三枪》和《刺陵》,还在旁边笑得咯咯咯的,我宁可去圆筒艺术中心看《定西孤儿院纪事》看到胸口插刀呢。

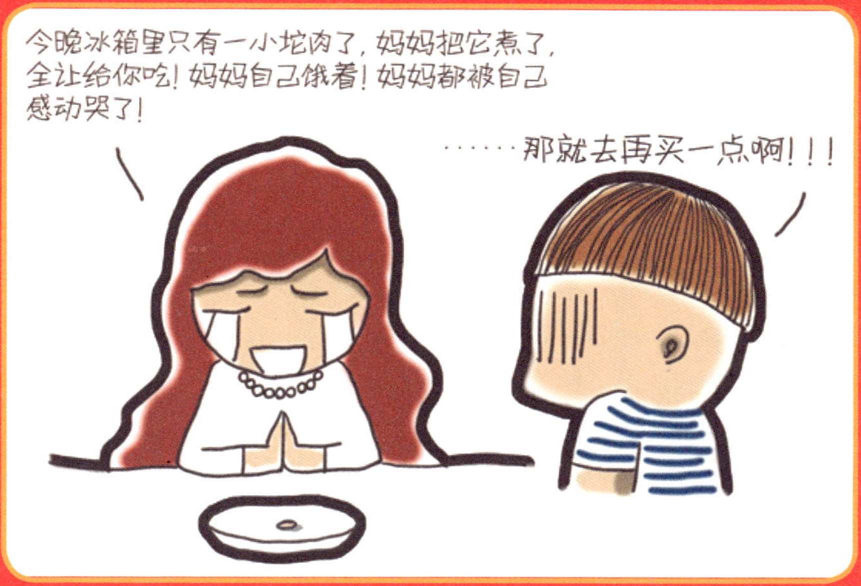
今晚冰箱里只有一小坨肉了，妈妈把它煮了，全让给你吃！妈妈自己饿着！妈妈都被自己感动哭了！
……那就去再买一点啊！！！

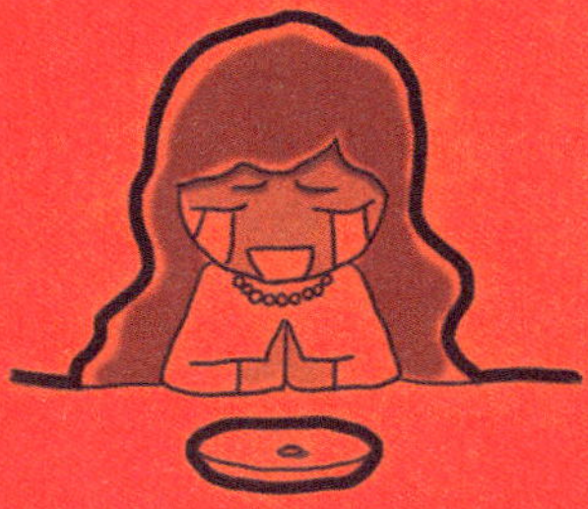

为什么他不愿意和我看电影?
《四百击》那么有深度,他为什么不愿意和我去看呢?
《八部半》那么有代表性,他为什么还是不愿意和我去看呢?
《东京物语》那么隽永,他为什么还是不喜欢?
《十二怒汉》堪称编剧的最高峰,为什么他死也不看?

全世界男人还包括你爹啊亲

和小霏同学聊天,说到她的倒霉前男友,此男的毛病之一是太爱玩,蒲吧:打游戏之类的一上身就没完。自己还不挣钱。一说他,他就理直气壮地说:全世界男人都这样,没有例外,我不算厉害的。无独有偶,小霏同学有个闺蜜,经历差不多。她的男友的毛病是劈腿。一说他,他也是气定神闲地说:全世界男人都这样,没有一个不偷腥,没有一个干净的,只不过都装伪君子,别人不知道罢了,我还诚实一点,都老老实实告诉你,算不错了。

这类例子太多了。有趣的是,所有采取这套说辞的男的,全部都是一副不容置疑的口气。某些最不要脸的还看着你的眼睛,无限尔康地说:相信我,我是男人,我比你更了解男人。于是好多姑娘听到这类话就哑了。老实说,放我以前也哑了,心想大概他说的也有道理吧。放今天多半一句顶回去:那我还该庆幸了,还该发你枚人道主义勋章了?

其实我是满佩服用这套说辞的男人,因为仅就这些话表达的意思而言,他们毫不犹豫就把三十亿同性群体扔在了烂人的地位,这么广的打击面是需要冒天下之大不韪的。更有勇气的是,他们为了给自己贴金,还勇敢地把自己放在了同性群体的对立面,申明自己可是略高于这些烂人的,直接树敌三十亿。你可别真的相信他们有这个勇气,事实上,他也就敢在你面前吹点牛皮,撒点小谎。让他有种也当着他全体兄弟哥们,和兄弟哥们的女友老婆的面一字一顿地说：全世界所有男人，包括这些男人，个个都偷腥且装逼，我比他们还好点。你信不信他一个字都说不出来。

干着混蛋的行为，不承认这是因为自己有个混蛋脑袋，而是声称自己的混蛋是从基因里带过来的，不要怪我，怪上帝造男人造得不好去。好像只要有Y染色体一天，自己就有义务混蛋一天。最最混蛋的是，这套说辞不仅仅是用来推卸自己是个流氓的责任，还抹杀了对方的一切希望：看不惯我？想分手？分吧，我告诉你，全世界的男人都这样，你再找一个也不会和我有什么区别，还是会滥玩／家暴／劈腿／奸懒馋滑／不洗内裤……所以你还是忍忍就跟着我过吧。这岂止是流氓，简直就是流氓。

下次再听到这套说辞，你可以参考以下做法：

1. 用他的卡买七八双鞋子，并告诉他全世界女人每个月都买二十双鞋，没有例外。相信我，我是女人比你更了解女人哦亲。

2. 当然如果你连他的卡密码都没有，只能在口舌上胜利的话，那不妨直接问他：全世界男人还包括你爹啊亲。你爹也每周在酒吧烂醉三次／背着你娘有五个相好／内裤积一个月不洗……？你爹不是男人？要不要我去检查下你爹和你的亲子关系？

那些被拒绝的男人啊，
你可知随地吐痰的杀伤力？

最近有失恋男生跟我抱怨，说自己喜欢的女生多么多么的心如钢铁，对他的谄媚讨好多么多么的不屑一顾。开始还想同情他，可是跟他说了一会儿话后，同情的意愿越来越少：他非常喜欢打断别人讲话，哪怕你跟他说"你等我先讲完"也要不管不顾地打断；随手乱扔东西，甚至别人的东西他也乱扔；我们在街上走，他控诉完那女生一段，就朝路边的绿化带吐一口痰。老实说，到了后面我彻底同情那个女生了，如果一个男的整天追着我死缠烂打，一边表达对我的绵绵爱慕，一边不停地随地吐痰，我越说"你别讲了"他越要不管不顾讲下去，那就算这男的是凤小岳和晋助大人，我都不想考虑了。

这位失恋男自称没念过什么书，(他的原话是"我没什么文凭")，这我不怀疑，从他的言谈举止上看得出来。但就算前二十年没受过什么教育多少有点拖累他，后十年也够他慢慢攒上，笨鸟先飞了吧？又要举到那个老例子，有人给林肯介绍了一个男的来应聘某职位，林肯却把他拒绝了。别人问理由，林肯说：他太难看了。别人惊呼：想不到你也是以貌取人的人哪！结果林肯说：一个男的到四十岁，该为自己的外貌负责了，傻瓜才不以貌取人。其实他说的这个难看，不是说长得多丑，多半还是不干净，仪容不整，搭配糟糕，裤脚下看得到没穿袜子的脚。人活到二十往上，多少也该大体知道社会规则了，大概也该知道怎么做必要的控制和修整，以便在这个世界上更不吃力地生活了。三十岁还随地吐痰和四十岁还穿着短一截的裤子的男人，人不拒绝你还能怎么你。

事实上我这辈子见到的还没怎么相处就被直接 KO 掉的男人，大多就是这类基础事情做得很糟糕。人家姑娘甚至不给你拉手和就床正法的机会，海选都没入就把你淘汰了。之前听过一个姑娘拒绝一个男的，理由是：他把衬衣扎在皮带里，还把皮带扎在胸口上。当年听到这理由时哈哈大笑，别的姑娘都说她淘汰得奇怪，我倒觉得她淘汰得合理。一个皮带扎胸口的男人多半会在三十以后就大跨步变成无敌肚腩大叔，夏天穿着有小洞的白背心上街。因为他不知道什么是难看，什么是丑，或者他知道，但无所谓。除非你对此也无所谓，否则很难不闹心。

两个人相处一段时间才分手的，那多半是性格不合。这不是拒绝，这是好聚好散。两小时内就给你发好人卡叫你滚蛋的，就别再抱怨姑娘狠心了，多半自己身上有严重问题。当然，还有一种例外，就是那姑娘是个极品。但有趣的是，至少我认识的所有被拒绝的男人，都愿意相信自己遇到的是后一种情况：他们爱上了一位挑剔的极品姑娘，他们自己毫无瑕疵，然后打死不改地继续活下去，丑下去。

顺便说一句，那个淘汰了皮带扎胸口男的姑娘，最后结婚了，嫁给了一位喜欢听凤凰传奇、小天王郑源和慕容晓晓的奇男子。这说明眼尖姑娘也有瞎掉的时候。

男人性幻想对象的本体，其实是另一个男人

　　和一个姑娘聊天，说到她刚分手的男友。此君是个颇值得一八的人，他的前女友是个二奶，跟一个三四十岁的已婚大叔纠缠着。这个二十岁的小男人，和已婚大叔争夺该二奶，拉锯战几番后，败北。二奶跟着大叔飘然而去，继续执着地当二奶，挨着正宫的耳光。有趣的是，这个小男人完全不恨那个虚荣爱钱的女人，他恨的是那个老男人，恨他抢走自己女友。此事过了很久了，只要提起大叔还常常谩骂之，还在博客里写"我绝对忘不了×××（大叔的名字），我恨他一辈子"，甚至还经常给大叔发骚扰短信："大叔你现在还阳痿么？"

　　此事再次证明我之前的一个想法，就是一个男人的性幻想对象本体，不是一个女人，而是这个女人背后的男人。他是想用这个女人，来打倒那个男人。这才是男人性事的奥义主题。比如若他喜欢的是一般良家女孩，他想打倒的对象就是她的父兄；如果是有主的姑娘，打倒的对象则是她的男友；人妻呢，就成了她的老公；万人迷啊明星啊AV女优啊什么的，要打倒的则是所有想睡她们的男人们。

　　上面提到的那个小男人，知道自己女友在当二奶，可是那姑娘越往大叔那里跑，他越是一副无怨无悔对她好的样子。其实他知道，在他和大叔的对战中，大叔有金钱上的优势，自己没有，但是自己可以用"对她好"来开辟新战场，所以大叔那边越下注，他这边也要赶紧跟上，最

后两个男人的火拼中全是这女的渔翁得利了。连他后来的女朋友，就是我朋友的这姑娘，看到他把前女友的照片放了一博客，都说"我是因为没别的男人追，所以你对我很不好，那个女的有人跟你抢，所以你就特别金贵她"。唉唉唉，这不是犯贱，这是啥呢。

所以此文的中心思想是竹林桑总结的："所以对于男人来讲，自慰是性享受，性交则是竞争。"果断今日金句啊。

顺便说一下那位二奶姑娘。我开始很奇怪小男生是怎么知道老男人阳痿的，我朋友说，是那个二奶告诉他的。听完之后，我对该二奶的佩服犹如滔滔江水黄河泛滥。此人才是真正的高手，已经到了无招胜有招的地步。你想想，她在小男人面前抱怨老男人性能力差，绝对也在老男人面前抱怨小男人不懂事，毛糙，让双方都达到了精神上的胜利，更加精神饱满地分别为她提供钱和性。这，才是深谙"男人性交是竞争"的骨灰级老怪啊！！这等素质，她不当二奶谁当啊！！金句之王竹林桑不是还总结了么："不要妄图和二奶竞争，职业选手的素质不是业余爱好者可以匹敌的。"

为什么烂男人还是有女人争着要?

这几天忙,看了很多友邻推的一些帖,都没有来得及写我的意见。其中有个挺红的帖是关于正宫斗小三的,说那男人在外面养小三了,正宫没有一秒想过扇男人耳光,而是处心积虑想着怎么把小三往死里整,下面还有另一帮女人看得连连喝彩,个个恨不得自己也伸脚帮正宫踹那小贱人几脚出气。令人感叹中国女性这么多年了还是没长进。

每次说起这档子事,我都要推荐水木丁给《小团圆》写的一篇评论,没时间看也没关系,这篇评论提出了一个痛心的事实:在漫长的男权时代,女人之间没有互相帮助、同情、分享和共同进步,只有敌对、提防、鄙视,和仇恨,说到底就是"厌弃和自我厌弃",女人之间都是敌人——"所有的未婚女性都是敌人,所有的已婚女性是另外一种敌人。"王小波说过类似的话,说在旧式中国,年长女人和年轻女人,只要后者不是前者的女儿,前者就一定要给后者很多罪受,何况还是抢老公的小三?

"抢老公",这个说法本来就很有问题。因为根据这些帖子反应,很多正宫,其实未必多爱老公。尤其是有个帖子里的一对夫妇,双方都忙着做生意,老公常年在另一个城市,一年起码三分之二不在家,就这么过了几十年,等有了小三,正宫还不是暴跳如雷。她有多爱这个男人?她爱的是她的婚姻,男人心在不在,人在不在,都无所谓,但只要有人敢对她的婚姻提出挑战,她就绝不示弱。为什么这么看重婚姻?因为在传统男权社会，女性没有尊严和价值，只是婚姻和生育的一个必需品，婚姻是女性唯一被男人需要，唯一显出"价值"的地方，她自然要死命保住。

之前看过一篇东西，说胡紫薇，一个受过高等教育、干着一份优越的工作、在男权社会的地位都不输给男人的女人，在老公出轨后悲戚地哭道：只要我的婚姻破裂了，我的全部价值就没有了。所以还是回到前几天说的那句老话：土就是土，封建就是封建，这和你念过多少书，见过多少世面，谈过多少次恋爱根本没有必然联系。

就是在这样的土气和封建里，就是在女性们的互相仇恨鄙视里，再烂、再不负责任的男人都会有女人争着要。因为女性没有婚姻就没有价值，他们又是婚姻里的必需品，而且他们不自我厌弃：君不见多少后院失火的男人却洋洋自得，毫发无伤，甚至还产生一点得意的唏嘘：男人不好做啊，家里两个女人争风吃醋，瞧她们这些小女人。在这个语境里，小女人等同于低等生物。都是低等生物了，正宫小三斗争之间就算显出了多大的智慧和决绝，也就是蜗角之争，始终没跳出那个圈。两个女人为了烂男人掐架这门功夫里有再大的本事，我都不羡慕。

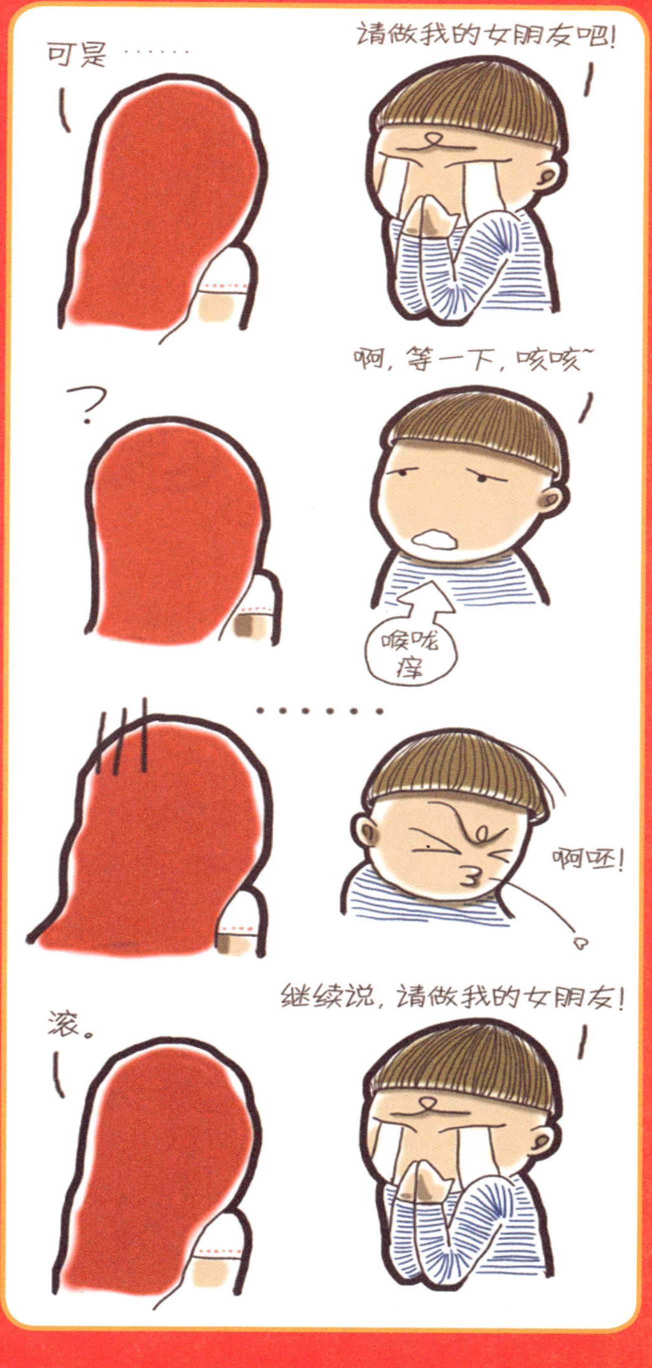
请做我的女朋友吧!
可是……
啊，等一下，咳咳~
?
喉咙痒
……
啊呸!
继续说，请做我的女朋友!
滚。

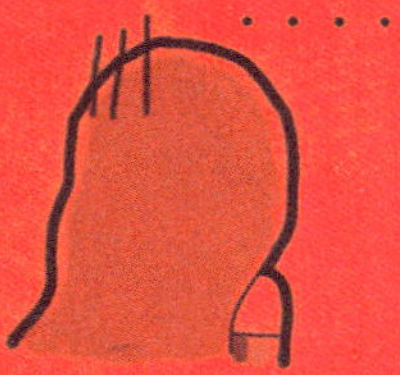
……

……选哪个呢？

二选一永远是难题

前段时间觉得做什么都举步维艰，整天焦躁又低落。自怨自艾起来，常常感叹身边没有超人一样的男人。于是和竹林桑讨论起这个二选一的问题：

你是要一个平时对你嘘寒问暖，两个人把小日子过得活色生香，可是大难临头时傻眼了不知道该干吗的男人；还是要一个平时回家就饭来张口，吃完饭就往死里打游戏，绝不会主动洗碗，不记得你生日，可是关键时刻能够拯救你于水火的男人呢？

这两类男人，近于李碧华说的许仙和法海的区别。"法海是用尽千方百计博他偶一欢心的金漆神像，生世伫候他稍假词色，仰之弥高；许仙是依依挽手，细细画眉的美少年，给你讲最好听的话语来熨帖心灵。——但只因到手了，他没一句话说得准，没一个动作硬朗。万一法海肯臣眼呢，又嫌他刚强怠慢，不解温柔，枉费心机。"

我以前以为女性最终会选哪类，完全是一个随机的喜好问题。后来我发现，选谁完全取决于女性对处理自己生活的哪个方面比较有信心。

比如女性若觉得，平常的日子一个人就是不行，"没有男人的房子不叫家"，大难临头了自己顶得住就顶得住，顶不住了也不用奢求别人，大概多半会选第一种。

若女性觉得，平时没有男人也能一个人把日子过得蜜里调油，而飞来横祸注定是要和别人一起解决的，大概多半会选第二种。

至于我自己，个人意见是这样的。我小时候倒是很愿意选第二种，觉得男人等于是降落伞，关键时刻不出现，就永远不必出现了。若不在紧要时刻用简直就等于没任何用。现在倒更倾向于选第一种了，一来根本不相信谁能在紧要关头立刻突变成 superman，二来如果真是要死要活的大麻烦，自己无论如何都处理不了了，何苦再扯上另一个人当垫背呢？幸福常常是两个人的幸福，苦难却始终是一个人的。

当然，这个二选一很多时候是个伪命题。因为就像我刚才说的，人是个连续函数，没有突变的可能。不会有人前一天还是个拖地洗衣的保姆男，突然就能拯救世界了，有和小怪兽摔跤的实战经验了。真能拯救世界的男人，"怀才就像怀孕"，怎么可能没有一点先兆。也不可能有人平时大事小事都处理得很好，遇上麻烦就彻底目瞪口呆。loser 不用面对海啸和外星人，多半在面对大狗、失业、恐怖岳父时就已经露怯。

我和竹林桑一致认为，流行文化对人最不好的影响之一，就是太多的电影、漫画、游戏、小说之类的，努力让人相信：你不是一个连续函数，而是可以随时基因重组突变的，只要你愿意，哪怕你废柴了二三十年，只要一看到金刚或是外星人抓走了你的老婆女儿，立刻就可以披上斗篷飞起来。于是死宅和废柴们揣着这样的美梦继续宅着。你们就梦一辈子吧，想得美。

九

偏爱这么看

悟空还要悟时代

前段时间看了《西游·降魔篇》，黄渤演的悟空被很多人称赞，但看不少评论还是觉得这一版的悟空实在是太恶了，美猴王怎么能有獠牙呢？怎么会那么凶呢？十多年前《大话西游》版的悟空刚出来时，很多人也说丑化啊化妆是渣啊，十多年过去很多人一看到他就飙泪，想到自己逝去的青春和爱情什么的，此一时彼一时，要我说就是你们真玻璃心。

无论正统学者们多不愿意承认，很不幸的事实是：阅读始终比看电影和看电视吃力，而且触达渠道单一。现代人尤其是孩子们真过一遍原著的机会不大，看到各种电影电视动画里的悟空的机会却很大，他们心中的悟空形象，来源于原著中的成分应该越来越少，而越来越接近各种电影电视里的原创悟空——这些"新鲜的"悟空，常常和原著里的相去甚远。黄渤演的状如乞丐的秃子悟空不是第一个。不同时代会有不同的悟空，何况我们还在一个创作很高产的时代。以后一定会有更出人意料的悟空出现的，没跑。

以前不是这样。在很长一段时间里，八六版的《西游记》一统江湖，每年暑假寒假都会被"血洗"一轮，这一版从造型、情节，到精神都非常贴近原著，中规中矩的四人组形象已经很深入人心，基本不会有人想悟空还有别的可能。大概是在小学高年级的某一天，第一次看到了关于悟空的不同解读。有天在《读者》上见一短篇，名字至今记得：《一只泪流满面的猴子》。在这篇短短的文章里，悟空被镇压后又从良的故事，变得不再那么理所当然,虽然"具有很强的趣味性,几乎欺骗了我整个童年"。在童年结束数年后,作者把这个故事讲给了他的儿子,儿子说"悟空好可怜",他不该和啥都不会的笨师傅去取一本不知道拿来干吗的经书,"他应该再大闹天宫"。作者说,听完后他夜不能寐,最后他梦见了曾经梦见过很多次的悟空的脸,但是,"他泪流满面"。

泪流满面的悟空,这对当时只有十岁出头的小孩来说,当然是很颠覆的形象。原来顺理成章、永垂不朽的所谓四大名著,也有其不大令人舒服的地方。又过了几年,看到了漫画版本的另一个解读:《最游记》,这是颠覆度更大的一部作品,至少形式上是如此。当然,如果你今天百度《最游记》,它会告诉你,这个故事虽然都用的是《西游记》里的身份,但人物设定、故事情节和原版《西游记》没什么太大关联。(这大概是所谓形不散神散?)但在保守的九十年代末,这本日本人画的漫画,和另一部也是改编自中国古典小说的漫画《封神榜》一样,都遭到了很多质疑,甚至是愤怒:主角均为颇有特色的帅哥,白龙马直接变成了吉普车,作战工具是左轮枪等等,很多人不接受这种经典重构的操作。当然后来的事儿你也知道,数年发展下来,娱乐至死的观念已经如此深入人心,神坛垮掉,连 CCTV 都能在《魔幻手机》里让猪八戒打手机了,未来的主人渐成翁,电玩里襄阳喜相逢。

悟空可不可能或者该不该有别的结局?自《西游记》以降,四五百年来无数人写过悟空的新人生。古代人续写的几版,大都是延续其娱乐性,当成志怪小说写,悟空依然是一个义胆忠肝、脾气暴躁、神通广大的猴子,他不管踏上了什么新旅程,任务还是换着花样和各类妖精打架。像今天拍大片一样,怪物、打斗、爆炸、美女、搞笑等是这些书的主要内容,当然,也要背些"正直善良不要受诱惑"的中心思想,但主要还是拿来满足当时闲暇娱乐的需要,和天桥说书人的改编需要。在农业时代,娱乐和想象力都是比较奢侈的东西，详细地描写一个"神通广大的猴子"，已经足够让当时人激动。他只需合格地当好主角旁边的机器猫或口袋妖怪就行。

但现代人的想法明显和过去不同，今天我们的生活里不缺娱乐，光怪陆离已经不怎么能洗眼睛了，饱暖思淫欲，也思哲学啦，人生啦，主义啦之类的大话题。这些年我们对《西游记》的G点明显换到了反抗精神和自我意识这些大话题上。对四百年前"敏而多慧，复善谐谑"却不得志的贡生吴承恩来说，悟空前半生胡闹，后半生接受招安，在体制内稳定下来，又有激昂青春又有铁饭碗，大概算是他能想到的最好的不负如来不负卿的人生？但放在二十一世纪，受了民主自由教育的现代人们觉得这个转变莫名其妙。就像文首提到的，"为什么不继续造反？造反明显更好啊？"是小孩子都能想到的问题。当然，大人可能想得更多，"为啥不继续造反，突然就颓了？颓可不可能是装的，为了应付体制内的生存？"这些年在网络上层出不穷的关于"悟空为什么后半段没有前半段厉害"的解释，反映了人民群众对这个问题的苦苦思考。这么说吧，怎么解释悟空在故事前后两段的分裂，是现代人解构《西游记》时绕不过去的一个点。比如《最游记》里是这么解决的：悟空曾是天界最害怕的妖王，被残酷镇压后，他的全部记忆都被洗去了，五百年后开始新的旅程时，他是个重获新生般的天然呆蛮力小孩，对三藏服服帖帖，爱吃爱睡爱打闹。这个失忆的设定是合理的，否则你很难想象遭受了那样痛苦和屈辱的悟空，能够毫无挂碍地转型成一个五道杠好少年。

再看看国内的几个版本：流传度最广的《大话西游》里，悟空（不是至尊宝）是一个忍受不了师傅唠叨的暴躁猴子，一心只想把师父卖了吃了，然后和牛魔王的妹妹结婚——哦别忘了之前他还玩弄了白晶晶的感情。观音奉命来镇压他时，他一点都没手软地开始对打，眼看就要再大闹一次天宫。这个在取经路上依然戾气很重的猴子，和五百年前一样坏脾气，丝毫不分裂，他一直是野性的。稍晚一点的《悟空传》就更不用说了，悟空已经成为自由本身，无论被踩多少回他都能留着前世的记忆，他的幡然醒悟不是"哦我知道了服个软吧"，而是一次比一次更坚定地明白革命是他的使命，然后义无反顾向敌人发起下一轮攻击："我要这天，再遮不住我眼！"他也不分裂，他一直是自由的。《西游·降魔篇》则走了另一个路数，悟空像美剧里那种典型的变态杀人狂：年轻时凭着一股小混混的残忍和凶狠，"提着两把西瓜刀，从南天门一直杀到蓬莱东路，血流成河，可就是手起刀落手起刀落，眼睛都不眨"，杀出了名号也杀出了麻烦，被锁在防御度最高的单人监狱里吃牢饭。五百年后，靠着狡猾和装孙子，成功地骗开了牢门，闻风赶来的高级探员们惊讶地发现，这个令人闻风丧胆的妖王，是个秃顶、丑陋的小矮子，却比五百年前更残忍凶狠，更难对付。这个让很多人接受不了的悟空至少到这里的形象都是合理而成功的，他也不分裂，他一直都是邪恶的。当然，最后那个莫名其妙的立地成佛不算。

以后也许还会有越来越多的不分裂的悟空被创造出来，可能他们中的一些能完成革命和颠覆，而有一些最后还是要因为各种原因立地成佛，但至少编剧、导演和观众们越来越清楚：要讲明白一个人物为什么这么做，首先要解释这个人为什么这么想。哪怕这个人物心口不一地必须做某些事，他自身的意志和人格，是应该得到尊重被倾听的，而不是不用理会他，叫他顺服于剧情，去当某一个被打了标签的角色就行。这就是三百年来自我意识的进步。

除了自我意识，其实还能看到很多东西的进步，比如性意识。在原著小说中，悟空、唐僧、沙僧三人是绝不近女色的金刚不坏之身，长老的柳下惠程度甚至到了"女儿国中过，片叶不沾身"的地步。至于悟空，他有没有性别都很难说（虽然老鼠精那集里有女妖精伸手去抓他的"臊根"），这三个不沾女色的男人形象是正面的，威武的。而迷恋女色的八戒是一个丑陋可笑的角色，有几次还因为贪色差点误了大事。这是传统的性压抑和恐女症思维，认为女人只会让男人变蠢变笨，男人真爱上一个女人是危险且可耻可笑的。但今天，爱情是一个丰满人物尤其是主角的必需品，稍微酷一点不谈恋爱的男主（比如福尔摩斯）都会被腐女们强加上一段男男爱。所以我们会让悟空和紫霞，玄奘和段姑娘恋爱，还要让他们的爱情感天动地，因为今天我们已经公认爱情是人类的必需。

此外，我对"为什么悟空在大闹天宫时战无不胜，在取经路上就肉脚得要命"这个千古难题有点别的想法。我们一般解释这件事儿都是从体制内的潜规则谈起，但我总觉得除掉那些原因，也有"对外面世界的妖魔化和恐惧"思想在作祟。古中国一直是一个相对封闭的国家，我们对国门之外的一切国家的看法经常是恐惧加鄙视的，说人家是番邦蛮夷、胡子倭人，但是真打起来又经常吃败仗，有一两次还差点被杀得灭了种。不打的时候，老百姓们对什么胡僧之药啊，海外寒铁啊之类的 high 得要命。《西游记》里那些远离国土和首都的妖怪，其实多少带有当时的人心中西域诸国的人的影子：是一种古怪的强大，不仅代表国朝正统力量的唐僧闻所未闻，连强大的悟空在各种奇技淫巧面前，都经常要栽两个水土不服的跟头。但这些强大都是花架子的假强大，我们这边永远是内力深厚的真强大，不过没关系，最后总能战胜蛮人，这才是不变的核心。老实说，今天还有很多国产剧依然在沿用这一思想。

真要细细想来，可以用《西游记》把整个中国社会滤一遍，能发现不少改变的和没变的。这里没水平也没空一一展开。总之一本经典古书是这么一个东西：在艺术上它属于所有时代，在思想上，它属于它的那个时代，但放在不同的时代，它是一个很好的滤光片，你可以通过它窥到繁复表象下一些很有趣的东西。

哭泣的母亲

几天前和几个同事在海底捞吃饭，不知怎么就说到之前公司出的一个事儿。公司给员工考评，若打 C 级就比较危险，连打两次 C 就会激活劝退程序。但公司有个不成文的规矩，就是不给怀孕和哺乳期女性打 C。但既然不成文，那就意味着你实在不遵守它也是可以的。去年有位女性在怀孕期被连打两个 C，她自认工作成绩问心无愧，是受到了性别歧视，于是除了正常的申诉外（被打 C 可以申诉，有机会推翻这个 C），她还愤然把这件事儿捅上了公司内部 BBS，一天之内就有数千人参与，对她表示同情和支持。但也有不同意见、支持她老板的判断的，认为怀孕不得作为工作不力的理由，她老板连打两个 C，必然有非常严重的原因。这个事儿旁人不知道其中具体情况，所以谁对谁错这里不讨论，总之结果是：闹大了一般就死不了，这位女性被转了岗位，不再被劝退，保住了工作。

但上面都不是我说的重点，重点是聊到这里后，一位同事说：难怪某某公司（行业内另一家大公司），刚毕业的女生无所谓，因为大部分都没结婚，但是社招的只招已婚已育。已婚都不够，还要招已育的才觉得够保险。老板都是人精，白发几个月薪水的事儿谁都不愿意干。

我们惊讶之余，另一个同事说：所以现在女的是生了孩子反而比较好找工作？

我们其他人立刻说：不会啊，如果你有了孩子，一般人就会默认你把大部分精力都花在孩子和家庭上，不会太用心工作，更别说熬夜加班什么的，还会更不好找呢。

最后的结论是：反正怎么都是难。

你看，这就是社会的现状。所有的男人都要讨老婆，生孩子，一般情况下这个老婆还要出去工作和他一起养家，可他自己却在职场歧视别人的老婆，别人的老婆要生孩子时，他很不乐意给她发四个月的奶粉钱。所有人都有妈妈，都说妈妈好伟大，但却不愿意雇用别人的妈妈，因为别人的妈妈要花时间去照顾自己的孩子，就像自己的妈妈当年要"伟大地"照顾好自己一样。如果女性们说我受不了了，反正我一结婚，生不生育都很难找到好工作，那干脆我不结婚吧，不生吧，总可以了吧？还不行，男权社会会用最尖酸刻薄的语言挖苦她们是剩女，她们不正常，还要告诉她们：女人不嫁人不生育就是败犬，一条狗。来，快来结婚，快来生，然后面对惨淡的职业生涯。那这个时候，有个把豁出去的女性说：妈的，老娘不上职场了！老娘就靠男人赚钱！那更好了，婊子和郭美美就是你了。

女性从古至今面对各种无孔不入的歧视和压制，而且这些歧视和压制，最喜欢附身在生育这个问题上，偏偏生育这件事又带有某种"伟大性"，所以传统男权社会是这么做的：用歧视和不公，把你作为一个人，一个女人的丰富的层次，全部压缩压扁到"母亲"这个小小的身份上，不让你涉足其他任何领域，告诉你：你作为一个女性，只要当好母亲，就万事大吉。同时，在这小小的一亩三分地上，又极力歌颂你的付出，"忘我"就是你生活的终极目标，用道德绑架的方式让你付出一切。越付出越歌颂，越歌颂越付出。于是就诞生了古怪的，名声伟大的，却备受歧视和煎熬的母亲。

在家庭内，母亲理所当然地要承担更多的家务和照顾孩子的责任，丈夫可以理所当然地用"你是当妈的"来推卸很多责任，"宁要要饭的妈，不要当官的爹"这种俗语反映了社会对父母不同的双重标准：父亲无论处境好坏，不照顾孩子虽然可恶，但不是死罪；但一个母亲，即使连自保都做不到，快饿死了，都得把最后一口饭给孩子，不然她就比那个吃着鲍鱼却不管孩子的爹还更有罪。这种观念是如此深入人心，连小孩子们都会用"谁的爸爸比较有钱"、"谁的爸爸更有趣有风度"来比较彼此的爸爸，却用"谁的妈妈做菜比较好吃"、"谁的妈妈每天都给他换干净衣服"来比较彼此的妈妈。在这样的环境下，"成为母亲"这件事，会花掉女性绝大部分的时间和精力，她再用于其他方面——比如职场——的时间和精力就自然被压缩了。

而职场会因为女性对家庭的付出就会对女性更宽容么？完全没有。我们和我们的母亲们从来没有因为"我们更不容易"而多拿一分钱，考核从不会因为我是女性就给我自动调高一级，裁员时也不会因为我是女性就不开我，一切以业绩说话，标准是完全相同的。一样多的压力，一样残酷的竞争。但事实上你仔细一想，这连公平竞争都谈不上。如果一位女性和一位男性竞争某个职位，这个职位都需要他们花很大的精力来经营。在男性那边，他的太太会为他安排好家庭和孩子，方便他更能专注地投入到这个职位上；而在女性这边，她的丈夫常常并不会为她分担家庭重担，相反，她除了工作外，还要花比男性对手多几倍的时间和心血去照顾她的丈夫和孩子，谁更有优势高下立判。这还是在表面公平的情况下，大部分时候连表面都不公平，就像前面举的那些例子一样，公司会为了回避各种风险和麻烦，直接不招生育过或未生育的女员工——全看他们更讨厌哪种风险和麻烦。但对于男性，很少有这种限制。

这就是女性面对的双重标准——在职场和社会上，需要我们出业绩时，我们就被泯灭了女性身份，要做和男人一模一样的事儿，"男人能扛五十斤大米你为什么不能？"但需要规避风险时，我们又会被强调女性身份，就成了随时会白拿公司四个月薪水的潜在骗子，和随时准备偷奸耍滑敷衍工作的小人。在家庭里，我们除了听上去很伟大的"母亲"身份，什么身份都没有，自然也不准有别的欲望、追求，和爱好。反正随着男权社会的需要，我们有时必须是女性和母亲，有时又必须不是女性和母亲。

写这些是因为最近母亲节，铺天盖地都是肉麻宣传。比如前几天看到一个"全世界的人都关心你飞得高不高，只有她关心你飞得累不累，她就是妈妈，快给她买个洗脚盆吧"，看得我哈哈哈大笑，果然这是广告学的精髓，用无责任逻辑来煽动情绪，然后给你指条明路：买洗脚盆就万事大吉。但这里不讨论广告，只说前半截的无责任逻辑。反正我看完之后发了一条："什么鸡汤瞎文案，大部分时候没有一个人关心你混得好不好，你算老几啊还要别人操心你的前程和状态。而为数不少的妈妈……她们也真的只在乎你混得好不好。"因为实在忍受不了这种无节制神话母亲和母性的玩意儿。

相对于这些赤裸裸卖广告的，看起来温情脉脉的母亲节段子和图片的传播率更高，更容易被人认可。这类段子和图片，统一特征就是大荒落在《被"好儿子"们所歌颂的"伟大母亲"》里写的那样，强调的是母亲的两种属性，其一曰"功用性"：你看你看，妈妈多好，我想吃的时候她在，我想玩的时候她在，我要钱的时候她在，我生病的时候她在，给我带孩子的时候她在，妈妈真好呀。"终其一生，妈妈除了洗衣做饭、照顾儿子，似乎再无其他事情。这个被安置在妈妈角色上的女人，她的一生就是围着灶台和洗脸盆转。无疑，这正是儒家道德伦理中无比推崇的伟大母亲形象——她为家庭奉献了自己的一生。"其二是"无需回报性"：我不懂事她会谅解我，我花钱她会再给我，我惹出麻烦来她会来擦屁股，我离开她她不会来黏我,她就是生病孤单也不会烦我,她什么也不要,妈妈真伟大!反正"母亲就是要无私奉献,就是要任劳任怨,对于自己所经历和承受的一切,她没有任何发言权,她不需要说什么"。

这类肉麻宣传里的妈妈,没有自己的态度、个性、观点、诉求、委屈、难处,永远"只有一种语言——满足儿子的要求:我这就去给你洗衣服,我这就去给你拿钱……"孩子则不能像母亲这么缄口不言,他得在母亲节这天轻松表一下态——"爱自己的妈妈"——便可全然抵偿妈妈为其做牛做马的一生,不会觉得有什么不妥,不会有丝毫愧意;相反,通过声称"爱妈妈",他重新占据了一个"好儿子"的道德制高点。而妈妈,一定要等到年老体衰,为家庭和儿子耗尽一生之后,才总算是得到了"好儿子"们的认可。

大荒落指出了神话母亲的目的所在:几乎所有肉麻的对母亲的歌颂,都是在歌颂"母亲为你做牛做马不求回报",妈妈就是"那个为你做牛做马的女人",按照"为你做牛做马的女人就是妈,你怎能不爱她?"的逻辑,反过来便是:"一个值得男人爱的女人就是一个甘愿为他做牛做马的女人",而女人只有甘愿做一个"为他做牛做马的妈"才算是好女人,甚至这才是女人应尽的天职。

冷血才女的推荐语是:这种对于"好母亲"(而"好"的标准,就是无私奉献、一切以家庭和孩子为重、毫无自我诉求)的道德化唱高调,不仅是种令人恶心的骗局,而且遮蔽了为人母者的真实处境,使我们严重漠视现实中女性生育所面临的困境。我们从来没有尊重过母亲本身,我们只是在利用和玩弄"母亲"这概念。

我赞成这两位的说法。作为母亲的女性已经面临了太多的苦难和压力,可今天的大舆论是:我们自称爱母亲爱得要死要活,却少有人提及母亲们真正的生活状态,没人见过她们遭受家务压力、失业、歧视等时流下的眼泪，因为在这套逻辑里，母亲永远不哭，都是笑眯眯地完成孩子的一切要求和愿望，比机器猫还夸张。一句话，我们试图用温情脉脉的歌颂来继续绑架和压榨母亲，却没问过她们哭不哭。说真的，大众哪怕有他们声称的一半那么爱母亲，都会努力想办法改善母亲们的生活状态，把她们从职场和家庭的双重压力下解放出来，而不是一再地强调你是多么爱她。不断地强调爱，其实是因为我们不怎么爱。

本来写到这里差不多就快完了，但我想起了另一件事。前几天听罗振宇的讲座，他说到建立在消费上的传统商业社会里，一个很恐怖的事实就是：所有享受着你的产品和服务的人都巴不得你去死。什么意思呢？你辛辛苦苦弄了个微波炉，用户说这东西好呀，我早上热饭容易了，但是要一千块，太贵啦，二十块给我行不？互联网服务也是，用了十多年的软件万一突然要交钱了，用户恨不得扒了你的皮：你居然敢收费啊周鸿祎！你怎么不去死啊马化腾！一句话，他不关心你赚不赚得到钱，你饿不饿死。我总觉得那种努力讴歌母亲付出的人，其实就差不多是这样。他不在乎母亲过得好不好，母亲为了他过得越不好，他越觉得伟大和得意。总之他需要的是一个随时愿意为了他去死的母亲，如果母亲还能真死翘了，他简直觉得伟大透顶了。其心可诛。当然这很可能是我一贯的心理阴暗，事实情况很可能没这么严重，大部分人转发这些玩意儿不过是因为人人都在做，还没想到这么远。不管怎么样，这一类玩意儿我已经觉得腻味透了，是时候谈谈母亲们的哭泣了。

叫垃圾婆的女孩

我在家附近的一家煌上煌买卤猪肚。这是一家很小的店面，旁边是一个楼梯，通向二楼。我从来没上过那个二楼，貌似有个美甲店，一个教学机构还是律师行，以及一些生意不大好的服装店。经常看到很多女人从二楼下来，在煌上煌打包一份酸辣粉。看打扮她们不是性工作者，估计是卖衣服的吧。寒暑假期间，还有不少小孩子在那个楼梯上跑上跑下，我有时会想这些小孩到底是去上那个培训机构的，还是在上面工作的人的孩子。店主和店员的孩子到店面上来，是任何一个商业场所最常见的情景。几年前常要到东门买布，在那个空气很差的材料城里，穿梭着一些穿校服的孩子，他们中有的会帮着抬沉重的布匹卷、大袋的公仔棉，或是帮忙算账，更多的则是伏在桌子或是小凳上做作业，或死气沉沉地玩手机游戏，有客人来问价，他们会不耐烦地叫隔壁打麻将的大人过来。不是没有活泼的孩子，他们一般是更小的五六岁，就会大呼小叫玩一些游戏，捉迷藏扮家家之类。对这个年纪的小孩子来说，不管是在公园还是菜市场，只要有玩伴，就可以玩到疯，也可以打破头。

今天这群小孩就出了一点状况，他们在二楼齐心合力地大叫着：垃圾婆，垃圾婆！叫完嘻嘻哈哈，甚是开心。过了一会儿又传来纷杂的脚步声，大概是被叫垃圾婆的人愤然反抗了下，他们就一起逃到了楼梯上，然后扬着头更齐心地对上面叫着：垃圾婆！垃圾婆！楼上似乎有隐隐的小女孩哭声，下面的小孩更加得意了，益发又叫了好几十趟，叫得你都要怀疑他们嗓子痛不痛，旁边吃酸辣粉的人都觉得烦，骂了几声。这情况谁看都明白：一群孩子在欺负另一个孩子。他可能是男孩可能是女孩，可能不好看，可能有某种残疾或缺陷，可能有个难听奇怪的名字，可能讲着外地口音，可能父母很穷或有某种丑闻，可能仅仅是内向，还可能是只喜欢书本和宠物，却不喜欢和人玩耍，这些理由都不要紧，反正结果是：他没有成功成为这个群体的一部分，所以合该像怪物一样被嘲笑、欺负、侮辱。

小孩子啊，我真的不觉得他们是书本中或者传统认识中那种无害美好得不行的生物。我总觉得一味歌颂儿童纯洁美好的人，都有一种奇怪的自信：因为我们这些大人，努力教给小孩的都是好的，所以小孩接受的应该也全都是好的。这种自信我只能称之为骄傲的和可笑的。孩子的确是一张白纸，但白纸能画画，也能沾污。所有人都是两者都有，所以其实不必太美化之。我自己也当过小孩子，知道那个世界不缺暗和恶。倪匡说阿紫的恶就是小孩式的：她能做到对人对己都很残忍。这是源于小孩子没有判断力，很难理解后果和代价，所以暗和恶常以令人惊讶的方式表达出来。有人要说，孩子的一切恶还不都是从大人那里学的？这个我赞成，是大人作的孽，就意味着不能对孩子进行道德审判，就好像你不能指责未成年的林妙可虚伪做作；但不进行道德审判，同样不代表就要把这些恶说得不存在。圣埃克苏佩里在《小王子》里对所有成人说：你们都当过小孩，但很多人忘记了这一点。他似乎是提醒成人们注意儿童式的善，但我觉得有人能顺便也提醒下儿童式的恶，可能更全面点。

写到这儿，可能又有些永远正确的同学（比如礼貌善良的樱桃酱）要说：口胡，就听小孩子喊了几句话，你就对儿童世界给出了这么不乐观的评价，太煽情太酸。嗯，其实我主要是从垃圾婆这个称谓上想到了以前的一些事，这类事情在许多年内不断发生，直接养成了我那些煽情和酸的观念。现在随便说两件：

我小学的时候，班上有一个叫李莎的女孩。她皮肤有点黑，除此之外我看不出她和别的女孩有任何区别。她梳着那会儿最常见的马尾辫，穿着那会儿最常见的衣服和裙子，背着那会儿最常见的书包。成绩普通，中等，可能还略偏下。性格普通，话不多不少。总之是一个五六十人的大班里一点都不稀奇的女生，你不会多注意她的。

事实上我也真的没怎么注意她，她在一年级时毫不起眼，不记得是什么时候，大概是二三年级左右开始，全班人似乎在一夜之间，突然开始叫她"炭花婆"，炭花是煤渣的意思，四川话里还要多个儿化音：炭花儿婆。这是对皮肤黑的女性的恶毒称呼，并不多见，也不知道大家是从哪儿学来的。最开始是男生们这么叫她，后来女生也跟进了，大家不仅嫌恶地这么叫着，还不愿意去碰她，她的同桌也要求换位子，并不断向别人痛陈和炭花婆坐在一起是多么不爽。很快，这个名声就传到了其他班，其他年级。很快就有人带着自己在其他班的发小，在其他年级的兄弟姐妹，一起叫她炭花婆了。

有几个镜头印象深刻：那个时候也不像现在这么注意小孩上学放学路上的安全，校车什么的更是别提，我们都是走路和骑自行车上下学。早期老师会把住得近的小孩分成一个小队叫大家一起走，但过了一年级以后好像就没人管这个了，大家都是和关系较好的人一起走，小圈子什么的这个时候就已经很明显了。李莎没有小圈子，没人愿意和她一起走，在学校附近的街道上，常见到她一个人背着书包孤零零的，旁边有几个同路男生不远不近地跟着她，乐此不疲地高声叫她炭花婆。还有一次，有个男生因为在校门口和她挤了一下，便当众打她，自然也不忘边打边骂炭花婆，直到被学校看大门的保安制止，李莎趁机跑掉。可那个男生还不解气，那时他已经开始骑自行车上学，于是骑上车迅速追上她，狠狠打了她若干下，再迅速骑车走了。那个男生姓梁，我也挨过他的打，他下手极重，经常把别人打哭。他那天有没有打哭李莎，早就不记得了，只记得他气急败坏骑着车去追的那个样子。

这一切发生时，所有人都只有八九岁。但就是八九岁的我，也知道李莎是个不可接触的人物，如果有可能也尽力不和她说话。男生们捉弄她时，也会跟着一起笑。大约到了四年级左右，我也不知道是什么原因，开始和李莎交上了朋友。我们经常一起回家，聊天什么的。因为她只有我这一个朋友，所以对我流露出了非常大的热情，经常送我一些小礼物或是小零食。日子久了，就觉得有点奇怪，因为她一切正常，实在没有任何理由遭受这样的屈辱。有一年"六一"节，所有人都要准备节目，我和她一起上台唱了一首歌，下面的人全都眼神古怪，也没有人主动鼓掌。唱完后另一个朋友立刻来质问我：为什么要和炭花婆一起演节目？还有一次野餐，大家自行分队，毫无意外地谁都不愿意带她，我当时已经和另外几个女生组成了队，就建议让李莎加入。所幸那几个女孩都是班上非常无害的老实人，并不反对。那天我们就一起去野餐了。现在想来那个野餐颇为搞笑，因为别人都是带的面包零食什么的，直接坐下来就吃，李莎除了这些，还带了锅碗瓢盆、装在饭盒里的米、豆腐乳和肉馅等一大堆东西！我们活生生用报纸、河滩里捡的干柴什么的当燃料，煮了小半锅米饭和不熟的丸子汤。大概因为这是她很少的能和人一起组队玩的机会，所以弄得非常隆重。这种小心翼翼的热情，后来每每想起都让我觉得难过。

到了五六年级，不知道是什么原因，还是仅仅因为腻了，或是长大了点，所有针对她的欺辱又像退潮一样消失了。她不再挨打，虽然还是没什么朋友，但有人会和她说话了。炭花婆这个名字依然跟着她，偶尔冒犯到了梁姓男生这样的狠角色，还是会被骂几句的，但不会有人追着她的屁股一直叫了。我没问过她个人的感受，但我想她应该松了口气。有趣的地方就在：从这些欺辱开始的第一天到最后结束，从来没有一个人告诉过我，甚至是旁敲侧击地暗示过我，到底是什么原因要这么对她。但或者真的就仅仅是因为皮肤黑，这一切就发生了，我也不觉得太奇怪。整个过程中，老师不可能完全不知道这种"不团结不友爱"的事儿，但她从没有明令，或是旁敲侧击地制止。如果你说她真的一点儿都不知道，我也不会觉得太奇怪。

上了中学李莎还跟我一个学校，但不在一个班了，就很少联系。她那个无人不知的称号跟着她一起进了中学，有时还会被人提及。再后来到了青春期，她好像突然对打扮自己这件事变得上心，在衣服和饰品上下了点功夫，当然，有没有把自己真打扮得漂亮点则见仁见智。再后来听说她成了小太妹中的一员，也不太确认这个消息，再再后来就杳无音讯了。

李莎的故事在几年后，我高中复读时又重演了一次。复读时我是插班到了下一届的学生中。一开始我和他们并不太熟，所以在这个年级一些人所共知的事情我并不明白。只记得有一天去上厕所，遇见一个戴眼镜的女生，她戴着眼镜，长相身材什么的都很一般（我今天都有点想不起她的样子了），但很热情地和我说话，说以前就知道我是谁，最近才知道我插班到一班了，但当时这个热情的搭话一点都没有让我舒服，因为我当时对复读这件事深感羞耻，所以冷着脸嗯嗯两声就走了。刚走几步就有同班女生冲上来拉住我急切地说：你知不知道你刚才是在和谁说话？！是武川熙啊！你会倒大霉的！然后十七岁左右的女同学们叽叽喳喳地跟我普及了关于武川熙的事儿：她在四班，是这个年级最著名的霉婆，沾谁谁倒霉，和她说过话后一定要吐口水洗手云云。

那个时候她们已经高三了，想必武同学是从高一，甚至更早的时候就开始了这个霉婆生涯。到底是什么原因造成的，没人说得清也不可考，但是大家可以举出一打雷例子来证明武川熙的神力无边：××同学和她说了句话，耳机坏了，××同学考试时挨着她坐，考砸了数学，此类等等，不一而足。在这些例子里，她比拜菩萨见效还快，只不过是负能量。我其实有点惊讶快二十的人了还在传这种玩意儿，就像至尊宝说的："以我这么理性的人，怎么会相信这样的无稽之谈呢？"但我那时正在复读，已经考糟糕了一回，对于倒霉这种事，自然非常害怕，"宁可信其有，不可信其无"这种想法，可是最容易进驻到容易恐惧的心里。两种想法交织之下，我只能开玩笑说：她真那么灵验的话，不如想诅咒谁的时候就把她往旁边一推好了。结果第二天我就长见识了：还真有人用了。

隔壁两个班篮球赛，A班眼看要输了，就在B班的人罚球的时候，A班所有围观群众一起大喊：武川熙来了！！以诅咒那个球投不中。喊完之后，无论中与不中，球场边的人都会愉快地笑成一团。当然如果没中，笑得更high。这个法子绝对不是在我看到的那天才被发明出来，因为我很快发现几乎所有的班级，包括他们自己班的，都会当着她的面这么叫。还有那些高一高二的，也久闻武川熙的大名，在球赛上常不忘呼喊她。总之她像这个学校里一个晦气的巫婆，周围的人也好像活在中世纪，虽然不至于想烧死她，赶走她的心倒未必没有。我心想这又是一个李莎的故事。只不过那时已经是高中，大家课业很重，很少有闲人像对待李莎那样，追着欺负。而且人渐渐长大，有些事情知道好坏，哪怕不知道好坏，也知道不好做她。儿童期的那种"对人对己都能很残忍"在逐渐消失，但成人的刻薄和虚伪却长进了不少，在篮球场边为了所谓班级荣誉而一起大叫"武川熙来了"，这种歧视里甚至带上了正义感，是儿童时期很难想到的路数，所以我很难说哪个更坏点。

我复读的时间只有一年，武川熙又不和我同班，我很少见到她，但有时她遇到我会和我寒暄几句，一年可能就那么四五回吧，毕业后我再也没见过她，也没有人再谈论过她。但我记得她偶尔和我说话时的眼神和谈话方式，那是我从小熟悉的，李莎式的眼神：过分的热情，带着害怕，又努力镇静，努力展示着自己最好的一面，努力说最无害的话题，想在这个新来的家伙了解她的恶名前，给她留下好印象。之后我还在很多人身上见到了这样的眼神。愚笨如我，几次后也能学会：这样的眼神，不是天生就爱夹尾巴，必是在流了很多眼泪后才能有的。或者往大点说说，世上一切夹尾巴，都不是出于本性或教育，而都是出于苦难。

这两个女孩现在应该都是结婚当妈的年纪了，不知道她们的小孩今天面对的成长环境会不会好一点，也不知道她们今天有没有感觉好一点。在我见到的很多这类故事里，成年之后也许这些伤害早就远去（当然还可能换个形式再来），这种眼神则常要花很多功夫才能抹去，或是某天突然反弹，变成凶狠或冷漠的眼神。再或者她会想明白这些事儿，变成平静悲悯的眼神。一切都有可能。

而无论是她们，还是那个在煌上煌的二楼隐隐哭泣的女孩儿，之后都还有很漫长的一生。

世界上唯一没有社会矛盾的地方不是《新闻联播》，而是快速消费品的广告

你如果留意你家附近的那些过年时期的广告牌，不管是可口可乐的，还是保险的，还是地产的，新年期间往往是千篇一律的一家人其乐融融的场面，他们总是千篇一律地穿着颜色艳丽的唐装，对着镜头露出千篇一律的甜美笑容。

虽然千篇一律，但一般人看了之后，多少也会千篇一律地觉得"啊，这样的生活真温暖真美好啊，我家团年时也这样就好了"吧？

但其实还有更千篇一律的一点：这其乐融融的一家，必定是五人组合：一对年轻夫妇，一对老头老太，一个孩子。我就没见过别的组合形式。最多增加一对年轻夫妇和一个孩子，但绝对不会再加一对老头老太。不穿唐装的也还有，不是五人组的几乎没有。

这很有趣，因为在中国的现状是：绝大部分独生子女，家中团年时，一般不会只有一对老头老太，是的，你的父母是一对，你配偶的父母是一对。如果真按照这个现状来拍广告，画面上就是七个人，其中有五个要靠另外两个来照顾和负担，这只会让你觉得压力超大，哪里还顾得上其乐融融。

独生子女父母怎么供养两对老人和一个孩子，这在十年前就逐渐成了社会问题。在二〇〇五年以后，大量的八〇后独生子女进入婚育年龄后，这个问题越发尖锐起来，也导致了计划生育越来越被人质疑和讨厌。退

一万步，即使这两对老人都有稳定的收入和医疗保障，不需要小辈养老，每年过年期间到底回哪边过年，都是个可以烦死人的事情。哦，我们还没提那可以逼死人的春运呢。那些骗子广告！在里面，永远是叮咚一声门铃，然后爸爸红光满面，像刚在美容院做了护理一样地出现了，提着个包，号称自己才赶火车回来，然后儿子女儿侄子外甥什么的就扑上去了。你妹，你在火车上折腾了三十五小时后还能这样？更别说给小孩发压岁钱时内心那哗哗哗地淌血哟。反正我认识的年轻夫妇们，大部分都认为过年是一个狼奔豕突的可怕过程，那些广告里的美妙的五人档吃年夜饭场面，从来没在他们的生活中出现过一秒钟。

既然这么不现实，那为什么我们的广告多年来还是孜孜不倦地放这样的画面呢？因为广告的用处就是这样，让你有那么一两秒生活在妄想和不实里，然后晕头晕脑地被怂恿，买下他们的可乐、保险和房子。在这两秒里，他们提供给你想要的一切：一个可爱、伶俐、长得极漂亮的孩子（比你家那个塌鼻子儿子漂亮多了），一对且仅有一对的健康、乐观、风姿绰约的父母（比你家那对整天絮絮叨叨说你挣钱还不够的好多了），当然，还有一个那么好看的配偶（不管你家那位有多好，广告上的这位也永远比他／她更好）。他们绝不能容忍一点点社会矛盾的蛛丝马脚在广告里出现，哪怕有些广告里会出现男女吵架、年轻人面试被拒之类的小问题，又大又沉重的社会矛盾，是一定要避开的。尤其是在新年期间，中国人的习惯本来就是看掩盖一切社会矛盾的春晚，广告更不会冒险了。

昨天跟 Verla 谈到这事，他说：可不可能打广告的人根本没注意这个？别人广告都是五人组，我这边广告也是五人组好了。嗯，有这个因素。但一切东西的大规模流行，或是大规模的约定俗成，必定也有无意识的因素。事实上，我想大部分广告制作人员都会在无意识间觉得这五人是最符合大家的审美规范的，他们会下意识地觉得这样的画面最舒心。

这样说来，《新闻联播》算个屁啊。可乐的广告才是全世界最没有社会矛盾的地方，这么多年来，我在他们的广告里，看到的都是女生寝室不吵架,互相竞争的明星勾肩搭背,两代人完全理解彼此之类的外星事件。最丧心病狂的，是二〇〇八年大会前的某个可乐广告里，甚至出现了运动员和教练其乐融融的场面，事实上，在中国的运动员培养制度下，这两者的关系是极其血泪、复杂和微妙的。其间苦难三十天三十夜都说不完，可口可乐能让这对都浓得化不开，还有什么是他们做不到的呢？

可乐广告阵容：

阖家幸福

保险广告阵容：

金玉满堂

汽车广告阵容：

新春大福

还是一号比较适合当二奶。

一号候选人
三围：94,56,89
性格：可爱活泼
饥饿感指数：95

二号候选人
三围：95,57,86
性格：温柔迷人
饥饿感指数：80

论河源启一郎和项羽的共同点

　　河源启一郎是一个日本人，骑着一辆价值一万七千人民币的改装自行车环游了一百多个国家，结果前几天骑到武汉时，车丢了。这件事情在网上引发了第一波热潮。两天后，武汉警方在"连夜侦查后"，把车给他找到了，还给了他。当然，这又引起了第二波热潮。

　　但有趣的是，在所有的议论里，虽然大家不断强调河源启一郎的外国人身份，却没怎么太强调他的日本人身份。我的意思是说，因为众所周知的原因，日本人在中国，尤其是中国的网络上，是一个非常非常敏感的身份，无论日本人在中国干了什么，都会招来一片"日本人滚回去"之类的东西。哪怕是日本人在中国的慈善行为，虽然不便叫他们滚回去，但是还是会提醒"你们的祖先当年就该滚回去"。丢车一事虽然引发全民热议，看到的评论里，却少有针对河源启一郎日本身份的人身攻击，这个现象很有趣，为什么他就能幸免？

　　开始我以为是一种同病相怜。话说在中国，谁没丢过一到五十辆车啊！"吃着火锅，哼着歌，车就丢了"，这十年来，骑自行车的人不多了，但从九十年代初起就一直蔓延到今天的丢车之痛，还是扎着每一个中国人。而且最痛的是，丢自行车这事，永远别想得到警方什么关注，更别想找回来，一般就自认倒霉了，实在要找就得到黑市去接头，惹毛了干脆自己也偷一辆，然后所有的受害者都要哀叹一下"都是因为自己穷，如果丢的是宝马，警察哪里敢不管"之类的中国式心声。如果说丢车的难过是一个全球性的、本能的难过，丢车之后的第二重难过，则是纯中国的，私密又窘迫的难过。现在一个日本人也遭受了这件事，虽然是个身份敏感的日本人，但怎么来的都是客，让客人遭受了这种私密又窘迫的"国痛"，同一阵营的感觉马上就油然而生。既然都同一阵营了，怎么好意思开口大骂战友呢。

不过我今天又仔细想了一下，这还不是全部原因，这个事件里，真正的文眼在"河源启一郎骑着这辆车环游了一百多个国家"这句话。

现在终于要扯回题目中的项羽了。为啥河源启一郎和项羽有共同点？因为他们都代表了某种理想主义。项羽能在中国成为万古吟诵的悲情英雄，后人对他寄予的几乎全部是同情和尊敬，根据某学者（我实在想不起是谁了）的分析，原因是因为"项羽的失败，是理想主义对现实主义的失败"。

无论历史本身真相如何，项羽这个形象，在之后各种传记、小说、戏曲的不断强化里，逐渐被塑造成了一个真正的理想主义者：他胸怀大志，一往无前，珍惜他的战友，深爱他的女人，却输给了一个现实主义者：刘邦可是个在逃亡路上把老婆孩子往车下踹的混蛋。在道德上，他们分别被塑造成了高大的王子和丑陋的侏儒。但倒霉的是，这个赢得河山和美人的王子，最后输给了猥琐的侏儒。这太凄惨了，太赚老百姓同情了，于是几千年来大家都死命地同情起他来了。

河源启一郎的例子也差不多，"骑着一辆自行车环游世界"，这是多么理想，多么浪漫的举动，是很多人向往却不能达到的梦想。而这个年轻人成功地做到了，这本来就很加分，现在，这个达成了奇迹的年轻人，却被非常粗粝、非常现实主义的中国现状给困住了，他失去了最重要的家当——自行车，简直就像项羽失去了乌骓马。对偷车现实主义已经无比痛恨的大众，自然更加同情起这个理想主义的外国人来。

照我看，在中国被偷自行车，其实算不上什么国耻。哪里都有小偷，王小波的书里就说，他当年在美国念大学时，夏天和李银河像所有美国学生一样，跑到欧洲去祸害当地旅游业，结果在意大利丢了钱包和相机。找到警察，警察打着哈哈说：偷就偷了，不偷你们外国人偷谁。理论上，河源去的地方越多，被偷自行车的几率永远是越大，武汉只不过是几率选择的那个发生点。武汉警方一天内帮他找到车，更算不上国耻，做好工作了怎么是耻辱呢。只有一件事，就是"中国普通屁民永远享受不了这等待遇"这件事，才是那个最不光彩的细节。

粗放

有一年我在浙江实习。最后一个月是在售后实习。所谓售后，其实不是你想象的那种大仓库，里面坐着穿着整洁制服的员工，随时热情洋溢地等你的投诉电话；而是在一条小街上的一家电器修理店。店面很大，里面却很黑，因为需要修理的电器堆到了屋顶。这个电器店表面上是我们公司的维修点，同时也是我们的对头，几家竞品公司的维修点——其实这里修理一切上门的电器，只不过如果是以上几个牌子的，老板就不收顾客钱或仅收取一个折扣价，然后每个月按照数量向商家要。

这是家夫妻店，两口子很忙。没有请工人，女的自己骑着一辆改造过的电三轮车，满城跑运电器。他们生意不错，但也不算特有钱。我们说是实习，其实就在那里百无聊赖地接电话，记录单子。他们也不怎么和我们交谈——不是人不和善，而是他们实在太忙了。

这对夫妇有个四岁的女儿。上幼儿园中班还是大班。

下面是重点了：这个四岁的女孩不会说话。

她不是哑巴，也没有智力或是声带上的问题。只是她爸妈都没空教她罢了。女孩会咿咿呀呀说一些奇怪的词，咬字很不清，估计是自发学的。有时她啊啊叫两声，有可能是叫"爸爸"，也有可能是"妈妈"，也有可能就是"啊啊"，没人能听懂。她妈妈能听懂一些，别人就不行了。

她父母对此毫不着急。"反正早晚会学会的。"她妈妈说。很多人会把小孩交给爷爷奶奶外公外婆带,但这个小孩没有。我也不知道为什么。而且他们肯定请不起保姆,所以每天送去幼儿园,下午又接回这个修理店。这对父母永远在忙着自己的事情,爸爸在修电视,妈妈送货去了,孩子就在旁边看电视——反正她家修电视,有的是电视看。等妈妈回来了,就在隔壁小馆子叫点菜,全家人一起吃。吃完爸爸继续修电视,孩子继续看电视。

于是这孩子非常喜欢看电视。有一天她看着电视,说出了我听过她说得最清楚的词(其实还是很含混的,但是能听清楚了):天线宝宝。

她的爸爸有时候修完了东西,就会过来抱她逗她,把她轻轻抛起来,她就快乐地大叫,使劲搔她爸爸。父女俩都很愉快——这个场面谁看了都会觉得愉快的。她上的幼儿园似乎很贵,她爸爸也一直以愿意给孩子交这么贵的学费而自豪。但这并不妨碍他对教女儿说话不上心。

这么粗放带孩子的,我还见过很多。以前家附近有个城中村,村里有个菜市场,菜又新鲜又便宜,我有时会去那里买菜。市场里还有个盐焗鸡店。母鸡的肚子里会有那种没生出来的蛋,我们四川人觉得很有营养,可是广东人可能不这么觉得,很难买到。在广东我只在盐焗鸡铺子里见过,被焗好了的,当成鸡杂,聊胜于无地卖。我有时就顺便买一点。

那个盐焗鸡铺子门口,经常有个很小的孩子,三四岁左右,蹲在那附近大便。拉完了不擦屁股就跑了,留下一堆小小的,颜色很浅的便。第一次遇到的时候差点踩到,觉得晦气得不行,骂了几声,说这孩子没人管啊。盐焗鸡老板说:大概是这一带的吧,满地跑,谁知道哪家的。后来我在菜场的各个角落都遇见过他。他有时在大便,有时在玩一两片污黑的菜叶,有时蹲在鱼档湿漉漉的地上看盆子里的鱼。有时摊主会给他一点东西吃。我从来没看过有父母模样的人和他在一起。(或者在一起,我没看出来?)他绝对不是流浪儿,因为除了大便后不擦屁股,他全身干干净净，胸口还围着小围兜。

周围人对他的态度，怎么说呢，我该说热情还是冷漠呢？他在那里做什么，都没人管他。偶尔会有人逗他几句，他咿咿呀呀地回答，别人摸摸他下巴或是头。至于他叫什么，我估计没人知道也没人想知道。大概就是对一只小猫小狗的感情吧。

那个菜场里，还有一些比他大得多的孩子。穿着深圳统一的小学生的校服，在上课时间却不在学校，他们在路上、桥上一群一群，轻松地说笑着。男孩偏多，女孩似乎要乖一点。天天如此。有的戴着红领巾，有的没戴。

志敏同学给我说过一件事。有一次他回福建老家，去了小学同学家。小学同学没上大学，甚至高中可能都没毕业，很早结婚了，生了三个孩子，全家经营一家很小的饭馆。志敏同学就在这家小饭店里和他们一家吃了饭。他同学说，日子过得很紧，三个孩子养不起。志敏说：孩子以后还要上学，花费更大，你还是想下办法。这时孩子的爷爷在外面听到了，高叫一声：怕什么，家里就是开饭店的，不上学就不上学，以后在家里当个跑堂的，饿不死。

除了跑堂，其实还可以送外卖。我们楼下有一大排小饭馆，送外卖的基本都是些孩子。不知道他们是老板的孩子还是亲戚。这些孩子从六七岁到十四五岁不等，有时就穿着邋遢的校服来送。大一点的孩子可能会抽着烟。他们总是显得很不耐烦。我和Verla给他们起的爱称叫"坏宝宝"。有的孩子是在烧烤档帮忙串牛肉串，别的孩子问他要不要踢球，他就丢下工作一起愉快地去了，他的妈妈（或者不是他妈妈）在后面骂街。问她：他去哪里踢球？这一带还有足球场啊？她一边烤肉一边恨恨地摆手说：不知道，他去哪儿我从来不知道。死小子。

说这些是因为前段时间看到所谓小悦悦事件的一个扒皮帖，发帖人认为，小悦悦事件是其父母的一个骗钱阴谋，引用了各种证据，这些证据里甚至包括"小孩在外面那么久怎么父母都不一直盯着"、"哪个父母会给小女孩穿黑色的衣服，明显不爱她"之类让人看了哭笑不得的。我不知道发帖的人有没有在城中村，或是建材市场、农批市场、布料市场等地方生活过。不知道他有没有见过被生活榨干了的粗糙的父母。"贫穷比爱心更有力量"，老舍说的。女儿撞死了，不是不伤心的，但还有个更小的儿子要养，好一点的幼儿园都得一万一年，以后的愁不见得就比此刻少。万一，如果，实在起了"有那个空悲伤不如在微博上多弄点钱"的想法，我实在不能说这有多邪恶多不可想象，尤其是一个月还不一定能赚到一份幼儿园择校费的人。

当然，我不认识小悦悦的父母，我不知道这是不是真的就是阴谋。但是我一直觉得，在那些你不熟悉的地方，小悦悦这样的孩子和她的遭遇，对生活在那里的人来说，其实不是太意外的一件事。

穷是很难直视的

周末在花园城做活动,不供应饭菜。对门就是沃尔玛,我懒得跑远了,就去沃尔玛买了盒饭,坐在沃尔玛外面的桌子上吃。那里很多人都在吃饭,我那一桌本来是我,还有另外两个人。

突然间那两个人都站起来走了,我抬头看见我对面坐着一个捡垃圾的老女人,难听的叫法就是垃圾婆。我想那两个人走开可能和她有一点关系。因为后来有好几个人远远看着这两个座位,都犹豫了下,最终都没有过来坐。

捡垃圾的老女人并没有吃东西,背对着我坐着,好像是在休息。她是脏,但并不脏得要命,甚至头发还很整齐。在垃圾婆里,她算得上体面的了。但是她拿着一大堆纸板、袋子、瓶子啥的,准确无误地彰显她的身份。

我等着她来讨钱,或是问我:小姐,这个饭还要吃么?最起码,我觉得她会收走我的饭盒去换钱,因为旁边不远就有个老头专门收饭盒。

但她就背对着我一直坐着,那应该是在休息了。她很胖,从背后看,乳房像两座肉山。看到这两座大山,我心里咯噔了一下。

咯噔是因为我现在也开始胸痛了——没办法年纪到了。每天要吃两种药。好了不少,但是只要没休息好,或是压力大,胸口就闷,就钝痛。这个病如果大了很难治,必须要把它扼杀在摇篮里。所以我非常神经过敏,上网不停翻预防和治疗的资料。有一天洗澡时，在腋下发现一个小疙瘩，吓得拼命嚎叫。"有肿块！可能是淋巴瘤！！"我使劲地打 Verla 君的背，他也在感冒中，只好一边擤鼻涕一边无精打采地说："怎么可能，你想太多了。"满地乱滚了差不多一个多小时后，我才想起若是淋巴瘤我首先得发个烧什么的，既然我没发烧，那应该就不是。才稍微安心了点。最后发现那只是个火疖子，像挤痘痘一样挤掉了。

后来我仔细想了下，我之所以这么怕，是因为我知道在中国得不起大病。我妈治结肠癌，一年花掉了我们家一套房子。那套房子他们攒了十多年吧？我的闺蜜熊同学的气管上长了个瘤子，这几天正在化疗，用的是和我妈一样的靶向治疗进口药，一针一万。"真他妈贵啊。"她说。物价和癌细胞，它们是跑得最快的东西。

资料说，年纪大又肥胖的女性，乳房病变的几率非常大。所以我看到这个老女人那两座大山，第一反应就是：这得多危险啊？

但是她有钱治么？她的衣服很旧，因为胖，被撑得满爆爆的，背后有一条不大明显的口子，这是件很旧的衣服。从口子直接露出肉来，可见她没有穿 bra。一个肥胖的垃圾婆，到哪里去买合适的大尺码 bra 呢？估计因此就索性不穿。不穿 bra，衣服开口子的垃圾婆，可能为她的乳房存一笔治疗费用么？

想起来，她还是一个"工作的人"。不乞讨，不捡人家的垃圾吃，捡累了就坐在椅子上休息。一个很穷很穷的工作的人。很奇怪，我在这一带见过各种各样奇怪的穷人，有一次看见另一个老女人，瘦，穿得非常干净，也非常寒酸。裤脚下露出很老式的袜子和布鞋。她的头发很少，不少地方能看到头皮，简单说，就是非常难看。我不知道她是才做了化疗还是鬼剃头什么的，但是我很奇怪她为什么不去买顶帽子，因为当时并不热。后来我想了下，估计还是因为太穷了吧，所以帽子不是必要支出。

她缩成一团，紧紧地抱着一个很小的包，用防卫的眼神盯着一切。

我自己也很穷，每次看到比我更穷的人，都有兔死狐悲的难受。穷这件事情，和独裁一样，是不能直视的。不穷的人很难理解穷的味道，就像美国人民永远无法理解"文革"。它不是一个简单的"吃不起饭"的问题。它在你珍视的一切恩物里，在你的头发里和乳房里。只要你穷，你就很难保护它们。

所以我非常痛恨那个恶俗的"富翁和乞丐对话"的故事。这他妈一定是个吃撑了的不穷的人编的故事。"我现在这样，也有饭吃，也能晒太阳啊。"是啊，太阳和神一样公平，照着穷人也照着富人。和神一样公平的还有疾病和衰老，它们都在等着你。

从人潮回望令我很快乐

满世界都在说最近救狗的事情。我本来不大想掺和，因为有些群体就是特别敏感，你就是惹不起。今天看到说救狗心切的人甚至号召大家去扎车主和警察的轮胎，"这样他们就追不上咱啦"。如果此事属实，这跟强盗有什么区别，你们最鄙视的城管都不玩这招哪。为了爱心当流氓，就跟为了解放人民去当独裁者一样，都是我国特别喜欢的逻辑。活到今天，根据我的各种经验来看，"方式若是错的，那出发点也绝对不会好到哪里去"实在是至理名言。唱词好听姿势却难看的人，总是让人生疑。

不过这不是本文的重点，重点是下面这个。整个过程中据说僵持了十五小时，那就是大半天。那位倒霉的运狗司机一直没有被提及，那些因为交通堵塞憋了一肚子火的人也没露脸。我脑袋里浮现了诡异画面：这十五个小时里，有人给狗喂水喂食，在乎他们有没有生病，却没有一个人在乎那个收入多半不高的司机在高速公路上找不到饭吃，运货迟到了十五小时可能会挨骂被扣薪水。那些因为堵塞而迟到的人里也可能至少有一个人错过了自己的男／女朋友——我绝对不会煽情说可能错过了看自己爷爷最后一面什么的。救狗者在这次的事情里已经煽情够多了，先夺了我的招。一方面对宠物这么珍惜，另一方面却对自己的同类这么漠视，这算是一种什么样的分裂？

所以最近的质疑，基本就在于：这些人对狗比对人都好，这到底对不对。老实说,每个人都有选择自己更爱啥的权利,就是爱狗超过爱人了,也没啥。主要是有些人的理由站不住脚哇。"很多人还不如狗呢",这是他们常讲的东西。人为什么不如狗,因为狗重情义啊,忠诚啊,不背叛啊之类的,人就是把一切坏事都做绝,道德败坏就不说了,还几次三番差点毁灭了这个地球。狗就不会这么做。听起来好像都正确,可是仔细一想,所谓忠诚善良啥的,明明就是人类有了文明之后定义的品质,狗自己对此是一无所知的。动物恐怖分子们看不起人类,却又用人类所奉行的品质去评价狗,这够矛盾的了。老实说夸奖一只狗有道德上的优势,就跟夸奖一个人擅长在电线杆下撒尿差不多。给一切跟道德毫无关系的事物,强行加上个道德评判,再爱憎分明之,这是人类最糟糕的习惯之一,即使是爱狗超过爱人类的动物法西斯分子们也不例外。

我在想,这些人,到底对人类本身有多失望呢?要把对真善美的追求强加到连真善美是啥都不知道的狗身上,像捍卫理想一样捍卫之。人类确实不算多好的生物,那作为人类自己到底该不该喜欢人,这是个永恒的难题。一只狗在狗群里,和一只斑马在斑马群里,肯定比在其他群体里自在。而人在人群里,是感到更安全呢,还是更害怕呢?从人潮里回望,看到密密麻麻的人头,是更快乐呢,还是更孤单呢?很多人的回答会不一样。这大概也是人这种生物最有趣的地方之一了。

很多年前,日本电通(日本最大的广告公司)到我们学校的传媒学院来做一个交流讲座,我也去听了。里面有一个广告设计人,谈到自己做设计时的一些心得时说:"因为我喜欢人,我喜欢观察他们的举动,喜欢分析他们的想法,喜欢做出让他们发笑的东西。"当时愣了一下,心想做广告这么技术性的事情,要扯上"喜欢人"这么广阔的问题么?今天看来,这个广阔的问题,决定了你不少事情。

论饥饿感在二奶市场供需双方心理素质中的必要性

我现在的这份工作非常忙。就是因为这么耗时间耗精力，所以我每秒钟都想确认：这到底是我想干的事情么？真的是有意义有前途的工作么？只要答案不是百分百，我就怒气冲冲。有一天我突然恍然大悟，我之所以这么紧张，这么在意自己对工作是否满意，是因为我吃饱了。

之前一直非常穷，所以那个时候最在意的是吃饱。我来应聘这份工作时，良心话，想得最多的还是薪水满意。那时别说现在这个薪水了，就是打个五折，我也不会太挑剔。饿殍只想吃饱，满脑子就是饱饱饱，现在薪水不坏，吃到打嗝了，之后的第一本能是啥？你以为是便便么？错，是想笑。吃饱了就想笑，就要乐子，这是比想便便更加迫切的本能，便便有时还要第二天才出来呢。

说这些是因为前几天和人说到马诺，就是那个在《非诚勿扰》上说"宁可坐在宝马里哭，也不愿意在自行车后面笑"的女生。当然说这种话的结果你们都看到了。全世界都在骂她，大部分骂都是在说道德问题，但我看过一个很好的评论，是吴迪老师说的，此事更多是一个技术问题，因为"坐在宝马里哭"，技术上是很难做长久的，因为"一进了宝马，你立刻就想要笑了"——"高门大户里的那些女人，冒着浸猪笼的危险也要偷情，就是因为太想笑了。"这个止都止不住，马斯洛理论里人的五个需求等级就在那里摆着，你一吃饱了马上就想要开心点，舒服点，有尊严点，发展得更好点，根本就是个生理反应。我现在这么紧张，就是因为我吃饱后要确认我是否开心，是否有发展，没有我就很焦虑，跟吃不饱饭一样焦虑。既然是个生理问题，那我就不必逼自己憋住不想了。憋想法比憋喷嚏还难呢。

不过按此推断一下，当二奶，得是一个多么需要饥饿感的职业啊。二奶不仅是吃饱，钻石宝马都有，五层需求的第一层，甚至第二层都打得很牢靠了，那上面三层绝对压力很大。一个合格的二奶，必须要有强大的饥饿感，把自己拉回第一层和第二层需求，不断告诫自己只要够饱就是够好，只往物质里面钻，而不去寻求那些爱啊，尊重啊，人生价值啊啥的。我又要提到郭美美了，《三联生活周刊》的那篇专稿里，你可以看出她的前二十年就是被拼命培养饥饿感的二十年：没有父亲，不断转学不断搬家，老一辈交际花的妈妈不停告诉她：我这辈子的本是赚够了，但不能给你，你的本只有自己去赚，去男人那里赚。活生生把女儿培养成一匹饥饿感很强的猛虎。

郭美美在网上晒玛莎拉蒂的行为，你以为她是在洋洋得意在刺瞎你们的眼，其实是她寻求心理满足的一种方式。在她的观念里，有钱就有尊重，就有自我价值（包括艳羡甚至嫉妒，也被她认为是尊重的一种形式），所以她以为一秀玛莎拉蒂就能在网络上得到。这恰恰说明在她平时的生活圈子里，没有任何人给她这些。不管是她妈妈还是男人们，没有人真的尊重她关心她。你看，这个从小就被精心培养的二奶，最后还不是没憋住，一上网找心理平衡，就捅了大娄子。

所以啊，一个合格的二奶，最重要的不是多漂亮（整容塑身可以解决），也不是床上功夫有多好（其实我怀疑大叔们都没啥性欲了），而是永永远远在饥饿感中，永永远远只在看到钱的时候两眼发绿虎扑上去，对其余一切东西都不来电。这就是个好二奶。

当然，很多大叔们初听这话可能不乐意，尤其是我认识的个别大叔，老想和小宝贝有些交流，有些感情，有些大叔甚至还送二奶去圣马丁念个书镀个金啥的。口胡！！！鼠目寸光的装逼犯！！！你这是鼓励她朝精神方面发展，越发展她的上三级需求越高，到时候发现你满足不了，风险和危机就来了。天下再也没有比用谈恋爱的态度包二奶（和当二奶）更蠢的了。等你们像王军一样吃了亏，才知道只认钱的二奶最好控制，只要有钱就像被安了开关一样很乖，而大叔们擅长的也只有发钱了，别的需求满足不起。这完全是一个双赢的局面。

但这又出现了另一个悖论：大叔们之所以用谈恋爱的态度包二奶，也是必然的啊！因为他们吃得更饱啊！他们必然要求抚慰啊，沟通啊，在房顶上数星星啊什么的啊！根本无可避免。这种情况下，需要保持饥饿感的，除了二奶，还有大叔啊。与此同时，他们也得保证自己永永远远在生殖器的饥饿感中，永永远远只在看到裸女的时候两眼发绿虎扑上去，对其余一切东西都不来电才行。事实证明，买卖双方都要有一定自律，这样才能有一个稳定且双赢的市场。至少在二奶市场上，双方最需要自律的地方，绝对是饥饿感领域。

那么，加油吧！少女们，大叔们！Stay foolish, stay hungry。

后记：口味可以多变，毒药神马的不吃

在豆瓣玩的第四年，开始有人在豆邮和留言中问我一些情感问题，大概因为我那会儿太闲，关于这个话题总在日记里扯淡太多。凡事只要你扯得多了，最后就总好像半个专家似的，颇能得到一些陌生人的信任。一开始，我也用留言或单独回信的方式一对一解决问题，后来想既然回都认真回了，不如索性做得像样点，于是就有了"囧之女神Daisy的情感专栏"这么一个长期存在并不断更新的事物，到现在差不多也有两年了，解决问题的范围悄然扩大了不少，不再仅仅局限于男女关系和婚恋话题，亲子代沟、职场经验、教你如何和人对骂之类的玩意儿也经常乱入其中，日积月累颇攒了些量，也积累了点名声。到底辐射了多少人、口碑究竟如何，还真是说不清，夸我的不少（每条我都看十遍），骂我的好像也挺多（基本跳着看，后来干脆不看），盖因情感问题的处理方式，是个比吃饭口味还更私人的问题，根本求不得天下大一统。情感专栏作者能做的，无非就是告诉写信的人：除了你常规的那种思路，其实还有别的思路，比如我现在跟你讲的这种，听听可能对你有点帮助，也可能完全没有，只能说在此鄙人谨提供一个看问题的新角度，如何定夺还请阁下自己把握。对围观专栏的人来说，文章的作用也是一样。大家在看这本书时，能保持这个宽容的立场就谢天谢地了。但人的口味怎么多变，毒药总是吃不得的，所以尊

后记：口味可以多变，毒药神马的不吃

重个人爱好和选择的同时，我还是一直坚持一个观点：无论是哪种情感，爱总是倾向于让人更美好、和世界建立更深更广的联系的。没有尊严、没有进步空间的所谓爱就压根不是爱，你不（！）值得拥有。这本书里的每篇文章，都是在这个观点前提下写成的。

在豆瓣连载专栏时，每篇后面都配了应景的图片，当然这些图片一般都是网上搜来的，后来成了专栏的一大特色。但出版时，因版权问题故不能用这些图片，所以只能自行手工插图。又因工作量太大，不能每篇都插，还请见谅。我学设计出身，后来从良不干，转行互联网了。画这些插图时，仿佛又回到了当年卖身做设计的岁月，感觉很奇妙。如果大家觉得这些图还不至于丑死人，那也谢天谢地。

特别要说的是，这本书拖了很久，其实二〇一一年底就跟出版社接洽好了，但因为遭遇我妈病重去世的大事，整个二〇一二年几乎都没啥进展。再加上我的拖延症也差不多到了晚期，所以本来很可能会朝二〇四六年拖下去，但伟大的编辑文珍同学不仅宽容地给了我时间处理家事，还在我能重新开始出书进程时立刻变身拿摩温 SM 女王，每天挥鞭一百次把我从各种拖延症中拉回来。没有她我根本不可能完成进度，在此揉着鞭痕表示感谢。

还有两个人要感谢，一个是我了不起的男朋友 Verla，第二个是我了不起的豆瓣网友竹林桑。没有你们的客串吐槽和长期贡献的金句（还是免费的），我的回信不知道会沉闷到啥地步，虽然现在也够闷的。

当然最要感谢的，是这两年来所有写信给我的人。感谢你们愿意把自己的问题拿出来和所有人分享，而且被我挖苦得很惨、骂得狗血淋头的同学们好像也没有跑来群殴我的意思。谢谢你们对我的信任和不打之恩，没有你们这个专栏根本不可能存在。也谢谢所有在专栏下回帖的人，回帖中有不少人的水平高我一百多个段位，常令我这个答信的都受教良多，恨不得以后把信都转给你们答好了。我喜欢和你们所有人认真讨论同一个事儿的气氛，肉麻点说，这是我觉得互联网上最本质的美好：一群自由人，以自由组合的形式，奉献出自己在世界上或多或少的经验和智慧，并愿意随时分享。

囧之女神 Daisy

2013 年 10 月 13 日